Portia Da Costa compte à son actif plus de trente romans ainsi qu'une centaine de nouvelles, écrits sous divers pseudonymes. Portia aime créer des personnages sexy et sympathiques pour les confronter à des situations sulfureuses. Elle vit au cœur du West Yorkshire avec son mari et Alice, leur chat bien-aimé. Portia a exercé le métier de bibliothécaire.

Ce livre est également disponible
au format numérique

www.milady.fr

Portia Da Costa

Entre les lignes

Traduit de l'anglais (Grande-Bretagne) par Claire Kreutzberger

Milady Romantica

Milady est un label des éditions Bragelonne

Titre original : *In Too Deep*

First published by Black Lace, an imprint of Ebury Publishing.
A Random House Group Company

ISBN : 978-2-8112-1041-0

Bragelonne – Milady
60-62, rue d'Hauteville – 75010 Paris

E-mail : info@milady.fr
Site Internet : www.milady.fr

À mes compagnes voyageuses, Valerie et Madelynne.

1

Vous avez reçu du courrier

C'est à peine si j'ose jeter un nouveau coup d'œil. Mais, si je n'en fais rien, cela voudra dire que c'est le fruit de mon imagination, et je ne suis pas certaine d'avoir envie de me l'avouer.

Je suis partagée entre une légère frayeur et la nécessité de retenir un rire nerveux.

Pour la troisième fois depuis que j'ai vidé la boîte à suggestions tout à fait désuète de la bibliothèque, j'ouvre une enveloppe couleur de ciel pâle et déplie les quatre feuilles épaisses d'un luxueux papier à lettres. Les pleins et les déliés élégants des mots écrits à l'encre bleu marine s'y espacent harmonieusement.

Je rougis, et j'ai l'impression qu'une voix palpitante envahit mon esprit en silence. Mon cœur bat la chamade, et j'éprouve le besoin stupide de porter la main à ma poitrine, comme si je pouvais le contraindre à ralentir.

Je parviens à rester tranquille, même si cela me demande un effort et que je risque toujours de laisser échapper ce petit rire gêné.

« Il m'arrive de vous observer, madame Gwendolynne Price, le saviez-vous ?

Chaque jour, à la bibliothèque, je vous regarde. Chaque jour, je brûle de vous toucher, je me débats dans les affres de mes pulsions. Vous passez près de moi, et j'ai envie de vous attraper par le bras pour vous entraîner entre les rayonnages et commettre l'indicible. Je désire glisser mes mains sous votre jupe et vous caresser pour que vous gémissiez de plaisir. Je veux dénuder un peu de votre peau crémeuse ici même dans la salle de lecture, à quelques centimètres à peine des manants qui déambulent dans votre domaine sans se douter de ce qui s'y trame. J'aspire à dévoiler vos courbes magnifiques, à vous embrasser et à frôler avec ma langue votre clitoris exquis, à le lécher jusqu'à ce que vous n'y teniez plus et que l'orgasme libérateur vous fasse vibrer. Jouissez pour moi, Gwendolynne.

N'ayez crainte, ma douce. Je ne vous veux aucun mal… Simplement vous goûter. Ou bien vous toucher.

Si seulement je pouvais vous adorer de loin, dans la chasteté, tel un chevalier d'antan se mourant pour sa dame d'un amour platonique… Si je savais écrire de la poésie romantique, je mettrais en rimes votre beauté, je décrirais les moindres facettes de votre sourire, de votre grâce, et soulignerais combien je brûle de m'agenouiller devant vous, avant d'embrasser le sol que vous auriez foulé en me quittant.

Mais cela est vain, ma chérie. Cela ne me suffit pas. Je suis incapable de me cantonner à la pureté des grands esprits. Je suis trop animal. Une bête lubrique, indomptable. Le simple spectacle de vos courbes m'inspire une intense excitation. Je suis mû par le désir de vous faire l'amour avec ardeur. Lorsque vous passez près de moi, ma queue douloureuse se tend vers vous, et j'écoute le bruissement de votre jupe contre votre peau en regrettant de ne pas être ce banal morceau d'étoffe. De ne pas pouvoir m'immerger dans la senteur de votre chatte délectable.

Je suis obnubilé par ce qui se niche entre vos cuisses. La nature sauvage de votre sexe, le rose de sa géographie intime. J'adorerais écarter vos jambes et vous contempler pendant des heures, vous caresser du regard, savourer la vulnérabilité de votre nudité offerte.

Les pensées que vous m'inspirez vampirisent mes journées et gâchent mon travail, mais peu m'importe. Seul l'espoir que vous partagiez mes caprices me réconforte. Dans mes fantasmes, vous convoitez ma queue, vous essayez de deviner à quoi elle ressemble, vous anticipez les sensations qu'elle vous procurerait, logée dans votre main ou votre fente.

Et sachez qu'elle est plutôt avenante, cette queue, chère Gwendolynne. De fait, à votre simple évocation, elle prend une ampleur spectaculaire. Elle se dresse en hommage à votre exubérante et prodigieuse beauté, à la promesse d'en explorer le moindre centimètre carré, de s'y plonger tandis que nous baiserions éperdument, à demi nus sur le sol de la salle de lecture.

Car oui, ma sensuelle et opulente Prêtresse de Littérature, vous ne serez pas étonnée d'apprendre que je me masturbe souvent en pensant à vous, depuis quelque temps. Je me donne du plaisir en me représentant ce que j'aimerais vous faire…

Je vous imagine fréquemment en sous-vêtements. Des chiffons de rien du tout qui révèlent plus de chair qu'ils n'en dissimulent.

Appréciez-vous la dentelle et la soie, chère Gwendolynne, ou bien êtes-vous une adepte du coton, commode et sans affectation ? Peu importe votre lingerie, ou votre absence de lingerie ; dans tous les cas, je ferais un festin de vous. Mais vous savez comment nous sommes, nous autres les dépravés. Nous gaspillons des heures à nous demander quel genre de soutien-gorge et de petite culotte portent les femmes que nous convoitons.

Aujourd'hui, vous êtes parée d'étoffe luxueuse. De ravissants froufrous tout en transparence qui étreignent telle une seconde peau vos seins magnifiques, votre postérieur, et disposent de privilèges intimes dont je ne puis que rêver.

Ils sont rouges. Pas n'importe quel rouge, non, une nuance riche et profonde, chantante ; celle d'un grand cru ou d'un rubis précieux. Et il y a de la dentelle blanche. Une aguichante touche d'innocence qui rend la soie grenat d'autant plus transgressive. Décadente. Une tenue de courtisane.

Hier, vous portiez un joli chemisier bleu marine et une jupe en jean cintrée qui soulignait à la perfection vos superbes fesses. Mais, sous ces vêtements, je me suis plu à vous parer des atours d'une catin royale.

Ce haut met votre poitrine en valeur. En fait, j'adore votre poitrine, point à la ligne. Elle est ronde, généreuse, splendide. Digne de la déesse de l'amour en personne. Vous êtes mon Aphrodite, Gwendolynne, vous en avez conscience, n'est-ce pas ? Et vos seins sublimes m'ordonnent de les honorer dans leurs plus exquis détails, tant avec mes yeux qu'avec mes mains. Dans le sanctuaire de mon imagination, mes sens affamés festoient. Je dévore mentalement ces deux belles courbes ascendantes faites pour remplir mes paumes ; la peau soyeuse qui dépasse de la dentelle affriolante a, sur ma langue, la texture douce et veloutée du lait et du miel.

Aimez-vous vous caresser les seins, Gwendolynne ? Je meurs d'envie d'en avoir le cœur net…

Pourquoi ne pas toucher l'un d'eux tout en me lisant ? Tendrement, d'un doigt espiègle. Faites-le à l'abri des regards si cela vous chante, mais je saurai, oh, je saurai… Une rougeur exquise envahira votre charmant visage, et je comprendrai que je suis le seul responsable de votre gêne. Que vous vous êtes caressée parce que je vous l'ai demandé, et que vous avez voulu me satisfaire.

C'est cela, déboutonnez votre chemisier et soulignez la courbe opulente, frôlez le mamelon qui durcit sous votre soutien-gorge. Faites-le ! Tout de suite ! Personne ne s'en apercevra si vous affectez de chercher quelque chose dans le tiroir du bureau.

Ce sera notre union intime, l'ouverture de notre partie d'échecs.

Et plus tard, cette nuit, en privé, vous recommencerez et penserez à moi en agaçant la pointe de votre sein par de tout petits cercles, légers comme une plume. Ensuite, quand vous serez trop excitée, sans doute pourrez-vous le pincer délicatement ? Vous punir de m'avoir aguiché en taquinant votre téton, ce fruit mûr gorgé de vie. Alors, vous tremblerez d'extase contenue.

Vous plaît-il de pimenter un peu votre plaisir ? Tout le monde devrait essayer au moins une fois. Sans aller trop loin. Je ne suis pas une brute sadique… Mais la douleur est une épice sophistiquée qui agrémente à merveille le menu amoureux, et je suis persuadé que vous aimez faire bonne chère, pour peu que l'on sache aiguiser votre appétit ; que vous ne vous fermez aucune porte. Car vous avez une imagination très fertile, n'est-ce pas, déesse adorée ?

Ce n'est qu'une supposition de ma part, mais je me trompe rarement.

Vous êtes une femme vaillante et audacieuse, prête à l'aventure. Une femme faite pour le plaisir de la chasse.

Ai-je raison ? Je le crois bien.

Mais revenons-en à vos si beaux seins.

Vous êtes étendue sur des draps de satin, votre corps somptueux lové dans l'écrin luxueux qu'il mérite. Qu'importe si cette matière est quelque peu galvaudée ! Elle a sa place dans mille et un fantasmes solitaires, pas seulement dans les miens. Et si votre parure de lit est blanche plutôt que noire ? Mmh… Je m'en accommoderai.

Nights in White Satin, comme dit la chanson, n'est-ce pas, délectable Gwendolynne ? Que ne donnerais-je pas pour quelques-unes de ces nuits sans fin, ténébreuses et parfumées ! Je me régalerais des abondants plaisirs de votre anatomie. Je me sentirais au paradis. Tel est mon souhait le plus cher. Sera-t-il un jour exaucé ?

Vous voilà donc allongée sur cette étoffe, étude en pourpre et en blanc, avec votre peau de miel crémeux, votre longue chevelure fauve indisciplinée. Ce soir, pas de tresses, majestueuse Gwendolynne. Vos cheveux soyeux ne sont que l'un des nombreux fétiches que j'ai découverts en vous. Trouveriez-vous répugnant que je désire jouir en eux ? Je m'agenouillerais, nu au-dessus de vous tel un fervent adorateur, pour atteindre l'orgasme dans leurs plis ondoyants.

Oh, Gwendolynne, cette simple évocation me rend fou d'excitation !

Et je pense que je vais remédier à cela. Immédiatement.

Adieu, ma glorieuse Prêtresse de Littérature, adieu…

Peut-être pourriez-vous m'assurer de votre pardon en envoyant un petit mail au monstre dégoûtant que je suis ?

Ou bien me raconter l'un de vos fantasmes ? Ainsi, je saurais que vous êtes tout aussi déviante que moi…

Mon âme et surtout mon corps supplicié vous appartiennent.

Némésis »

« Némésis » ? Et puis quoi encore ? C'est un vrai pervers à la prose ampoulée, et je ne parle pas de sa signature… On dirait le pseudonyme d'un adolescent adepte des jeux en ligne. Sans compter qu'il est probablement dangereux.

Malgré tout, sa lettre m'émoustille ; son simple nom suffit à me faire frissonner. Je vois un homme de haute taille, robuste et très mystérieux. Il est plongé dans l'ombre, peut-être même est-il masqué, voire vêtu de cuir. Il m'agenouille devant son corps ferme et sexy pour que j'embrasse ses bottes… puis son membre.

Subitement, je me rends compte que je suis déconnectée de la réalité depuis quelques minutes. Et le pire, c'est que je fais ce qu'il m'a demandé. Enfin, pas exactement… mais je n'en suis pas si loin. Je découvre que j'ai glissé la main dans mon chemisier en coton, contre mon cœur, juste sous le sein. Je la retire vivement.

Puis je replie le papier avec plus de soin qu'il n'en faudrait, avant de le fourrer dans la poche de ma jupe, cette fameuse jupe à propos de laquelle l'inconnu ne tarit pas d'éloges. Je ressens une légère excitation en me les remémorant.

C'est étrange, mais d'une certaine façon Némésis ne fait qu'un avec sa lettre, si bien qu'il se trouve dangereusement près de mon intimité. Deux épaisseurs de coton, pas plus, les séparent.

Inspirant profondément, je lance un regard à la ronde en m'efforçant d'avoir l'air le plus naturel possible. Si j'ai l'impression qu'un panneau indiquant « Dévergondée » clignote au-dessus de ma tête, en réalité personne ne me prête attention. Le calme règne dans la salle de lecture, en cet instant de flottement pré-pause-déjeuner ; seule une poignée d'usagers flânent parmi les rayonnages. Je peux tapoter la missive tout à loisir à travers le tissu, et repenser à mon nouveau « correspondant ».

Cet admirateur anonyme a beau être prétentieux, vicieux et un brin grivois – au sens positif du terme –, il n'en reste pas moins que personne ne m'avait encore envoyé quelque chose ressemblant, de près ou de loin, à une lettre d'amour. C'est bizarre, et un peu triste. Mon ex, Simon, que je ne regrette d'ailleurs pas particulièrement, ne m'a jamais adressé de mots doux, pas le moindre mail. Même à l'époque où nous nous sautions dessus sans arrêt. Et, depuis notre séparation, nos « relations » se limitent à de brefs échanges concernant le divorce. Il persiste à vouloir me mener à la baguette et m'obliger à vendre notre fichue maison.

Eh bien, qu'il aille se faire voir. J'ai des soucis plus pressants. Un individu autrement plus distrayant tente de me contrôler. D'envahir mon esprit.

De qui peut-il bien s'agir ? Où se cache-t-il et où peut-il prendre son pied ? Sa lettre – il dit qu'il a envie de me regarder, de me caresser – tend à indiquer que c'est un habitué de la bibliothèque, ce qui signifie probablement qu'il est tout près de moi. Et s'il m'observait en ce moment même ? La salle est calme. Il peut être n'importe où... à quelques pas de moi.

Quelqu'un a-t-il remis le chauffage, aujourd'hui ? Je suis trop jeune pour avoir des bouffées de chaleur, mais ce que je ressens y ressemble fortement. Je commence à secouer discrètement le col de mon chemisier. Pour m'arrêter aussitôt. Autant éviter de rendre Némésis dingue... Ma peau me picote, comme si l'éventualité d'être espionnée m'électrisait.

Est-il là ? Devinant mes mamelons à travers l'étoffe de mon haut, et ce qui se cache sous ma jupe ? Il me vient l'idée bizarre qu'on me passe aux rayons X, et que j'arpente la bibliothèque dans des habits transparents. Car, à la façon dont Némésis évoque mon anatomie, on dirait qu'il m'a déjà vue nue.

Oh, mais pourquoi cette pensée m'a-t-elle traversé l'esprit ?

Mon « correspondant » n'est pas le seul à avoir des fantasmes. Je m'imagine étendue à plat dos sur le sol de la salle des références, comme dans sa lettre, et un magnifique amant s'affaire entre mes cuisses. Némésis est sans doute en réalité un gros type entre deux âges, avec une mèche sur le côté ou autre tare du même genre. Alors, par commodité et parce que, de toute manière, je n'arrive pas à me le sortir de la tête, je lui substitue l'actuel objet de ma convoitise : le chouchou de la bibliothèque, une célébrité qui passe quelques semaines à étudier certains ouvrages spéciaux de nos archives.

Avec cet homme-là, je ne répugnerais pas à m'adonner aux vices que me suggère Némésis !

Je jette un coup d'œil en direction de la salle des références. Le sol y est dur, mais cela ne m'empêche pas de m'imaginer allongée par terre, en proie aux spasmes du plaisir.

Mon séducteur n'est pas le seul à devenir dingue ! J'ai tout gagné. Me voilà émoustillée... Suis-je aussi dépravée que lui ? Une chose est sûre, c'est que j'ai envie de faire l'amour et que je ne suis pas en pleine possession de mes moyens. J'ai réagi sans vraiment le vouloir aux élucubrations d'un pervers. D'un individu potentiellement dangereux. D'un malade. Et le « potentiellement » est sans doute de trop.

Sans compter qu'il rôde forcément tout près de moi, étant donné qu'il a déposé sa lettre dans la boîte à suggestions de la salle de lecture. J'ai affaire à quelqu'un qui connaît nos habitudes de travail, qui sait à peu près quand je vérifie le courrier et les heures auxquelles il n'y a personne pour accueillir les usagers.

L'estrade du bureau de prêt ne s'élève qu'à une dizaine de centimètres au-dessus du sol, mais cela m'offre quand même un bon aperçu de la vaste salle du nouveau bâtiment de la bibliothèque. Les visiteurs du midi commencent à affluer – nous en recevons plusieurs centaines par jour –, et Némésis pourrait être n'importe lequel d'entre eux. Plusieurs dizaines de personnes, dont une moitié d'hommes, flânent désormais au milieu des rayonnages.

Au fond, près de la section consacrée au sport, je remarque le candidat rêvé au poste de pervers, un individu au regard fuyant. C'est un habitué, que j'ai souvent surpris à me mater, une pratique à laquelle il est justement en train de s'adonner. Oh non, j'espère que ce n'est pas lui, Némésis !

En de telles circonstances, je regrette que mes seins soient si généreux. En fait, je voudrais même rapetisser d'un peu partout. La plupart du temps, cela ne me dérange pas d'être pulpeuse, ça me plaît assez. Mais mes formes appétissantes semblent éveiller les instincts bestiaux de la gent masculine. Et surtout un genre bien particulier de lubricité..., celle d'un mystérieux inconnu qui se pique de dévotion et d'amour courtois afin de présenter ses réflexes primaires sous un jour plus acceptable, moins dégoûtant.

Non pas qu'un de ces individus ait récemment posé ses pattes sur moi... Depuis mon divorce, je privilégie la qualité plutôt que la quantité. J'attends sans doute une sorte de héros. Au début, je me suis dit que c'était une bonne idée de ne pas fréquenter le premier venu, mais le boomerang m'est revenu en pleine figure, parce que je suis sérieusement en manque de sexe. Je répugne à le reconnaître, mais, si Némésis n'est pas trop moche et pas trop détraqué, je suis grandement tentée de lui donner sa chance.

C'est probablement pour cela que je ne parlerai à personne de ma lettre érotique. Après tout, il n'est pas rare que nous trouvions des mots farfelus dans la boîte ; les plus inoffensifs nous font d'ailleurs bien rire dans la salle de pause, à l'heure du déjeuner. Quant aux plus offensants, nous les transmettons à notre responsable, même si Dieu seul sait quels sont ses moyens d'agir. Mais les situations vraiment problématiques sont peu fréquentes, et les importuns cessent vite de s'intéresser à nous.

Toutefois, mon cas est différent, j'en ai l'intuition. Et puis, c'est mon pervers à moi. Pas question de le partager.

Il a inscrit son adresse électronique au pied de sa lettre : « n3m3sis@hotmail.com ». Dois-je lui écrire ? Lui demander de me laisser tranquille ? Inventer le fantasme le plus répugnant possible, me parer de dessous en satin et dentelle qui sont aux antipodes de ceux que je porte, et que je n'ai sans doute pas les moyens de m'offrir ? Ou peut-être que je devrais broder sur ses thèmes favoris : lui-même et ses tendances masturbatoires. J'ai toujours été douée en dissertation, à l'école. Et si je lui donnais des ordres à mon tour ?

Avant d'avoir pu m'en empêcher, j'ouvre le logiciel de messagerie de mon ordinateur.

Oh non… C'est bête et dangereux de ma part. Pourtant, j'en ai terriblement envie. Si ça se trouve, je suis aussi perverse et bizarre que Némésis, mais je ne m'en rends compte que maintenant. Je laisse mes doigts en suspens au-dessus du clavier, et je me retiens d'écrire simplement parce que je sais que le système informatique de la bibliothèque fait l'objet d'une surveillance aléatoire. Malgré cela, mon cœur bat à un rythme effréné, et une sensation de chaleur monte de mon bas-ventre. Mon cerveau semble désormais ne plus fonctionner correctement, et je me résume à un amas d'hormones en ébullition.

Le mec qui flâne dans les rayonnages consacrés au sport ne me prête plus attention, il consulte un ouvrage. Si c'était lui, il aurait certainement repéré immédiatement mon enveloppe bleue et aurait entamé son approche. Sauf qu'il a plutôt l'air captivé par l'histoire du rugby à travers les âges…

Qui êtes-vous, Némésis, espèce de rustre ? Êtes-vous là à cet instant précis ? À portée de regard, sinon de main ?

Comment le savoir ? Ce n'est pas toujours moi qui m'occupe de la salle de lecture ; tout le monde peut accéder à la boîte à un moment ou à un autre de la journée. Par ailleurs, la bibliothèque dispose également d'une section scientifique, d'une section audiovisuelle et d'une bibliothèque pour enfants, sans oublier les archives ainsi qu'un éventail de collections spécialisées. Le mystérieux inconnu peut se trouver n'importe où ; le bâtiment est très grand, assez fréquenté et en grande partie ouvert au public. Pour autant que je sache, il se dissimule sous les traits d'un visiteur tout ce qu'il y a de plus normal.

Je panique. Et s'il était vraiment dangereux ? Il faut que je sorte d'ici… Près de l'entrée, la grosse horloge indique presque midi. Fort heureusement, je suis parmi les premiers à partir manger, aujourd'hui. Dans quelques minutes à peine, je retrouverai l'air frais et j'arrêterai de me comporter comme une cinglée.

Ma collègue Tracey arrive à point nommé pour me remplacer, tel un génie dont j'aurais frotté la lampe. Nous n'assurons pas une présence au bureau en permanence, mais nous recevons beaucoup d'usagers à l'heure du déjeuner.

— Ça va ? s'enquiert-elle.

Je dois avoir l'air aussi agitée que je le suis, et un peu déboussolée.

— Oui, tout baigne. (J'accompagne mon mensonge d'un sourire qui, je l'espère, lui paraîtra naturel.) Pendant que je consultais le catalogue, le système a recommencé à faire des siennes, et j'ai cru que c'était moi qui l'avais fait foirer… Mais tout semble rentré dans l'ordre.

Nous parlons boulot pendant quelques minutes, et je réussis apparemment à donner le change, à convaincre Tracey que cette matinée banale et paisible n'est que la dernière d'une longue série. Je me sens toutefois coupable de ne pas lui raconter ce qui se passe avec Némésis. C'est une amie, et, en temps normal, nous aurions bien ri ensemble de ma mésaventure.

Après cela, je me dirige vers la porte de derrière. Clarkey, le responsable de l'entretien, est assis dans la salle de pause en compagnie du technicien de la mairie qui est censé mettre nos logiciels à jour. L'un d'eux est-il Némésis ? Greg, le geek, est un jeune homme mignon et intelligent, mais l'idée qu'il puisse s'agir de Clarkey me fait dresser les cheveux sur la tête. Je doute que ses sens soient affamés d'autre chose que de l'énorme part de quiche qu'il avale goulûment et, à en juger par les mots à peine lisibles qu'il colle sur le chauffe-eau du vestiaire du personnel lorsque l'appareil est en panne, je ne le crois pas capable de tracer les caractères soignés de ma lettre.

À la bibliothèque, nous sommes à cheval sur la sécurité, car nos archives abritent des documents rares et précieux. Je me bats, comme d'habitude, avec le pavé numérique puis avec le verrou du battant, et je réussis enfin à fuir mon lieu de travail. J'ai l'intention de me rendre dans le square qui se trouve derrière le parking afin de réfléchir.

Mais, à cet instant précis, je heurte de plein fouet un homme aussi pressé d'entrer que je le suis de sortir. Lourdement chargé, il est brun et porte des lunettes. Ce n'est pas qu'il avançait au pas de course, mais il transporte une mallette, une pile de livres, plusieurs journaux ainsi qu'une carte roulée, si bien que lorsque nous nous cognons son attirail s'envole dans toutes les directions.

Et voilà que je me remets à rougir. Car c'est notre star du petit écran et érudit excentrique que je viens de renverser. Le fringant, l'adorable rat de bibliothèque au cheveu hirsute, j'ai nommé le professeur Daniel Brewster.

— Oh là là, je vous demande bien pardon, me dit-il, comme s'il était le seul fautif.

Alors que c'est moi qui marchais le nez en l'air, obnubilée par un pervers et du papier à lettres bleu ciel. Nous nous baissons tous les deux pour rassembler les livres et les documents, et je ramasse plusieurs volumes dont je sais pertinemment que nul n'est autorisé à les sortir des archives.

Il est tellement appétissant, dans la catégorie « mine studieuse et distraite » ! Ses cheveux noirs bouclés sont indisciplinés comme ceux d'un adolescent, et son éternel soupçon de barbe ombre ses joues. Sans cette apparence éthérée qui n'appartient qu'aux intellectuels en mal de lumière naturelle, on le prendrait facilement pour un *latin lover*. À condition, bien sûr, de faire abstraction de ses lunettes d'érudit et de sa veste en tweed passée de mode.

Je reçois le choc de ma vie lorsque, levant le nez des quelques feuilles imprimées que j'ai récupérées, je croise le regard sombre, protégé de verres élégants, de Daniel Brewster. Ses prunelles sont braquées sur mon décolleté tels deux lasers. Je les distingue clairement au creux du col en « V » de mon chemisier.

Serait-ce lui, Némésis ? J'aurais la sensation que la foudre s'est abattue sur ma tête, si c'était le cas.

Un frisson d'excitation me parcourt en le voyant virer à un rouge pivoine qui n'a rien à envier aux dessous grenat du fantasme vulgaire de Némésis, et je me dis que mon hypothèse ne tient pas la route. Car, accroupi pour ramasser ses affaires, le voilà qui tombe derechef assis sur le bitume. Simplement parce que je l'ai surpris à reluquer ma généreuse poitrine. Une personnalité du petit écran, pour qui j'en pince méchamment, soit dit en passant, se retrouve les quatre fers en l'air à cause de moi. Tout est votre faute, fichu Némésis ! Vous m'avez rendue folle.

— Je suis vraiment navrée ! m'exclamé-je, endossant gracieusement la responsabilité de l'incident.

Ce n'est pourtant pas moi qui l'ai fait tomber ; il matait mon décolleté. Ses yeux bruns y sont d'ailleurs toujours rivés, et lancent des étincelles. L'ardeur de son attention semble se communiquer à ses oreilles, dont les lobes arborent désormais une nuance de rose très seyante. Il me vient l'idée saugrenue de les mordiller.

Hein ?! Je ne sais pas ce qui m'arrive depuis quelques jours, mais, coincée entre Némésis et le professeur craquant de chez craquant, j'ai la nette impression de me transformer en obsédée sexuelle.

Prenant une profonde inspiration pour me calmer, je me penche pour l'aider à se relever, lui offrant par la même occasion une vue plongeante sur mes seins, mais il se redresse d'un bond aussi athlétique qu'inattendu, telle une panthère.

— Non, non ! Je suis le seul fautif, décrète-t-il, apparemment mortifié et un peu agacé.

Il s'accroupit pour continuer à ramasser sa paperasse en pagaille, puis lève la tête vers moi. Son visage se trouve ainsi exactement en face et à quelques centimètres à peine de mon intimité. Cette fois, il ne perd pas ses moyens, mais amorce un mouvement de recul, comme si cette proximité le déstabilisait. L'avenant professeur, jusque-là félin prédateur, a désormais tout de la gazelle effarouchée.

La situation se muant rapidement en numéro comique, je lui rends ses documents sans plus de cérémonie, lui répète avec un bref sourire que je suis désolée et lui lance un « à plus tard » par-dessus mon épaule avant de filer vers le jardin sans demander mon reste.

2

Rendez-vous inopiné avec Professeur Glamour

Quelle comédie grotesque ! Je suis à nouveau dans tous mes états parce que j'ai croisé le célèbre Professeur Glamour, comme si je n'étais pas déjà suffisamment troublée par les divagations érotiques de Némésis. Daniel Brewster me plaisait avant même de devenir la principale et temporaire attraction de la bibliothèque lorsqu'il est arrivé, il y a quelques semaines, afin d'effectuer des recherches pour son nouveau livre et, éventuellement, une série télévisée. Du fait de leur succès, ses documentaires historiques sont régulièrement rediffusés, et même si je les ai vus maintes et maintes fois je les regarde systématiquement.

Mais là, je ne me retourne pas, tâchant de prétendre que notre ballet d'empotés sur le perron n'a jamais eu lieu. Je me dirige au pas de charge vers le square et ne m'arrête qu'en atteignant mon endroit spécial, un banc situé sous une tonnelle ombragée de grands arbres et protégée par une haute haie, à l'écart de la cohue du déjeuner. Très peu de gens connaissent ce petit havre de paix. Le fait qu'il ne reçoit guère la lumière du soleil explique sans doute pourquoi il est si peu fréquenté. Apparemment, la plupart de mes semblables veulent à tout prix attraper un mélanome. De ce fait, je bénéficie d'un coin tranquille où je peux me ressourcer au milieu de la journée.

Même si, aujourd'hui, je me sens tout sauf calme. Mon cerveau est en ébullition. Les morceaux littéraires de premier choix que Némésis m'a servis y tournoient, et je n'arrête pas de rejouer mentalement la scène où j'ai failli exhiber ma poitrine devant Daniel Brewster.

Je bois à longs traits l'eau de la bouteille que je transporte dans mon sac. Étant donné qu'elle sort du réfrigérateur, elle est glacée, et cela m'apaise. Quelque chose se met en place avec un léger vrombissement, comme lorsqu'on fait la mise au point avec un appareil photo. J'embrasse du regard les feuilles verdoyantes et le gravier d'un gris terne, qui m'entourent. Ce paysage, ainsi que l'air frais du dehors, m'ancre dans la réalité, me permet d'échapper aux propos sulfureux de Némésis et à mes pensées, focalisées sur un homme bien trop beau et étrange pour moi.

Encore quelques gorgées, et me voilà rassérénée. Pas au point d'entamer mon repas mais, d'ici à quelques minutes, je me sentirai prête à mordre dans mon sandwich. Pour le moment, je me contente de rester assise, totalement zen, en communion avec la nature et tout le tralala. C'est alors que, à l'instant précis où je me décide à manger et à soigner ainsi mon taux de sucre dans le sang, mes yeux se posent sur l'enveloppe bleue qui dépasse de la poche latérale de mon sac. Je la sors et déplie les feuilles couvertes de phrases insensées.

Les mots me sautent au visage.

« … sans doute pourrez-vous le pincer délicatement ? Vous punir de m'avoir aguiché en taquinant votre téton, ce fruit mûr gorgé de vie. Alors, vous tremblerez d'extase contenue. »

L'envie me prend d'obéir à l'injonction de Némésis. Je me trouve à nouveau dans le monde parallèle et glauque de mes désirs débridés. Bien que je ne porte pas l'un des hauts blancs auxquels il voue manifestement un culte, je touche mon sein presque inconsciemment, à travers le coton doux de mon chemisier.

Mon téton dressé ressemblerait à n'en pas douter à un fruit bien mûr, si je le dénudais. Je le frôle à travers le tissu fin, prise d'un délicat tressaillement. Je suis persuadée que mon séducteur est un homme, mais cela ne l'empêche pas de savoir que tous les attributs féminins se répondent intimement. Déjà, une chaude tension monte au creux de mon ventre, même si c'est la suggestivité des mots, et non mon doigt, qui me fait le plus d'effet. La lettre, et aussi mon esprit. Je me représente un homme aux cheveux bruns, un peu intello sur les bords mais très beau, qui rougit jusqu'aux oreilles.

Je me demande s'il a retrouvé sa pâleur habituelle depuis notre collision.

Je regarde sans la voir la haie vert tendre qui s'élève en face de moi. À sa place, je fais défiler devant mes yeux un scénario que Némésis n'aurait sans doute pas renié. Dans mon petit film, la lettre tombe au moment où je heurte Daniel Brewster, et, je ne sais trop comment, il la ramasse avec ses documents. Et il la lit, tandis que je rêve de lui, assise sur mon banc.

Les adorables lobes de ses oreilles virent au cramoisi, et ses sourcils sombres se confondent avec le liseré de ses cheveux noirs, à la naissance de son front. Enlevant ses élégants verres dépourvus de monture pour les essuyer, il semble en proie à la même agitation que moi. Ce qui est étrange, parce que la lettre de l'inconnu s'adresse à une femme, et non à un homme…

Mes doigts moites serrés sur les feuilles bleues y laissent une marque. Si j'avais ne serait-ce que deux sous de bon sens, je les déchirerais en mille morceaux sans prendre la peine d'ouvrir les nouvelles lettres que Némésis pourrait m'envoyer. Voilà ce qu'il faudrait que je fasse. Les pervers sont comme les plantes : ils meurent si vous n'étanchez pas leur soif d'attention.

Mais les fantasmes de mon Admirateur, s'ajoutant à mon entrevue mouvementée avec Daniel Brewster, me possèdent, et je n'arrive pas à rester tranquille. Mon esprit est un capharnaüm où se mêlent Némésis, des soieries, l'envie de me masturber et l'image du divin professeur qui rougit, les quatre fers en l'air. Mon sang s'échauffe et, en de dangereux endroits de mon anatomie, je ressens une énergie singulière. Écartant légèrement les jambes, je me cale bien contre le banc dur pour sentir son contact contre mon intimité. Je ne reçois cependant pas la stimulation dont j'ai besoin, et je me mords la lèvre, prise d'un désir dévorant.

Oserais-je me toucher ? Ici, tout de suite ? Je ne parle pas simplement de mon sein, mais de plus bas, là où mes cuisses se rejoignent.

Que diriez-vous de ça, Némésis ? J'ai fait passer le jeu à la vitesse supérieure, et vous n'en saurez jamais rien. Je vous ai battu à plate couture.

Les alentours sont déserts. Je n'ai jamais croisé personne sous cette tonnelle. Théoriquement, j'ai le champ libre. Mais m'adonner à la sensualité dans ce parc serait bien trop vulgaire. Sans compter qu'il s'agirait d'une preuve de faiblesse. Cela signifierait que j'obéis à Némésis, et j'ai l'inexplicable impression qu'il le sentirait. Depuis ma rupture avec Simon, laisser un homme me manipuler n'est plus pour moi à l'ordre du jour. Je pense que je ne céderais même pas au Professeur Glamour, s'il venait me faire des avances. Encore que… sur ce point, j'hésite.

La situation devient vraiment très étrange. Une seule chose est sûre : Némésis accourrait en caleçon, ou autre, s'il savait que je tremble d'excitation sur un banc public, impatiente d'atteindre l'orgasme.

Regardant autour de moi à la dérobée, je glisse ma main subrepticement le long de la courbe de mon sein avant de la diriger vers ma taille, puis ma hanche, pour rejoindre ma cuisse. Je suis un vaste territoire à couvrir, mais ce n'est pas un problème, puisque cela plaît manifestement à mon séducteur inconnu, et que le Professeur Glamour n'était absolument pas insensible au spectacle de ma poitrine, comme j'ai pu le constater. En fait, je commence même à entrevoir les avantages de ma silhouette pulpeuse.

Déployant des trésors de discrétion, je gravis avec mes doigts les plis de ma jupe en veillant à ce que le tissu les dissimule et, avec une habileté digne d'une enchanteresse, je les introduis sous l'étoffe, contre ma jambe nue, avant de tirer l'élastique de ma culotte.

Encore un effort. Ma destination est proche.

Je m'immisce dans les boucles du mont de Vénus, à la recherche du cœur chaud et magique. Je frôle mon clitoris du bout des doigts, et j'ai beau être déjà très excitée, je n'étais pas préparée au spasme délicieux qui monte alors en moi. Je dois retenir un petit cri.

Je suis à la fois horrifiée de mon comportement et brûlante de désir. Je n'ai jamais été du genre aventureux, le risque m'a toujours inhibée. Aujourd'hui, il semblerait pourtant que je rattrape le temps perdu. Je danse à la lisière de la folie, et, si je m'arrêtais quelques secondes pour penser à ce que je suis en train de faire, je partirais sans doute en courant pour me réfugier dans la salle de pause de la bibliothèque. Mais je n'ai pas l'occasion de réfléchir. Je ne suis plus que sensation.

Quelques caresses timides contre mes lèvres suffisent à me faire vibrer d'énergie contenue. Je deviens un puits de désir inassouvi, et mes doutes se volatilisent. Oubliés mes courbes, mes bourrelets, ma chair trop généreuse. Des pieds à la tête, je suis la déesse qu'évoque mon Ténébreux Admirateur.

Je happe l'air tant bien que mal. Mes jambes se crispent, et j'appuie mes talons contre le sol, au bord de la jouissance. Un simple frôlement me libérerait. C'est alors qu'à ma grande horreur j'entends un bruit encore inédit. Le gravier crisse sous un pas vif.

Je retire ma main de ma jupe in extremis et me tortille pour retrouver une position naturelle, au moment où un personnage portant une veste en tweed familière, un jean bleu et des tennis apparaît au détour de la haie. C'est le Professeur Glamour… qui a bien failli me surprendre à me caresser.

— Oh, bonjour ! dit-il, sans beaucoup d'assurance.

Clignant des yeux derrière ses lunettes, il m'adresse un sourire de guingois. Puis, pinçant les lèvres, il s'avance brusquement jusqu'à moi, et je me vois obligée de me décaler pour qu'il s'assoie.

— Je suis vraiment content de vous avoir trouvée, Gwendolynne. Je tenais absolument à vous présenter mes excuses, pour tout à l'heure.

De ses doigts fuselés, il pianote sur son genou. Déborderait-il comme moi d'énergie contenue ?

Je tombe des nues, donc j'ai bien des difficultés à comprendre ce qu'il me raconte. Comment réagir, alors que je suis désorientée ? Mon cerveau est resté au pays du plaisir.

Mon nouveau compagnon, qui semble toujours extrêmement embarrassé, sort un grand mouchoir de tissu blanc immaculé et, ôtant ses verres, entreprend de les astiquer avec une ferveur presque obsessionnelle.

— Mais pourquoi ? C'est moi qui vous ai bousculé.

Miracle, j'ai retenu une partie de ce qu'il a dit. Cependant le ton de ma réponse est plus sec que je ne l'aurais souhaité.

Daniel range son mouchoir. Il paraît encore atrocement gêné. Quelle ironie, n'est-ce pas ? C'est moi qui devrais être nerveuse, étant donné qu'il est assis tout près de moi. Ne sent-il donc pas mon odeur intime ?

— Non, je suis le seul fautif. Lorsque je suis tombé, vous m'avez surpris à regarder votre poitrine. Je vous prie de me pardonner. C'était inexcusable de vous reluquer de la sorte.

Alors, comme ça, j'ai affaire à un gentleman d'antan doublé d'un Apollon. Je veux lui répondre « il n'y a pas de mal », ou quelque chose dans ce goût-là, mais il attire soudain mon attention en enlevant à nouveau ses lunettes pour se masser les tempes ; son front se barre d'un pli. Je quitte mes nimbes de sensualité et reviens immédiatement sur terre. Je l'ai déjà vu faire ce geste nombre de fois à la bibliothèque, comme s'il avait mal aux yeux ou à la tête, et, même si je le connais à peine, je me rends compte que je déteste l'idée qu'il puisse souffrir. Un homme aussi avenant que lui devrait toujours avoir le sourire aux lèvres.

— Quelque chose ne va pas, professeur Brewster ? Si vous voulez, j'ai du paracétamol dans mon sac.

— Non, ce n'est rien, je vous remercie. Je suis simplement fatigué. J'ai commencé à travailler tôt ce matin, à l'hôtel, et je me suis dit que changer d'endroit me requinquerait… Je me trompais. C'est pour cela que je suis venu m'excuser auprès de vous ici, sans attendre de vous croiser sur votre lieu de travail. J'ai vraiment besoin de prendre l'air.

Ses traits se détendent, et ses beaux yeux retrouvent leur sérénité. Il remet ses lunettes.

— Au fait, s'il vous plaît, je préférerais autant que vous m'appeliez Daniel.

— D'accord…, Daniel.

L'espace d'une seconde, je regrette de m'être masturbée, d'être en émoi à cause de Némésis. Car le professeur Brewster me fait de l'effet, lui aussi, quoique dans un registre plus tendre et déconcertant. C'est comme lorsque, adolescente douce et innocente, je craquais pour un garçon. Avant que le sexe fasse son entrée fracassante dans ma vie. Je passais mon temps à rêver éveillée, imaginant que je me promenais dans une prairie en fleurs avec mon sublime et inaccessible héros, en le tenant par la main. Mais la vision idyllique se dissipe, parce qu'aujourd'hui il émane de moi une odeur musquée rien moins qu'innocente. Et, si je la sens, Daniel la perçoit certainement. Néanmoins, il ne fronce pas le moins du monde son nez, fier et harmonieusement proportionné. Même lorsqu'il me tapote brièvement la main.

— Je suis sincèrement navré, dit-il, un peu contrit. Vous m'êtes d'une grande aide à la bibliothèque, et je vous respecte en tant que… en tant qu'amie. Je serais profondément désolé de gâcher nos excellentes relations professionnelles parce que j'ai commis un impair.

Il semble vraiment nerveux, même si cela n'a pas de sens ; pourquoi un homme aussi avenant et accompli que lui me donne-t-il l'impression de ne pas savoir parler à une femme ? Je suis certaine qu'un professeur important qui passe à la télévision, et dont le CV est long comme le bras, dispose d'un bataillon d'adoratrices tout à fait enclines à jeter leur bonnet par-dessus les moulins.

— Oublions ça, dis-je pour rassurer Daniel, tout étourdie de m'imaginer nue à la place de ses groupies.

Qu'est-ce qui ne tourne pas rond, chez moi ? Même son apparente timidité le rend désirable à mes yeux ! Je pourrais l'éduquer, lui le grand érudit, au plaisir féminin… Cette perspective déclenche en moi des mécanismes érotiques dont j'ignorais jusqu'à l'existence.

— Il n'y a rien de grave. À vrai dire, je possède la preuve écrite que vous êtes loin d'être le seul homme à mater mes seins quand je travaille à la bibliothèque.

Il fronce les sourcils.

— La preuve écrite ? Qu'entendez-vous par là ?

Oh, oh. Me voilà dans de beaux draps. Je me trouve en compagnie d'un enquêteur chevronné, de quelqu'un qui a l'habitude d'explorer le moindre indice, le moindre événement historique lui tombant sous la main. Un érudit capable d'extraire la moelle des sources les plus secrètes.

Nous regardons simultanément la lettre de Némésis, qui est restée posée près de moi, à l'extrémité du banc. J'ai l'impression d'osciller, en équilibre instable au bord d'un précipice. Le genre de gouffre qui sépare le raisonnable du gravement téméraire.

Exposé des faits. Je connais à peine Daniel Brewster, mais nous nous tournons adroitement autour tels deux escrimeurs, parlant de séduction sans en avoir l'air.

Exposé des faits, suite. Le comportement de Némésis, qui est un authentique pervers, voire un délinquant sexuel peut-être pénalement irresponsable, est assimilable à du harcèlement. Je devrais me montrer prudente, éviter d'agiter sa prose inconsidérément devant tout le monde.

Exposé des faits, fin. Si je révèle mon secret à quelqu'un, je trahis mon Admirateur. L'idée est complètement irrationnelle, non ? Je n'ai jamais rencontré ce type, c'est lui qui m'inflige ses fantasmes. C'est pourtant ce que je ressens. Je ne peux pas le nier.

Sans me laisser le temps de réfléchir à mon geste, je tends l'enveloppe à Daniel.

— J'ai reçu ça aujourd'hui. Vous constaterez que votre coup d'œil bref et accidentel est un péché véniel par rapport à celui d'autres hommes…, d'un autre homme.

Il lit la lettre et, pendant un instant, se contente de garder les yeux rivés sur le bout de ses doigts fuselés, qu'il serre sur les feuilles de papier. Je suis subitement très intéressée par ses mains, car je repense aux propos de mon Ténébreux Admirateur : à ce qu'il a envie que je fasse, à ce que j'ai fait, à ce qu'il me ferait si d'aventure il avait l'occasion, lui, de me toucher. Viscéralement, je sais qu'il ne me veut pas de mal et que, si sa prose se changeait en actes, j'aurais tout à y gagner.

Les mains de Daniel sont une œuvre d'art. Elles sont graciles mais fortes, aussi élégantes que classiques. Toutes les terminaisons nerveuses de mon corps m'affirment que, si elles avaient le quart du talent que prétend posséder Némésis, elles me transporteraient sur une autre planète, à des années-lumière d'ici. Mais elles tremblent autour du papier bleu couvert de l'écriture raffinée, bleue également.

Daniel est troublé, il hausse ses sourcils noirs tandis qu'une légère rougeur envahit ses joues et le soupçon de barbe qui longe sa mâchoire.

En bonne catin effrontée – manifestement, j'ai la ferme intention d'en devenir une –, je jette un coup d'œil en douce à son entrejambe. L'étoffe de son pantalon a enflé. Il bande.

J'ai tout gagné. Gwendolynne la respectable bibliothécaire me gronde, parce que je n'aurais jamais dû parler de Némésis à Daniel ; je suis d'une stupidité sans borne. Et, pendant ce temps-là, Gwen l'apprentie libertine sourit intérieurement, songeant : *Oh oui ! Oh oui, oh oui, oh oui !*

Daniel tourne les pages, relisant manifestement le texte licencieux. Ou peut-être n'arrive-t-il tout simplement pas à croiser mon regard ? Je le laisse agir comme il l'entend. Lire. Cligner des yeux. Prendre du volume. Je profite de ce délai supplémentaire pour examiner le matériel.

À en croire la bosse de son jean, la nature l'a fort bien doté. C'est un titan dans tous les domaines, ceux du plaisir et ceux de la connaissance. Il doit être à l'étroit dans son pantalon, mais essaie sans doute de ne pas trop bouger pour que je ne m'en rende pas compte.

— Seigneur ! finit-il par dire. (Ses oreilles ont retrouvé leur nuance rose de tout à l'heure.) Quand avez-vous reçu cette lettre ? Comment ?

Repliant les feuilles, il les observe comme s'il s'agissait d'un serpent rare et particulièrement venimeux. Pourtant, il semble réticent à s'en séparer.

— La situation est grave, vous savez... Un individu capable d'écrire ce genre de choses peut être très dangereux. Il serait sage de le signaler à la sécurité. Par acquit de conscience.

Il a raison, mais je n'en ferai rien. Non pas parce que je n'ai pas envie qu'on me dicte ma conduite, ou parce que les vigiles passeraient leur journée à ricaner. Mais parce que je sens au fond de moi que, malgré ses fantasmes bizarres, mon séducteur est foncièrement inoffensif, et que je lui plais vraiment. Ma bêtise me perdra, soit ! Cela dit, vous en avez beaucoup sous la main, vous, des hommes qui vous disent qu'ils vous vénèrent, qu'ils vous adorent ?

— Je l'ai trouvée dans la boîte à suggestions. Elle m'était adressée personnellement.

En rangeant la missive dans son enveloppe, je ressens une nouvelle bouffée de désir, comme si le papier était imprégné d'un aphrodisiaque. D'une potion qui affecterait Daniel tout autant que moi.

— Elle était là quand j'ai fait l'ouverture, à 10 heures.

Diverses émotions se succèdent sur les traits de mon interlocuteur. L'indignation, l'excitation, la perplexité et, si je ne me trompe pas, la jalousie. J'esquisse discrètement un sourire. Regretterait-il de ne pas être l'auteur de la lettre ? Avait-il envie depuis des semaines de se débarrasser de son image d'intellectuel et de me draguer ? Dans ce cas, il doit être furieux que Némésis l'ait coiffé au poteau. Quelle pensée exquise, quel baume pour mon ego ! Dans sa catégorie, Daniel est une superstar, alors que je ne suis qu'une petite bibliothécaire banale et un peu trop ronde.

— Qu'allez-vous faire ? demande-t-il en me lançant un regard intense.

Derrière ses lunettes distinguées, ses prunelles sont de jais. Il repousse vivement une mèche de cheveux noirs tombée en travers de son front.

— Hum, rien pour le moment. C'est la première lettre que j'ai reçue et, pour autant que je sache, la dernière.

Je devrais accueillir cette éventualité avec joie. Mais, en réalité, elle me déprime. Ma vie est depuis longtemps – depuis toujours, devrais-je dire – un désert érotique, et maintenant que j'ai goûté à la sensualité je me découvre un appétit féroce. Qu'est-ce que mon Ténébreux Admirateur pourra bien m'écrire ensuite ? Jusqu'où ira-t-il ?

— Vous avez probablement affaire à un individu malfaisant, Gwendolynne, déclare Daniel, encore nerveux.

Cependant, son jean cache aussi la preuve de son excitation. Cet homme rationnel et savant doit être contrarié qu'une banale lettre puisse l'émoustiller, ce qui ne fait que me conforter dans l'idée, au demeurant agréable, qu'il envie Némésis.

Je me demande comment il s'y prendrait pour aborder une femme. Par quels subterfuges il l'attirerait dans son lit ou bien, simplement, la persuaderait de se laisser toucher.

Il joint le bout de ses doigts sous son menton, comme animé d'un débat intérieur. J'envisage de lui dire qu'il n'aurait pas grand mal à me séduire. Tel un texte rare et ancien, je succomberais sans la moindre hésitation à la virilité de ses charmes exquis. Nul besoin de flirter avec moi, de m'emmener dîner au restaurant ou de m'offrir des cadeaux. Je renoncerais même aux lettres à la fois coquines et délicieusement poétiques.

Oui, cela peut paraître choquant, mais je lui sauterais dessus sur-le-champ. Si j'en avais l'occasion.

— Ne vous inquiétez pas, Daniel. Je suis certaine que cela ne se reproduira pas. Nous recevons tout le temps des mots cochons et des photos vulgaires.

Je meurs d'envie de le toucher. Ou de lui tapoter la cuisse afin de bien me faire comprendre. Oui, c'est ça… Et puis quoi encore ?

— Quand on ne leur répond pas, ils se lassent vite, ajouté-je.

Il plaque ses paumes l'une contre l'autre. Manifestement, il ne me croit pas. Ou alors, il est assez fin pour avoir capté mes signaux et n'est pas sûr de les apprécier, abstraction faite de son érection.

— Vraiment ?

Son torse se soulève soudain pour s'affaisser dans un soupir. Il est d'ailleurs très agréable à regarder, le torse en question. J'en sais quelque chose, parce qu'il a fait très chaud la semaine dernière. Daniel a abandonné sa veste en tweed dans la salle de lecture pour travailler simplement vêtu d'un tee-shirt blanc qui soulignait à merveille ses pectoraux.

— Oui, ça ira. Mais merci de votre sollicitude…

Il se redresse, et j'ai presque l'impression de voir Clark Kent devenir Superman.

— Dans ce cas, promettez-moi que, si vous avez le moindre problème avec ce… ce Némésis, vous m'appellerez à la rescousse.

J'ai bel et bien affaire à Superman. Non seulement je le trouve hypercraquant, mais en plus son propos me touche. Cette fois, rien ne me retient de lui tapoter la cuisse. Puis je me penche pour déposer un baiser sur sa joue en signe de reconnaissance.

Enfin, c'était mon intention… Contre toute attente, mes lèvres atteignent les siennes avec une précision diabolique.

Au début, cela ressemble à un chaste témoignage de gratitude, et Daniel le reçoit sans bouger. On est en sécurité. Il ne s'est encore rien passé. Nous agissons comme deux « amis » et pouvons revenir en arrière sans rougir comme des pivoines et éprouver une gêne atroce.

Puis tout change. Avec une habileté suspecte, Daniel s'empresse d'ôter ses lunettes et les laisse tomber sur le banc. Déployant ses doigts fuselés, il prend mon visage entre ses mains en coupe, ses mains belles et racées, sources pour moi de fantasmes spectaculaires. Nos bouches sont jointes à la perfection.

Il presse sa langue contre mes dents sans la moindre timidité, m'explore avec témérité, découvre ma saveur. Je froisse la lettre et la jette sur le sol. Oubliant les mots bleus et le papier bleu de Némésis, je m'appuie contre les épaules de Daniel.

Il sent le bonbon à la menthe. Ce goût me plaît, mais l'homme qui va avec est encore plus délectable. Pour quelqu'un de si posé, de si réservé, il embrasse comme un dieu.

Il attaque, il bat en retraite, me cajole, m'aguiche.

Entre ses bras, je deviens guimauve, je m'abandonne à lui dans tous les sens du terme ; je fonds. J'éprouve autant de plaisir que s'il avait glissé sa main dans ma culotte.

Pour ma part, je n'ai pas tant de retenue, et mes folles hormones me donnent des ordres sans passer préalablement par mon cerveau. Incapable de me maîtriser, je touche la bosse de son pantalon.

Pendant quelques instants, Daniel ne semble rien remarquer. Seul son corps réagit, enflant sous mes doigts. Puis ses cellules grises comprennent ce qui lui arrive. Il recule brusquement tel un chaton effarouché. Ses lunettes tombent sur le gravier, et il se penche pour les chercher à tâtons ; elles sont miraculeusement intactes. Notre comédie grotesque reprend son cours.

Je suis mortifiée, mais j'ignore contre qui tourner ma colère. Contre moi, parce que je me suis montrée bêtement entreprenante avec un homme que je connais à peine et qu'il devrait y avoir des lois contre ça ? Ou contre Daniel, parce qu'il a d'abord accueilli mon baiser pour mieux me rejeter ensuite ?

— De toute évidence, j'ai commis une erreur monumentale, déclaré-je.

Je me lève pour ramasser sac, bouteille d'eau et lettre perverse..., car, en battant en retraite, Daniel a renversé toutes mes affaires.

— Euh... oui, sans doute, répond-il tout bas, apparemment un peu perdu.

Cela ne fait que m'agacer davantage. J'ai conscience que c'est ma frustration qui parle, mais je ne peux m'empêcher de lui lancer méchamment :

— Donc, vous pouvez admirer mon décolleté, mais moi, je n'ai pas le droit de vous faire des avances ?

Il pousse un petit soupir perplexe. Manifestement, il n'apprécie pas les complications.

— Ce n'est pas exactement ce que je voulais dire.

Il semble avoir retrouvé son calme, même s'il me suffit d'un coup d'œil pour m'assurer qu'il est toujours excité.

— Il se trouve simplement que j'aime beaucoup travailler avec vous.

Il tapote ses doigts les uns contre les autres, signe qu'il cherche à dissimuler sa nervosité, comme je commence à le comprendre.

— Et je ne voudrais pas gâcher nos excellentes relations professionnelles en vous embarrassant.

— Naturellement, professeur. L'honneur est sauf, et je ne suis pas du tout embarrassée.

Oh, arrête de te comporter en sale gamine, Gwen. Tu es une adulte, pas une petite fille à qui on a piqué son jouet. Je sais que c'est un jouet incroyable… génial à tripoter. Mais je t'en prie, un peu de tenue.

— Bien, je suis content qu'il n'y ait pas de malentendu, conclut Daniel sans cesser de remuer les doigts, « tap, tap, tap ».

J'ai beau regretter amèrement sa langue habile, je me demande aussi s'il n'essaierait pas de me manipuler insidieusement.

— Désirez-vous que je vous raccompagne à la bibliothèque, juste au cas où ?

Il me faut un moment pour comprendre sa question. Craint-il que Némésis ne me suive ? Veut-il être mon chevalier servant ?

— Non merci. Ça va aller. Je vais faire quelques achats dans le centre-ville. Ne vous en faites pas pour moi.

Je suis complètement désorientée. J'en ai assez, de tous ces petits jeux. Daniel Brewster et Némésis sont deux parfaits inconnus. Je dois filer, et vite.

— Très bien. À plus tard.

Je tourne les talons et m'éloigne le plus rapidement possible sans me mettre à courir pour autant ; le gravier crisse sous mes pas.

Je me débrouille comme un chef. Arrivée à l'angle de la haie, je n'entends pas Daniel derrière moi. Et je gâche tout. Je me retourne. Il est toujours là, arborant un large sourire au lieu d'un air contrarié. Ce qui le rend à peu près deux fois plus beau et dix fois plus agaçant qu'il ne l'est déjà.

Sans compter qu'il y a des chances pour qu'il bande encore !

3

La panoplie des péchés mignons

« Ah, belle Gwendolynne… Avez-vous un amant ? Si j'aspire à vous avoir pour moi seul, je ne peux concevoir que vous ne fréquentiez pas un homme… ou plusieurs. Le simple fait de croiser votre chemin attiserait le désir de n'importe quel mâle. »

J'ai encore reçu une lettre. Les mots séducteurs m'attendaient lorsque j'ai regagné la bibliothèque après le déjeuner. Comme si je n'avais pas assez de problèmes…

« Bien sûr que vous avez un amant. Pourquoi seriez-vous seule ? D'ailleurs, pour vous prouver que je ne suis ni jaloux ni possessif, je tiens à préciser que je n'en veux pas du tout à votre étalon. Je l'admire simplement, car il a vraiment un goût exquis.

Vous rend-il souvent visite ? L'attendez-vous dans votre lit, le cœur battant la chamade, impatiente de vous livrer à la douceur de nouveaux ébats ? La chaleur envahit-elle votre corps délectable ? Vibre-t-il de désir, prêt à accueillir la virilité de votre partenaire ?

Si j'étais lui, je viendrais vous retrouver tous les soirs. Je serais incapable de résister. Je m'introduirais dans votre chambre, m'arrêtant un instant sur le seuil pour savourer cette tension viscérale qui précède l'amour.

Ah, vous voilà, étendue sur ces fameux draps de satin ; sans doute portez-vous la lingerie sensuelle que nous avons déjà évoquée. Vous patientez, alanguie et rêveuse… Peut-être que vous vous caressez, que vous avez glissé adroitement vos doigts sous votre string affriolant. Votre mont de Vénus cache un puits soyeux dont vous effleurez l'orifice en imaginant que ce sont mes – ses – doigts et non les vôtres qui agissent. Vous voulez être prête à atteindre rapidement l'orgasme initial, cette délicieuse entrée en matière qui aiguisera votre appétit pour le long festin qui se prépare.

Vous m'apercevez, debout sur le seuil, et vous m'accueillez d'un regard ardent sans retirer pour autant votre main enfouie sous la dentelle. Votre sourire m'embrase les reins tandis que, le souffle court, vous faites onduler vos hanches magnifiques.

Je vous supplie de me laisser m'approcher, mais pour le moment c'est vous qui menez la danse, et vous me l'interdisez. Je reste sur le pas de la porte, asservi par le feu qui monte en moi. Fermant les yeux, vous vous retranchez dans le monde clos de votre plaisir intime, et vos gémissements enflent à mesure que vous accentuez vos caresses.

Mon désir devient intolérable. Je suis à l'agonie, je suis prisonnier de mon jean comme d'un carcan de fer ; ma vision se brouille de larmes. À cause de ma fébrilité, ou de la joie que me procure le spectacle de votre beauté sans fard, de votre sensualité sans égale ?

Lorsque vous jouissez, je n'y tiens plus. Je cède au besoin impérieux qui me commande de vous rejoindre et m'étend près de votre corps palpitant, contemplant sans retenue vos mouvements, le lustre crémeux de votre peau, l'extase que je lis sur votre adorable visage.

Je vois tout. Votre plaisir. Tout ce dont j'ai envie et besoin.

Je dois désormais m'occuper de moi… me libérer de ma tension intime par des gestes célébrés depuis la nuit des temps, tout en continuant à admirer en mon for intérieur le va-et-vient de votre fantastique silhouette.

Némésis »

Mince alors ! C'est diablement érotique. Plus tôt dans la soirée, j'ai ouvert une bouteille de vin – à des fins purement thérapeutiques, je le précise –, et je viens de me rendre compte que j'en ai bu presque la moitié, à force de ressasser le contenu de cette nouvelle lettre et mon rendez-vous inopiné de ce midi avec le Professeur Glamour.

Ah, les hommes ! Ce sont tous des pervers, des indécis ou bien des types qui ne supportent pas de se laisser aller. Daniel Brewster a sa place dans les trois catégories. Némésis semble à peu près savoir ce qu'il veut, lui, au moins, et il a l'art et la manière de le demander ! C'est une bouffée d'air frais. Il est obsédé, aucun doute là-dessus, mais je reste persuadée que je n'ai pas simplement affaire à un geek libidineux.

Afin d'aggraver ma situation à la suite de cette incartade alcoolisée, je fais un sort à un gros paquet de chips tout aussi susceptible de me réconforter. Tant pis pour mon régime ! J'ai vécu une journée si étrange…

Ma chambre à coucher est mon sanctuaire et, Dieu merci, elle est totalement dépourvue des draps de satin kitsch qu'affectionne mon Admirateur. Je me sens à la fois fatiguée et pleine d'énergie. Je suis devant la télé dont j'ai réglé le volume au minimum, munie de ma panoplie des péchés mignons, qui se compose de vin et de chips pour les papilles, d'un plaid marron duveteux que j'ai passé autour de mes épaules et d'un ample pyjama en coton peigné, doux et très confortable au sortir de la douche.

Naturellement, je pourrais vraiment laisser libre cours à ma créativité si un homme était allongé près de moi sous la couette, mais je n'ai que les offrandes littéraires de mon séducteur pervers à me mettre sous la dent, et les chances pour que Daniel Brewster rapplique se sont considérablement amenuisées, depuis ce midi, étant donné que je me suis conduite en parfaite imbécile. Et je ne parle même pas du moment où je l'ai heurté de plein fouet et où j'ai exhibé mon décolleté juste sous son nez.

Il n'est pas exclu que nous puissions devenir amis malgré tout, mais dans l'acception on ne peut plus professionnelle et sérieuse du terme.

Notre baiser m'a fait tourner la tête tant il était merveilleux. Les choses n'auraient pas dû s'arrêter là. Si seulement je n'avais pas posé la main sur sa virilité... Mais je n'ai pas pu m'en empêcher. À ma décharge, je précise qu'il semblait avoir envie de ça. N'importe qui considérerait qu'un *french kiss* vaut consentement.

Misère... ! Daniel Brewster est aussi pervers et manipulateur que Némésis, quoique dans un registre plus subtil. Et d'abord, qu'est-ce que c'était que ce numéro d'intello pudique ? Il a pourtant l'habitude du petit écran, bon sang... Il doit avoir un sacré talent de comédien.

Est-ce lui, mon Admirateur ?

Si oui, alors sa performance force le respect. On ne peut tout de même pas rougir sur commande, si ?

Cela dit, peut-être qu'il lui a suffi de se représenter mes rondeurs soulignées par une soie rouge aussi sexy que minimaliste.

Mon cœur cogne dans ma poitrine, et je retrouve soudain la même sensation bizarre que ce midi, dans le square. Une porte semble s'être entrebâillée et, par l'interstice, je découvre un monde chatoyant et irrésistible. Un jeu. Un jeu déluré. Un défi intellectuel... et sensuel.

Sans doute ne s'agit-il que du fruit de mon imagination, mais je n'avais encore jamais rien connu de tel. J'ai l'impression d'entrer subitement dans l'irréel, de m'être égarée dans un film d'auteur ou dans un roman existentialiste.

Mais, vidant mon verre, j'ai envie que cette sensation surréaliste prenne vie. Je veux en finir avec ma routine auto-imposée. J'aspire à élargir mon horizon tant psychique que physique.

Ça y est, j'ai terminé les chips. Reste à assouvir un autre appétit. Tandis qu'un bizarre tableau représentant Daniel Brewster et une sombre silhouette sans visage défile, plus ou moins flou, dans ma tête, je m'allonge, la paume sur mon ventre.

Cette fois, j'ai du temps devant moi. Il n'y a, hélas, absolument aucun risque que l'on me surprenne en train de me masturber ; je suis libre de m'adonner à tout ce qui m'était interdit tout à l'heure. En mon for intérieur, je transforme mon hypothèse en vérité. Némésis et Daniel se mêlent pour former un totem à la gloire d'un fantasme masculin renversant.

Nous sommes à nouveau assis dans le square et, sans un mot, il me prend la main, celle avec laquelle je me suis caressée. Le regard pétillant d'intelligence derrière ses lunettes, il porte mes doigts à sa bouche d'un air mutin pour goûter mon nectar. Il me guide vers la bosse de son anatomie, un sourire espiègle sur ses lèvres appétissantes.

Contrairement à tout à l'heure, il ne réagit pas en prude défenseur de la morale. Avec autant de douceur que d'autorité, il place ma main contre le tissu tiède qui souligne sa formidable érection avant de se caler contre le dossier du banc, les yeux fermés. Son visage avenant, ombré d'un soupçon de barbe, se détend. Il ressemble à un ange déchu qui aurait cédé au péché.

Je presse délicatement sa virilité, et son torse se soulève sous l'effet de sa respiration saccadée. Lorsque je répète mon geste, il épouse ma paume d'un léger mouvement du bassin pour m'inviter à continuer. Sans qu'il m'ait prié de le faire, je détache sa ceinture et m'attaque au bouton de son jean, puis, en quelques secondes, c'est avec précaution que j'en ouvre la fermeture Éclair. Bien m'en a pris, car, sous son pantalon, son membre nu se dresse fièrement.

À cette vue, mon excitation s'accroît, comme manifestement celle de Daniel. La peau très fine de son sexe s'étire à l'extrême, laissant apparaître une goutte de liquide. N'osant pas encore y goûter, je glisse souplement ma main contre sa queue brûlante, dure comme du bois poli. Ce magnifique organe, dans sa beauté brute et primitive, est la parfaite expression de la masculinité, l'essence de l'homme.

C'est à regret que je lève la tête, mais la courbe de la gorge offerte de Daniel me coupe le souffle. Il déglutit lorsque je décris des cercles lents avec mon pouce, et serre les poings.

Son corps est un cadeau, un jouet vivant, un objet de culte. Telle une adoratrice, je tombe à genoux entre ses jambes écartées. Dans mon fantasme, le gravier ne me fait pas mal. Toute à l'envie de lui donner du plaisir, je poursuis mes caresses des deux mains.

Le scénario semble dériver, muter, et je me retrouve soudain dans un endroit plus sombre, une chambre luxueuse qui sent le cuir et la cire parfumée à la lavande. Des bougies et un feu de cheminée l'éclairent.

Minute papillon. Qu'est-ce que c'est que cette histoire ? La scène m'est apparue dans tous ses détails sans crier gare. Sans doute mon subconscient a-t-il été influencé par certains livres interdits de nos archives, qui contiennent, sous couvert d'esthétisme, des photos à caractère pornographique. Les vilaines bibliothécaires, dont je fais partie, les feuillettent lorsqu'elles descendent pour ranger ou répertorier des ouvrages. Les usagers n'ont absolument aucune chance de faire main basse dessus.

Je suis toujours agenouillée, mais nue cette fois. J'ai les bras attachés dans le dos, ce qui m'empêche de toucher l'objet de mon culte. La chaleur des braises me caresse telle une langue géante. Je courbe la tête par respect envers mon maître.

Mon maître ? Me laisserais-je donc dominer ? Cette éventualité ne m'avait encore jamais effleuré l'esprit. Si l'on m'avait posé la question, j'aurais répondu que ce n'est pas du tout mon genre de gourmandise.

— Approche.

Sa voix est étrange. Elle résonne, légèrement déformée. Appartient-elle à Daniel ? Ou bien est-ce ainsi que j'imagine le timbre de Némésis ? Mais rien ne permet de conclure que je suis en présence de l'un ou de l'autre. Revenant un instant à la réalité, je me dis qu'il faudra que je rachète cette marque de vin. Quelle claque !

— Agenouille-toi.

Puisant dans les souvenirs de diverses lectures interdites, je comprends que le raffinement est de rigueur. Ce n'est cependant pas une mince affaire que de ramper avec grâce sur de la moquette lorsque vous tremblez comme une pénitente en proie à l'extase spirituelle.

L'homme – Némésis ? Daniel ? Ou bien un troisième individu que j'aurais inventé de toutes pièces ? – est assis dans un fauteuil qui a tout d'un trône. Il a les jambes écartées dans la même position que Daniel encore quelques secondes auparavant, à ceci près qu'il porte, rentré dans des bottes lustrées, un pantalon en cuir noir qui capte la lumière.

Dans mon fantasme, je suis prosternée devant cet homme. Dans le monde réel, je suis allongée dans mon lit, la main à l'intérieur de mon pyjama ; le plaid, la couette et le sachet de chips sont tombés sur le sol. Je suis terriblement excitée, mais, à mesure que je reprends conscience de ce qui m'entoure, la sensualité de l'instant m'échappe. La pièce luxueuse s'estompe, et mon orgasme s'éloigne. Je gémis de frustration.

— Oh, bordel !

Roulant sur le côté, je fouille dans le tiroir de ma table de chevet à la recherche du dernier accessoire de ma panoplie des péchés mignons. Efficace et peu onéreux, il sait me mettre en joie. Ah, te voilà, loyal dispensateur de vibrations ! Je le glisse sous mon pyjama tandis que le plaisir capricieux va et vient avec la délicatesse d'un papillon. Les images de mon fantasme reviennent danser devant mes yeux, et je pousse un soupir d'aise.

Relevant la tête, je découvre le visage angélique de Daniel Brewster qui m'observe d'un air solennel, et l'extase qui se propage autour de mon bourgeon de chair ressemble à un baiser d'or brûlant.

Je n'en menais pas large en arrivant au travail aujourd'hui. J'étais même atrocement gênée. Rien qu'en songeant que j'allais revoir le Professeur Glamour, j'ai rougi comme une pivoine, battant ainsi son record d'émotivité.

Même si je réussissais à rester de marbre en me rappelant notre drôle de baiser, nos caresses maladroites, comment pourrais-je le regarder en face sans sourciller, alors que c'est en pensant à lui que j'ai joui hier soir ? Sans compter que mon subconscient nous a attribué, à lui comme à moi, une passion pour le cuir.

Cela étant dit, il m'a semblé important de ne pas réagir en mauviette et d'affronter mes peurs. Je me devais également d'être canon, ou du moins aussi sensuelle que peut l'être une trentenaire rondouillette et sédentaire.

J'ai tenté le diable, alias Némésis, en choisissant un chemisier cintré d'une blancheur immaculée qui souligne admirablement ma poitrine sans pour autant me faire paraître vulgaire. J'ai complété ma tenue d'une jupe de gabardine mi-longue, plus serrée que d'habitude, qui fait un peu années 1950. Et puisque nous ne pouvons pas porter de talons hauts à la bibliothèque, j'ai enfilé une paire de ballerines chics à la Audrey Hepburn.

Ainsi que des bas. Oui, des bas. J'ignore pour qui je les mets. Pour moi, afin de me sentir bien dans ma peau ? Pour Némésis qui, si ça se trouve, rôde en ce moment même tout près de là, et risque de devenir dingue en devinant mon porte-jarretelle à travers l'étoffe de ma jupe ?

Ou bien pour Daniel, qui pourrait parfaitement affecter d'être offensé par ledit porte-jarretelle et profiter de cette excuse rêvée pour se cacher toute la journée, à l'abri de la pitoyable séductrice qui a eu le toupet de s'emparer de son anatomie ?

Oui, le plus probable est que notre professeur chouchou m'évite, à cause de notre cuisant échec d'hier. Il dispose d'un petit bureau dans les archives, et s'il remonte de temps à autre pour faire quelques recherches dans la salle de lecture, ou dans celle des ouvrages locaux accessibles au public, nous n'avons encore pas aperçu le bout de son nez, alors que l'après-midi est déjà bien avancé. Soit il n'est pas venu du tout, soit il est arrivé avant moi et s'est terré au sous-sol.

Eh bien, va te faire voir, espèce de lâche ! J'ai d'autres chats à fouetter.

La boîte à suggestions se trouve dans un compartiment qui s'ouvre à l'avant du bureau, derrière un panneau de bois pivotant. Cela peut sembler un peu démodé, à l'ère du prêt informatisé et du multimédia à tout va, mais nous recevons beaucoup d'usagers relativement âgés qui affectionnent les choses d'antan. Je les comprends, étant moi-même assez vieux jeu, la plupart du temps.

Ce matin, la boîte était vide, ou plutôt les lettres qu'elle contenait n'étaient pas à mon goût. Je décide de vérifier à nouveau.

Contournant le bureau, je me penche avec toute la grâce dont je suis capable – il faut se baisser légèrement pour atteindre le panneau –, et j'ai l'impression qu'un projecteur ultrapuissant est braqué sur moi. Que mille paires d'yeux avides, et pas seulement ceux de Némésis, suivent avec convoitise mes moindres gestes, guettent l'instant où ma poitrine se soulève sous l'effet de ma respiration. J'entends presque un grognement d'approbation collective à l'instant où le tissu de ma jupe se tend, soulignant la rondeur de mon généreux postérieur.

La sueur perle entre mes seins lorsque je récupère le panier à lettres. Je porte l'un de mes plus jolis ensembles de lingerie. Il ne s'agit pas de satin grenat, hélas ! mais de dentelle d'un blanc immaculé dont les motifs attirent l'attention sur les bonnets et sur la culotte, comme pour dire : « Ohé, c'est par ici que ça se passe ! » Juste ciel, pourquoi ai-je pris tant de peine à m'habiller ? Cela dit, je ne l'ai pas vraiment fait exprès. Mon subconscient est sans doute occupé en ce moment même à déterminer comment je pourrais me débrouiller pour laisser

Daniel Brewster – voire Némésis, si d'aventure je venais à découvrir son identité – entrevoir mes coquets sous-vêtements.

Le panier est vide. Pas d'enveloppe. En aurions-nous déjà terminé ? Manifestement, je ne m'étais pas trompée ; les obsédés se lassent si vous ne réagissez pas à leurs avances.

Oh, flûte ! Il faut croire que je tiens absolument à être harcelée par un pervers…

Me retranchant derrière le bureau, j'examine sans vraiment les voir les diverses requêtes de nos usagers : on nous demande de restituer aux livres l'espace qui leur était dévolu auparavant, et « pourquoi ces saletés de disques et de DVD remplacent-ils la littérature, de nos jours ? » On se plaint également des longues listes d'attente pour les romans à l'eau de rose les plus prisés. Et pourquoi les ateliers pour enfants sont-ils si rares ? Les doléances habituelles, en somme.

Toutes ces considérations me sont étrangères ; seule m'importe la prose raffinée qui est couchée sur un papier à lettres bleu tendre. J'éprouve l'envie de froisser toutes ces assommantes réclamations, aussi légitimes et sérieuses soient-elles, pour ensuite jeter les boulettes sur les ennuyeux visiteurs qui flânent parmi les rayonnages et ne sont très probablement pas des pervers.

Je veux être emportée dans le tourbillon d'une aventure trépidante, m'adonner aux noires pulsions dont j'ai reçu un avant-goût hier soir. Némésis n'a pas encore joué cette carte-là, mais je suis intimement persuadée que cela ne saurait tarder.

Ou que cela n'aurait su tarder, si j'avais eu le cran de répondre à ses avances, comme il m'a invitée à le faire en me donnant son adresse mail. Sauf que je me suis conduite en poule mouillée. Et maintenant l'occasion ne se représentera sans doute jamais.

Je déchire les réclamations en menus morceaux, avant de me rendre compte que j'aurais mieux fait de m'en abstenir. Après tout, nous sommes supposés les lire lors des réunions du personnel. Mon crime sera-t-il découvert ? Je décide de le maquiller et d'aller au sous-sol pour jeter ce qui reste des lettres dans les poubelles de papier à recycler. Par ailleurs, je prends la résolution de soulever moi-même au moins une partie des questions que j'ai réduites en miettes, histoire d'apaiser ma conscience. Je couche par écrit tout ce dont je réussis à me souvenir, et, pendant ce temps-là, une idée qui vient de faire « tilt » dans mon cerveau devient de plus en plus envahissante.

Le sous-sol abrite non seulement les archives et les poubelles de recyclage, mais également le bureau de Daniel Brewster. Si je ne peux pas avoir Némésis, sans doute pourrais-je avancer sur le dossier du Professeur Glamour. Tout ce que je risque, c'est qu'il me rejette à nouveau. Si cela devait arriver, au moins je saurais que je dois arrêter les frais.

J'ai le droit de quitter mon poste et de me rendre en magasin afin d'effectuer des recherches à la demande d'un usager. Je baisse donc le rideau et franchis la porte sur laquelle il est écrit « Entrée interdite ». Les archives et le magasin sont un drôle d'endroit qui ne ressemble guère aux étages supérieurs du bâtiment, plus modernes. Ils occupent les sous-sols de maisons anciennes qui ont été rasées lorsque la bibliothèque a été construite. Il y règne, sous une lumière d'un jaune bizarre, une ambiance qui rappelle autant un club pour vieux gentlemen qu'un abri antiatomique à l'abandon. Au sein du personnel, nombreux sont ceux qui n'aiment pas descendre ici et font tout pour l'éviter. Pour ma part, j'y suis attachée, surtout depuis quelque temps.

Ou plutôt j'y étais attachée jusqu'à ce qu'il me vienne l'idée saugrenue de toucher Daniel Brewster d'une manière tout à fait inconvenante.

Une antique moquette étouffe presque le bruit de mes pas. Agissant comme si j'avais une bonne raison d'être là, je jette les lettres déchirées et replace sur les étagères quelques livres que j'ai emportés en guise de prétexte. Puis je marque un temps d'arrêt, tâchant d'inventer une joyeuse entrée en matière qui saurait faire référence à notre entrevue d'hier sans la dramatiser outre mesure, afin que Daniel et moi repartions sur de nouvelles bases, disons… prometteuses.

Son bureau est désert. Mais il était là, et à l'évidence il entend revenir. Sa veste en tweed est suspendue à un crochet, à l'extrémité de l'un des rayonnages. Des textes de grande valeur concernant la guerre des Deux-Roses sont ouverts sur la large table en bois. On pourrait croire qu'un historien de la trempe de Daniel se montrerait plus respectueux envers des livres si rares, mais nous dirons qu'il est tracassé, hum ?

Je trouve également quantité de feuilles éparses, couvertes de notes manuscrites, ainsi que deux journaux ouverts respectivement à la page des mots croisés et du sudoku. L'écran de son ordinateur portable dernier cri affiche ce qui ressemble dangereusement à un jeu de bataille navale en solitaire plutôt qu'à un ouvrage savant. Curieusement, je remarque la présence non pas d'une mais de deux superbes loupes de belle taille placées sur une pile de feuilles imprimées, de deux rollers et de quelques crayons, sans oublier un magnifique stylo à plume posé, bien parallèle, près d'un bloc-notes.

Un stylo à plume ?

Le bureau de Daniel est beaucoup mieux éclairé que le reste des archives. Notre érudit n'est pas un adepte de cette pratique ancienne consistant à gribouiller à la lueur vacillante d'une bougie. Plusieurs lampes d'architecte dispensent une lumière bleutée grâce à des ampoules spéciales censées reproduire celle du jour. Notre Professeur Glamour aime y voir clair comme en plein jour.

C'est également mon cas. Mais où est-il passé, bon sang ? Il est probablement occupé à fureter quelque part tout au fond du bâtiment, dans les petites salles. Je me risque donc à m'approcher pour jeter un coup d'œil à ses affaires.

En particulier à ses notes manuscrites.

Je ne sais pas à quoi je m'attendais. Toujours est-il que l'écriture de Daniel ne ressemble pas du tout aux élégants caractères de Némésis. Incisive, ample et vigoureuse, elle indique chez son auteur une grande intelligence et beaucoup de confiance en soi. Par ailleurs, l'encre utilisée pour les passages rédigés au stylo à plume est noire, et non bleue.

Il règne dans les archives un silence presque total, simplement rompu de temps à autre par le vrombissement ténu du ventilateur de l'ordinateur portable et celui, lointain, des installations électriques. L'air est saturé de poussière, et le poids du Savoir est omniprésent. Soudain, un bourdonnement très particulier, similaire à celui de mon vibromasseur, m'arrive aux oreilles, et une scène extrêmement étrange se forme immédiatement dans mon esprit. Le Professeur Glamour s'adonnerait-il à un vice secret ici, dans les entrailles de la Connaissance ? Peut-être ne suis-je pas la seule dans ce bâtiment à me dévergonder en cachette…

Je dois en avoir le cœur net. Initiative follement téméraire s'il en est, et il y a des chances pour que quelqu'un – moi ou la personne qui profite du bourdonnement – meure de honte, mais cela ne m'empêche pas de m'approcher sur la pointe des pieds. Le bruit provient d'une minuscule salle d'eau qui a connu des jours franchement plus cléments. Avant, il s'agissait des toilettes des employés, mais nous disposons aujourd'hui d'installations plus récentes et en bien meilleur état au rez-de-chaussée. Néanmoins, c'est bien pratique lorsque nous sommes obligés de rester longtemps au sous-sol pour ranger des livres.

Je poursuis mon chemin jusqu'à l'angle du couloir. La personne qui se trouve à l'intérieur a dû laisser la porte ouverte, car j'entends très distinctement le son qui m'a attirée. Et, à ce moment-là, je porte les mains à ma bouche pour m'empêcher de couiner comme une souris effarouchée. C'est Daniel. Légèrement penché au-dessus du lavabo, à quelques centimètres du miroir piqué de rouille, il passe un rasoir électrique le long de sa mâchoire en scrutant son reflet avec attention, les sourcils froncés. Jusque-là rien d'anormal... à part qu'il est entièrement nu.

Par tous les saints, qu'il est beau !

Ignorant que je l'examine sous toutes les coutures, il arbore une posture détendue que ses membres élégants teintent de classicisme. Son corps musclé ne comporte pas le moindre soupçon de graisse, et un délicieux nid de duvet sombre orne son torse.

Je laisse mon regard courir sur ses charmes physiques divers et variés, évitant soigneusement l'endroit fatidique que je meurs d'envie de découvrir. Je finis naturellement par succomber à la tentation. Daniel est beau, et sa virilité l'est tout autant. Même au repos, elle est impressionnante, et elle oscille doucement contre sa cuisse lorsqu'il recule pour ranger le rasoir.

Je suis obligée de m'aplatir contre le mur pour m'empêcher d'avancer à pas de loup, ce qui risquerait d'alerter Daniel. J'ai le sentiment d'endosser le rôle de Némésis et d'imaginer l'objet de ma convoitise en déployant toute ma volonté pour que le fantasme ne se dissipe pas. Mais le spectacle est bien réel, et la nudité de Daniel dépasse les rêves les plus fous qu'il m'inspire, de jour comme de nuit, depuis son arrivée. Mon cœur bat à un rythme effréné, et je redoute presque que le cher professeur ne perçoive ses martèlements, même si je reste parfaitement immobile, retenant mon souffle.

Poussant un léger soupir, Daniel fait couler de l'eau dans le lavabo et entreprend ce que ma bonne vieille maman aurait appelé « les grandes ablutions ». Il se frictionne les bras, les épaules et le torse avec un gant de toilette savonneux qu'il rince ensuite avant d'essuyer la mousse sur sa peau.

Puis il mouille à nouveau le gant et le pose sur son sexe. Au début, il se contente de se laver. Mais, au bout de quelques instants, l'inévitable se produit. Au contact du tissu éponge, sa verge se dresse progressivement. Il jette le gant dans le lavabo et la prend dans sa main. Sa mâchoire lisse, rasée de frais, se crispe tandis que sa verge se raidit sous le vif va-et-vient de ses caresses, durcit en se gorgeant de sang.

Le spectacle de son membre en érection me sidère, et confirme admirablement le potentiel que j'ai senti hier, à travers son jean.

Sa poitrine se soulève à mesure que son souffle s'amplifie et se dérègle avec la montée du plaisir. Déjà appuyé contre le lavabo, il pose le front contre le miroir. Ses lèvres remuent, mais mon cœur cogne si fort contre mes tempes que je n'entends pas ce qu'il dit.

Son corps a la perfection d'une machine qu'il lustre, qu'il flatte. J'adresse à qui de droit une prière de remerciements silencieuse lorsqu'il écarte légèrement les pieds pour être plus stable, m'offrant par la même occasion une vue vraiment imprenable sur son anatomie. Il ne laisse pas un instant de répit à sa chair, et les muscles de ses cuisses se contractent au rythme des caresses.

Je me demande combien de temps il va encore tenir. En ce qui me concerne, j'atteins mes limites. J'éprouve toutes les peines du monde à ne pas glisser ma main dans ma culotte pour m'adonner moi aussi au rituel. Mon ventre s'embrase, prêt à accueillir l'organe mâle duquel seuls quelques pas me séparent. Je plaque ma paume contre ma jupe, et, juste au moment où je veux l'introduire à l'intérieur, Daniel pousse un gémissement de plaisir étouffé.

Sa semence gicle contre la porcelaine et coule en perles liquides pendant une éternité, comme s'il n'avait pas joui depuis des semaines, voire des mois, et n'avait été forcé à se libérer de sa tension qu'aujourd'hui même. Son visage extatique est d'une beauté céleste, et ses râles sont impérieux, indéchiffrables.

Je ne sais quoi dire ou penser. Je ne suis pas en état de réfléchir. Je suis éberluée, époustouflée, ébahie par la perfection érotique de cet instant ô combien intime! C'est étourdissant.

C'en est trop. Prise de vertige, je recule aussi vite que je le peux sans dévoiler ma présence. Mais ma chaussure heurte le mur à l'angle du couloir, et j'ai l'impression que le bruit, pourtant ténu, résonne dans tout le bâtiment. Je me retourne et m'élance vers l'escalier, vers le monde normal, non sans qu'une image me traverse l'esprit : celle de Daniel tournant la tête en direction du son.

M'a-t-il aperçue ? Au diable la discrétion. Je dois sortir illico de la bibliothèque. Je monte les marches quatre à quatre et, surgissant des archives, je manque d'entrer en collision avec ma collègue Tracey, qui transporte plusieurs romans sous son bras.

— Ça va comme tu veux ? me demande-t-elle avec de grands yeux inquiets, tandis que je reste plantée là, hors d'haleine.

Si je n'arrive pas à respirer, c'est à cause de ce que j'ai vu, et non à cause du sprint que j'ai piqué.

— Ouais, enfin… non, je me sentais un peu oppressée, bredouillé-je. D'habitude, ça ne me pose pas de problème de descendre, mais là il fait plus chaud, je ne sais pas pourquoi.

Je m'évente le visage, et ce n'est pas du luxe. Je dois être toute rose, encore plus que Daniel hier. Je vacille légèrement lorsque l'image de son pénis, à peu près de la même couleur, se superpose à la réalité.

— Pourquoi tu ne te reposerais pas cinq minutes ? suggère Tracey en changeant ses livres de bras pour me donner une tape amicale. Je garderai un œil sur l'accueil. Personne n'y trouvera à redire.

Je m'empresse d'accepter sa gentille proposition. Mais ce n'est pas vers la salle de pause que je fonce. Je me rue dans le vestiaire du personnel, m'enferme dans les toilettes les plus proches, celles pour handicapés, et m'effondre sur la cuvette fermée. Je me rends compte que je suis encore dans tous mes états.

M'a-t-il vue ? Quand bien même… N'est-ce pas le cadet de mes soucis, à cet instant précis ? Je n'éprouve qu'une seule envie, celle de me libérer de ma tension intime comme il l'a fait, par l'orgasme. Je relève ma jupe et mets la main dans ma culotte. Pas de chichis. Pas de lents préliminaires. Je suis aux abois. Némésis ressent-il le même besoin dévorant de jouir lorsqu'il m'observe ?

Le plaisir n'est pas long à venir. Je caresse sans ménagement mon bourgeon de chair tendre tandis que des images crues passent dans mon esprit. Daniel, les doigts serrés autour de sa virilité. La crispation de ses traits exquis. Sa semence abondante.

Penchant la tête sur le côté, je suis entraînée par les spasmes puissants de l'extase.

Lorsque c'est terminé, je me sens lessivée, et il me faut du temps pour retrouver mes moyens. Ainsi que pour remettre de l'ordre dans ma tenue. J'humidifie du papier-toilette pour tâcher de chasser l'odeur musquée caractéristique de mon intimité. Ce n'est pas une réussite, car le plaisir monte de plus belle, et, me mordant la lèvre, je suis rapidement emportée par un nouvel orgasme, pas tout à fait aussi satisfaisant que le premier. Subitement, je regrette mon escapade aux archives.

Je regagne mon bureau un long moment plus tard, et Tracey me tombe immédiatement dessus pour savoir comment je me porte. Je lui mens.

— Ça va mieux. J'avais simplement besoin de boire un peu d'eau et de prendre l'air. Le sous-sol est parfois une vraie fournaise.

— Je croyais que tu aimais ça ? demande Tracey avec un sourire matois. Et que tu profitais du spectacle ?

Mon faible pour le Professeur Glamour est de notoriété publique, mais, de toute façon, la plupart de mes collègues fantasment également sur lui. Et je ne parle pas que des femmes.

— Normalement, oui. Mais il n'était pas là. (Nouveau mensonge éhonté.) C'est sans doute la déception qui m'est montée au ciboulot.

Nous discutons encore quelques instants, puis je remarque un vieux monsieur distingué qui s'approche de l'accueil avec quelque hésitation. Le devoir m'appelle. Il s'ensuit un quiproquo des plus classiques pour une bibliothécaire telle que moi, et il arrive à point nommé pour me distraire. D'une voix chevrotante, l'usager me demande où il pourrait trouver des ouvrages traitant de la mycologie. C'est du moins ce que j'entends sur le moment. Mais lorsque j'accompagne mon interlocuteur dans le rayon approprié – très fourni, soit dit en passant – et que je lui propose *La Cueillette des champignons*, il reste interdit. Je partage son incompréhension, jusqu'au moment où, procédant à un interrogatoire plus minutieux, je découvre qu'il désire en réalité se documenter sur la mythologie. Il s'avère que la section consacrée aux divinités de l'Antiquité recèle exactement ce que recherche le vieil homme, et celui-ci me remercie avec une effusion touchante. Je regagne l'accueil avec le sentiment du devoir accompli, chargée de plusieurs livres que notre usager veut emprunter. Je lui signale qu'il peut remplir une demande d'achat si le contenu des ouvrages que nous avons trouvés ne correspond pas tout à fait à ses attentes.

Sur ce, j'avise Daniel Brewster, debout juste devant la boîte à suggestions, et ma bulle d'allégresse éclate instantanément, laissant place à un bouillonnement d'hormones.

Même si la vision d'un Daniel nu et en proie au plaisir restera gravée au fer rouge dans ma mémoire, il n'est pas mal du tout avec ses habits sur le dos. D'autant plus qu'il semble s'être préparé pour une grande occasion. Muni de sa mallette, son imperméable sous le bras, il a troqué son jean et sa veste en tweed contre un costume bleu nuit extrêmement chic, accompagné d'une chemise et d'une cravate assorties, et il a discipliné ses cheveux noirs. Logique. Toutes considérations érotiques mises à part, il a dû se laver parce qu'il a l'intention de se rendre quelque part sans repasser à son hôtel.

De toute évidence, il attend quelqu'un et, à en croire le regard chaleureux qu'il m'adresse en se retournant, il doit s'agir de moi. Mes joues s'échauffent. Il m'a vue ! Il sait que je l'observais ! Pourtant, son visage reste affable, serein. Rien, dans son expression, n'indique qu'il s'est senti espionné.

Apparemment, nos récentes péripéties ne le perturbent pas le moins du monde.

— Bonsoir, Gwendolynne. Vous êtes en beauté aujourd'hui. Votre coiffure vous va à ravir.

Compliment sincère ou marque de politesse ? Que se passe-t-il ? Même s'il n'a pas surpris ma présence, tout à l'heure, notre fiasco d'hier devrait suffire à instiller un soupçon de tension dans la conversation.

— Merci… Je me suis dit qu'un peu de variété ne me ferait pas de mal.

J'avais presque oublié que j'avais décidé de changer de tête, ce matin. Encore un stratagème pathétique pour attirer Daniel ou Némésis. J'ai opté pour une version moins stricte de mon chignon habituel, rassemblant mes cheveux à la base de ma nuque de façon asymétrique, et quelques mèches taquines encadrent mon visage, ce qui ajoute une touche délurée à ma tenue très professionnelle.

Je me mets à rougir, toute au plaisir simple et innocent du compliment que j'ai reçu. Mais les secondes s'égrènent, et je me rends compte qu'il faudrait que je réponde quelque chose.

— Vous êtes vous-même assez chic, professeur Brewster. Vous allez quelque part ?

Ses traits s'éclairent soudain, ce qui, bizarrement, m'excite presque autant que la vue de son corps nu. Il n'arrête pas de se triturer les cheveux, comme s'il n'avait pas coutume d'être tiré à quatre épingles. Il est vrai que, même à la télévision, il arbore toujours des tenues décontractées.

— Je dois intervenir durant un dîner. J'attends mon taxi.

Il contemple le bout de ses chaussures cirées, et c'est lorsqu'il redresse la tête que je remarque un changement.

— Qu'avez-vous fait de vos lunettes ? demandé-je. Vous ne les portez que lorsque vous travaillez ?

Une expression fugace, proche de la colère, passe sur ses traits. Qu'ai-je donc dit qui a bien pu le froisser ?

— J'en ai plus ou moins besoin tout le temps, malheureusement. Mais là, j'ai mis mes lentilles de contact, explique-t-il sur un ton étrangement monocorde. Question d'image, vous vous en doutez.

Son visage s'adoucit, et il me sourit, comme gêné par cet aveu de frivolité.

Bon sang, qu'est-ce qu'il dirait s'il savait que je l'ai vu nu ? Il ignore que je l'observais, j'en suis désormais persuadée.

Son sourire s'élargit, et il esquisse un geste nonchalant.

— Écoutez, je suis désolé pour ce qui s'est passé hier midi. Je n'aurais pas dû me comporter de façon si cavalière avec vous.

Il baisse progressivement la voix, achevant sa phrase en un murmure aguicheur. Moi qui venais tout juste de retrouver mon calme, je suis prise d'un nouvel accès de nervosité.

— Ce baiser était exquis. Il m'a vraiment plu.

Ses yeux brillent derrière leurs lentilles invisibles.

— À moi aussi, arrivé-je à articuler.

Il me décoche un regard si intense que je me sens presque défaillir. Au fond de ses prunelles circulent d'étranges messages, si bien que je recommence à me poser des questions. Daniel serait-il Némésis ? L'idée qu'il puisse être suffisamment intelligent et retors pour me jouer la comédie avec tant de talent m'effraie un peu.

Il consulte sa montre.

— Le taxi va arriver d'une minute à l'autre, et je ne reviendrai que beaucoup plus tard dans la journée, mais peut-être pourrions-nous prendre un café demain ? Boire un verre ou déjeuner ensemble ?

Mince, le Professeur Glamour serait-il en train de me proposer un rencard ?

— Très bien, ce serait super.

Mollo sur l'enthousiasme, Gwen !

— Au fait, avant que j'oublie, j'étais sérieux à propos de ces lettres. La méfiance est de mise. Si vous en recevez de nouvelles, appelez-moi, d'accord ?

D'un geste vif, il me tend une austère carte de visite blanche.

— Merci, mais je ne suis pas vraiment inquiète. Je pense qu'il n'y a pas grand-chose à craindre de cet homme.

— En êtes-vous certaine ?

Il baisse le ton et paraît sur le point d'ajouter quelque chose lorsqu'un coup de klaxon retentit.

— Voilà mon taxi. Il faut que j'y aille. À demain, dit-il en me touchant le bras.

Malgré le tissu de mon chemisier, j'ai l'impression que ses doigts sont en feu.

— Et n'oubliez pas, soyez prudente, reprend-il. Souvent, ce sont les individus calmes et inoffensifs en apparence qui se révèlent les plus dangereux.

Il s'éloigne, mais se retourne juste avant de franchir la porte du hall. Viendrait-il de m'adresser un clin d'œil ? C'est fort peu probable. Je dois me faire des idées…

4

Contact

M'a-t-il fait un clin d'œil ou pas ? Si oui, qu'est-ce que cela peut bien signifier ? S'est-il rendu compte qu'il s'est montré un peu pompeux ? Que je l'ai surpris nu à se masturber ? Ou alors Daniel est mon Admirateur, et il a compris que j'avais des soupçons.

Tout est envisageable. Y compris la possibilité que je sois simplement en train de me faire des films. On dirait que j'ai l'imagination fertile en ce moment. Pour autant, je dois en savoir davantage au sujet de Daniel si je veux sortir avec lui, que ce soit au sens amical ou amoureux du terme. Il faudra tout de même que j'ajoute une clause unilatérale de non-tripotage d'entrejambe à notre contrat.

Je suis couchée dans mon lit. Il est tard. Je n'arrive pas à dormir. Alors, j'allume mon fidèle ordinateur portable, histoire de faire quelques recherches sur Google.

Le professeur Brewster n'a pas de site personnel, simplement une page sur celui de l'université dont il dépend, ce qui est étonnant pour quelqu'un qui passe à la télévision. J'apprends qu'il se trouve actuellement en congé sabbatique. Pour le reste, les informations sont rares, si l'on excepte les bribes biographiques de rigueur, une rubrique Contact succincte et une énumération, il est vrai impressionnante, de ses diplômes et des distinctions qu'il a reçues.

Plus bas dans la liste des résultats, je touche le gros lot : le Professeur Glamour a un site de fans. Après m'être servi un deuxième verre de vin, je découvre une kyrielle de photos, des captures d'écran tirées des trois séries télévisées de Daniel, pour la plupart. Son webmaster est un génie, soit dit en passant. Le plus souvent, il ressemble à un mannequin plutôt qu'à un universitaire. Sur l'un des clichés, il porte une chemise dont le premier bouton ouvert laisse dépasser quelques poils noirs délectables. Sur une autre, ses manches remontées dévoilent ses bras musculeux. Sur une troisième, il est même en short ! Quant à la dernière, elle le représente debout, un pied posé sur des vestiges historiques, et la toile tendue de son élégant pantalon épouse son anatomie.

Avalant une rasade de vin bon marché, je me demande vaguement si je ne serais pas en train de devenir alcoolique ; cela fait deux soirs d'affilée que je bois. Comment les créatrices du site, ces fillettes énamourées, réagiraient-elles en assistant à la scène dont j'ai été témoin cet après-midi ? Elles en mourraient sans doute de bonheur sur-le-champ. Moi-même, cela a failli m'arriver, et le simple fait de me remémorer cela me ramène sur le chemin de la pâmoison. Histoire de penser à autre chose, j'explore le reste du site, et je retrouve vite mon impression de tout à l'heure, celle d'être une sale voyeuse. Où sont-elles allées déterrer ces informations ? On ne peut plus avoir aucun secret, de nos jours ?

Je suis une belle hypocrite. C'est exactement ce genre de détails personnels que je guette. À en croire la page consacrée à sa vie intime, il serait en ce moment célibataire. Incapable de me retenir, je vérifie la date de mise à jour. Sa dernière relation ne remonte qu'à quelques semaines, ce qui ne m'empêche pas de pousser un soupir de soulagement. Car même si je ne pense pas sérieusement qu'il puisse se passer quelque chose entre nous… je l'espère malgré tout.

En revanche, il a enchaîné les conquêtes. Des femmes très en vue, aussi belles les unes que les autres, ont succombé à ses charmes, notamment la célèbre Larena Palmer, une mondaine qu'il a fréquentée pendant plusieurs années et qu'il était censé épouser. Je me demande comment il a vécu le fait qu'elle le jette pour se marier avec un duc, entrant ainsi dans le club fermé de la noblesse. L'horrible garce ! Comment a-t-elle pu lui infliger ça ?

Aurais-je donc de la peine pour lui ? Je songe à mon défunt mariage. J'étais contente qu'il se termine, parce qu'après notre lune de miel mon conjoint avait vite pris l'habitude de vouloir avoir toujours raison et de me donner des ordres en permanence. Mais je ressens encore aujourd'hui un pincement au cœur lorsque je repense à cette relation dans laquelle je m'étais tant investie à l'époque. Me détournant de l'écran, je lève mon verre pour porter un toast à mon passé sentimental, ou bien à celui de Daniel, je ne sais pas trop. Demain, pas de boisson. Promis juré.

La famille Brewster éveille également mon intérêt. La mère de Daniel a été une scientifique aussi brillante dans son domaine que l'est son fils dans le sien. Mais elle a jeté sa carrière aux orties pour s'occuper de son mari atteint d'une maladie chronique. Il y a une photo, mignonne mais très révélatrice, où elle pose avec son fils. L'air un peu perdue, elle y arbore un pauvre sourire qu'on retrouve sur les lèvres de Daniel, comme s'il comprenait combien son sacrifice lui avait coûté.

La vie n'a pas laissé Daniel indemne ; il en porte les cicatrices. Il arrive aux gens comme lui de faire des choses étranges. Aussi étranges que d'écrire des lettres torrides et ampoulées à des femmes qu'il connaît à peine, pour mieux nier ensuite les avoir rédigées ?

Je retourne sur le site de l'université et clique sur l'onglet Contact. Daniel consulte-t-il encore cette adresse-là ? Me répondra-t-il ? Je lance Thunderbird pour refermer aussitôt la fenêtre. Non, je ne lui enverrai pas de mail. C'est trop risqué, parce que, quand je suis en ligne, j'ai une fâcheuse tendance à parler à tort et à travers.

Prise d'un frisson de peur mâtinée d'excitation, je me laisse tenter à la fois par mon verre de vin et par une idée. J'ouvre ma boîte de réception. Quelques spams, la newsletter d'un site marchand, puis…

« Vous avez reçu un message de Némésis. »

Les mots restent là à crever l'écran. Je passe par toutes les températures et par une phase d'effroi en me demandant comment il m'a trouvée, avant de comprendre qu'il s'est servi d'un réseau social sur lequel je me suis inscrite il y a un mois ou deux, mais que je n'ai jamais fréquenté depuis. Si j'obsède Némésis au point qu'il m'adresse des lettres érotiques au travail, il était logique qu'il me cherche sur le Net, non ?

Je devrais sans doute effacer sa prose, ce serait plus sûr. Même à supposer que Daniel soit mon Ténébreux Admirateur, ce serait aller vite, bien trop vite en besogne que de prendre contact avec sa part d'ombre.

Puisque la curiosité me dévore, et que je suis de toute façon bonne à enfermer, j'ouvre le mail. Un lien m'envoie sur un site de messagerie, où je suis accueillie par un nouveau lien intitulé « Bonjour, Gwendolynne » et accompagné d'un avatar représentant une plume. Le symbole de l'écriture d'antan pour un historien adepte des missives secrètes ?

Un icone m'indique qu'il est en ligne. Je peux encore faire marche arrière. Qu'est-ce qui m'oblige à cliquer ? Je peux parfaitement cocher la petite case pour supprimer le mail… n'est-ce pas ?

Non, non, non! me dis-je. Et j'ouvre le message en détournant la tête, me préparant à découvrir des phrases aussi délicieuses et ampoulées que celles des lettres. Mais, lorsque je me décide à regarder l'écran, j'aperçois simplement un bouton renvoyant à un système de messagerie instantanée, ainsi que l'adresse commençant par « n3m3sis », que je connais déjà.

En moi, c'est le tumulte ; je suis balayée par un ouragan intérieur. Impossible de lui « parler » en temps réel, ça non. Ce serait bien trop prématuré. En tout cas pour moi… Lui, il doit en mourir d'envie !

Je clique sur le lien pour lui répondre.

Je tape « Bonsoir » et bois quelques gorgées de vin, les yeux rivés sur la fenêtre vierge, en laissant délibérément mes doigts à distance respectable du pavé tactile et du clavier. Rien ne m'oblige à aller plus loin. Mais voilà que mon verre est vide, alors, inspirant un grand coup, j'envoie mon message. Je m'aperçois, un peu tard, que j'ai utilisé mon adresse personnelle. Il saura que c'est moi. Si j'avais eu deux sous de bon sens, je me serais servie d'un profil Hotmail ou Google moins identifiable. Idiote ! Idiote ! Idiote ! J'ignore ce qui me retient de rabattre violemment l'écran de ce satané engin et de ne plus jamais le rallumer. Bravo, Gwendolynne.

Je pousse mon portable d'un côté du lit, me lève d'un bond et fonce dans la salle de bains. Je suis une fichue trouillarde.

Je me relève et, en m'essuyant, je me rends compte que je suis diablement excitée. Bon sang, je n'en avais même pas conscience. J'envisage de remédier au problème, mais je sens que l'ordinateur m'attend. Comme si c'était Némésis lui-même qui se trouvait dans la pièce, agacé par mes atermoiements.

À mon retour, je constate que Thunderbird a automatiquement mis ma boîte à jour et que j'ai reçu un mail. J'ose à peine le consulter, mais, lorsque je me résous à cliquer, je découvre un nouveau lien vers la messagerie instantanée, ainsi que ces mots : « Peur de "parler" ? »

Sans me laisser l'occasion d'agir en poule mouillée, je réponds « non » et ouvre Instant Messenger en plein écran.

Je retrouve l'avatar représentant une plume, près du mien : un livre. Mon nom d'utilisatrice est « Petite intello ».

Le curseur n'arrête pas de clignoter. Némésis s'est-il dégonflé ? Je commence à taper.

Petite intello : Vous êtes là ?

Toujours rien, alors je me ressers un verre de vin. À l'évidence, mon Admirateur est un beau parleur, mais quand il faut passer à l'acte... Tout bien réfléchi, je ne suis pas persuadée que Daniel et lui soient la même personne. On pourra dire ce qu'on voudra de mon Professeur Glamour, mais je n'ai pas eu l'impression d'avoir affaire à un lâche.

C'est alors que l'icone se met à clignoter... et le voilà.

Némésis : Bonsoir, Gwendolynne. Quel bonheur de vous parler enfin ! Cela faisait si longtemps que j'attendais ce moment...

Me donne-t-il un indice ? Est-ce un habitué de la bibliothèque qui fantasme sur moi depuis des mois et vient de décider de troquer sa plume contre un clavier d'ordinateur ? Dans ce cas, ce serait vraiment flippant.

Petite intello : Longtemps « longtemps » ?

Némésis : Depuis la première fois que je vous ai aperçue, mon exquise. Depuis ce premier jour où ma queue s'est dressée à la vue de vos superbes courbes.

Petite intello : Ah oui ? Et ça remonte à quand ?

Il me fait attendre, et je constate que je retiens mon souffle. J'inspire à pleins poumons, un peu groggy, comme si j'avais glissé dans une autre dimension.

Némésis : Allons, ce serait une révélation capitale. Disons que j'ai amplement eu l'occasion de m'enticher de vous.

Une pause.

Némésis : De perdre le compte des nuits que j'ai passées à me donner du plaisir pour parvenir à trouver le sommeil, rêvant que vous étiez nue près de moi.

Oh, oh. Nous y voilà.

Némésis : Ou plutôt nue sous moi.

Cette précision attise instantanément mon désir. Ça fait un bail que je n'ai pas fait l'amour, si l'on excepte jeux solitaires et vibromasseur. Avec mon mari, ce n'était pas particulièrement flamboyant au lit, mais je pouvais toujours améliorer nos ébats en me servant de mon imagination. Mais là, j'ai l'impression d'avoir été frappée par la foudre. Je m'aperçois que mon Admirateur correspond plutôt bien à l'amant sans visage, ténébreux et mystérieux, que je voyais à la place de Simon. Subitement, je n'attache plus trop d'importance à son identité. C'est avec un fantasme que je communique, pas avec une personne réelle.

Prête à m'amuser, je souris. Ma crainte s'envole en grande partie, au profit d'une excitation tant mentale que physique qui va grandissant.

Petite intello : Qui êtes-vous donc, Némésis ? Avez-vous peur de me le dire ?

Il marque une nouvelle pause, assez longue, mais je sens obscurément qu'il sourit lui aussi. Ce n'est pas tant que nous partageons le même désir... Nous avons surtout conscience qu'un défi nous oppose.

Némésis : Ce n'est pas de la peur... Simplement de la réticence à l'idée de saborder prématurément notre jeu.

C'est à mon tour de le faire mariner. Dois-je insister ou laisser tomber ? Abattre toutes mes cartes ou en garder certaines sous le coude ? J'ai l'impression que l'évanouissement me guette. Je porte la main à mon cœur, comme si je pouvais ralentir ses battements.

Petite intello : Soit. Mais est-ce que je vous ai vu aujourd'hui à la bibliothèque ? Et vous, m'avez-vous vue ?

Au prix d'efforts surhumains, je réussis à lui poser des questions relativement floues. C'est un miracle, étant donné que tout ce qui m'intéresse, c'est de lui demander s'il s'appelle Daniel Brewster.

Némésis : Vous m'avez vu. Je vous ai vue. Vous étiez magnifique. Élégante, soignée. Un modèle de professionnalisme sexy. J'ai éprouvé l'envie de tomber à genoux devant vous, puis de remonter votre jupe pour frotter ma joue contre vos bas, humant votre parfum et celui de votre chatte.

S'il continue comme ça, moi aussi je pourrai le sentir. En fait, c'est déjà le cas. Je suis gorgée de nectar intime, et je regrette que mon Admirateur ne soit pas là, même si j'ignore qui il est vraiment. Je revois un amant masqué. Mystérieux et menaçant. Trompeur.

Il me fait marcher en disant qu'il souhaite s'agenouiller devant moi. Cet homme est tout sauf soumis.

Petite intello : Vous désirez vous prosterner devant moi ?

Dans mon esprit, il se dresse devant moi de toute sa taille. Je l'imagine vêtu de noir et portant un masque en cuir qui couvre une bonne partie de son visage ; il m'évoque un bourreau médiéval et me paraît tout aussi redoutable.

Némésis : Quelquefois...

Oh, que ce mot est riche de promesses ! J'ai la tête pleine d'images et de scènes tirées d'ouvrages de photographie licencieux et de romans érotiques que j'ai lus. À n'en pas douter, mon Admirateur mérite bien son nom, même si dans la mythologie Némésis, la divinité vengeresse, est une femme. En effet, il est combatif, dominateur, et il semble exiger de moi rétribution, pour un motif qui m'échappe totalement. À moins que ce ne soit à cause de mes nombreux fantasmes. Après tout, d'une certaine façon, je trompais mon cher mari, puisque je ne pensais pas à lui quand nous étions au lit.

Petite intello : Et le reste du temps, que voulez-vous faire de moi ?

Némésis : J'ai envie que vous m'obéissiez… Que vous me permettiez de vous éduquer, d'élargir vos horizons en matière de sexualité.

Bingo !

Petite intello : Pour quelle raison serais-je intéressée ? Et si ma sexualité actuelle me satisfaisait parfaitement ? Si ça se trouve, j'en sais plus que ce que vous ne croyez.

Némésis : J'ai dans l'idée que nous découvrirons tous les deux un tas de choses insoupçonnées, au fil de notre relation. Déjà, vous appréciez notre discussion, n'est-ce pas ?

Il marque une pause.

Némésis : Et puis j'ai réussi à vous manœuvrer pour que nous ayons cette conversation. Alors même que vous êtes une femme pleine de bon sens et plutôt une adepte des soirées tranquilles, je le parierais.

Petite intello : Qui vous dit que je mène une existence rangée ? Peut-être que je suis une incorrigible fêtarde qui baise tout le temps avec des dizaines de mecs ?

Que sait-il de moi, au juste ? M'a-t-il espionnée ailleurs que sur mon lieu de travail ? Ai-je affaire à un pervers, un vrai ?

Némésis : Dans ce cas, j'espère que ces « dizaines de mecs » se rendent compte de la chance qui est la leur. M'obéirez-vous ?

Je tremble. Je brûle de désir. Mes mamelons sont si durs qu'ils en sont presque douloureux, et mon pyjama est humide à l'entrejambe.

Némésis : M'obéirez-vous ?

Il faut que je me décide. Mon bon sens, pour reprendre les termes de mon Admirateur, est en train de partir en fumée. Mais je ne céderai pas si facilement. On ne jette pas aux orties sa méfiance naturelle à cause d'une seule conversation en ligne.

Petite intello : Oui… Mais comment le saurez-vous ? Si vous me donniez un ordre à cet instant précis, comment sauriez-vous que je l'ai exécuté ? Ce n'est pas comme si j'avais une webcam…

Encore heureux, d'ailleurs. Si nous pouvions nous voir, Némésis et moi, cela flanquerait tout par terre. C'est l'anonymat – réel ou pas, selon que j'ai affaire à Daniel ou non – qui rend les choses si palpitantes.

Némésis : La confiance, ma chère. C'est donc à vous qu'il incombe de ne pas tricher.

Fermant les yeux quelques instants, il me semble distinguer son regard, noir, brillant, joueur, sous le masque. Je regrette d'être une piètre dessinatrice incapable de capturer sa dangereuse beauté.

Petite intello : Je ne suis pas une tricheuse.

J'en suis pourtant une, et aussi une sacrée menteuse, d'ailleurs, puisque je fantasmais sur un autre quand je faisais l'amour avec mon mari.

Némésis : Je vous crois. Alors, que portez-vous ?

Je pince les lèvres. Il me sort une réplique complètement éculée digne du téléphone rose et du cybersexe ; j'en suis presque déçue. Presque. Dois-je lui raconter des craques ? Je pourrais exploser comme une cocotte-minute tellement je suis nerveuse et excitée. J'opte pour un compromis. Un fond de vérité auquel j'ajouterai un soupçon de mensonge pour l'induire en erreur. Après tout, ce n'est pas comme s'il me révélait quoi que ce soit à son sujet.

Petite intello : Un pyjama de soie… rouge. Très coquin.

En réalité, il s'agit de coton peigné à rayures bleues et blanches.

Némésis : Ah, au fond de vous, vous êtes une séductrice… avec un faible pour la soie et le satin. J'avais raison d'imaginer de l'exotisme sous votre tenue de travail ô combien sage ! Vous m'excitez terriblement… Mais cela ne doit guère vous étonner, je me trompe ?

Ah, ah ! Pas si doué que ça pour lire en moi, finalement. J'ai un léger avantage sur lui, une carte spéciale à jouer. Nous sommes deux à mener l'autre en bateau. Et ça me plaît.

Petite intello : Eh bien, j'espérais effectivement que vous bandiez. Sinon, tout ceci serait un peu vain, vous ne trouvez pas ?

Un long silence.

Némésis : Nous pourrions simplement être amis…

Il ponctue sa phrase d'un smiley jovial.

Petite intello : Et plus si affinités ?

Némésis : LOL… Bien sûr. Est-ce que vous mouillez ?

Pas qu'un peu. Et ça n'a pas attendu que nous commencions à discuter…

Petite intello : Oui.

Némésis : Délicieux ! C'est bien ce que je pensais. Soyez plus précise. Y en a-t-il partout sur votre pyjama ? Votre miel a-t-il coulé entre vos fesses ?

Je ne peux m'empêcher de laisser échapper un gémissement. Car je ruisselle telle une fleur gorgée de nectar. Je bouge légèrement pour rectifier la position de l'ordinateur sur mes cuisses, et je sens l'excitation me dévorer. Je n'avais jamais connu ça.

Petite intello : Oui, beaucoup. Mon pyjama est tout humide, j'ai la peau moite…

Je n'hésite qu'une fraction de seconde avant d'ajouter :

Petite intello : Ça vous fait bander encore plus ?

En mon for intérieur, j'entends un doux rire très masculin, et, sous le masque de cuir, les lèvres de mon Admirateur s'incurvent en un sourire mi-aguicheur mi-menaçant.

Némésis : Naturellement. Vous le savez bien. Et vous prenez un peu trop d'initiatives, mademoiselle la bibliothécaire sexy.

Sa réaction, qui devrait m'agacer, m'indigner, accroît en réalité mon excitation. Je suis un puits de désir avide. J'écarte les jambes en regrettant de ne pas pouvoir me passer d'ordinateur et communiquer avec Némésis par télépathie, sans l'entrave de la technologie.

Dommage aussi qu'il ne soit pas là pour toucher mon bourgeon de chair.

Petite intello : Et vous ? À quoi ressemble votre virilité ? Êtes-vous bien membré ?

J'apprécie le fait d'être libre de lui écrire tout et n'importe quoi en étant en son pouvoir. J'ai le sentiment qu'un dédoublement de personnalité s'opère en moi – sans doute Némésis peut-il en dire autant –, et l'idée d'être à la fois réelle et un objet de fantasme me donne le vertige.

Némésis : Vous persistez à me provoquer, Gwendolynne. Vous êtes une femme qui n'a pas froid aux yeux. Comme c'est stimulant… Si j'accède à votre demande, cela n'ira pas sans juste contrepartie…

Mon cœur bat la chamade. Mon pyjama est désormais complètement mouillé, et le drap prend le même chemin, mais je m'en moque éperdument.

Petite intello : Oui, je comprends. C'est légitime.

Némésis : Très bien.

Il n'écrit rien d'autre pour le moment, alors je songe qu'il doit être en train d'examiner son anatomie pour me la décrire au mieux. Est-il comme tous ces hommes au jugement biaisé, prompts à exagérer la taille de leur précieux appendice ?

Némésis : Je me classerais dans la catégorie « présentable ». Je ne suis pas doté d'un membre énorme, mais je suis satisfait de ce que j'ai et de la façon dont cela fonctionne. Et j'adore me caresser en pensant à vous. Comme en ce moment…

Avec une acuité criante, je revois Daniel au sous-sol de la bibliothèque, puis l'image se mélange avec celle de l'homme au masque de cuir. Le Daniel de mon fantasme se caresse avec ardeur, nu sur un lit pourvu des draps de satin blanc qui peuplent les lettres de Némésis. Sauf que mon Professeur Glamour est mieux que « présentable ».

Mais il y a un truc qui ne colle pas. J'ai du mal à conjuguer communication et besoin irrépressible de me donner du plaisir. Comment Némésis gère-t-il la situation ?

Petite intello : Comment faites-vous pour vous branler tout en tapant ?

Némésis : LOL.

Petite intello : Non, sérieusement. Moi, j'y arrive difficilement, alors ça doit aussi être votre cas.

Némésis : Peut-être que j'utilise un système de reconnaissance vocale. Vous y avez songé ?

Petite intello : La VoIP, vous voulez dire ? Une application de chat vocal ? Vous avez envie qu'on se parle ?

Le curseur ne cesse de clignoter. Je ne suis pas motivée pour discuter avec lui de vive voix. Cela ruinerait le suspense. Si j'ai affaire à Daniel, ou bien à une personne que je connais, je le saurai, et ce sera la fin de notre petit jeu pervers. C'est désinhibant, d'une certaine façon, de ne pas avoir de certitude. J'ai mes soupçons, mais je peux écrire à Némésis tout ce qui me vient à l'esprit. Si j'étais sûre de l'identité de mon interlocuteur, je me fermerais comme une huître. La magie disparaîtrait, et je n'aurais sans doute plus envie de jouer.

Némésis : Un jour, peut-être… mais pas tout de suite. J'aime assez les interruptions qui m'empêchent de me caresser. Cela fait monter la tension et rend la suite d'autant plus agréable.

Pendant un instant, le sexe passe au second plan, car je sens que quelque chose de plus profond est à l'œuvre. Notre discussion prend un tour différent. Nous sommes sur la même longueur d'onde…

Petite intello : Oui ! C'est ce que je ressens !

Némésis : Je pensais bien que vous me comprendriez. Mais il est temps pour vous de vous acquitter du prix que j'ai mentionné. Vous ne l'aviez tout de même pas oublié ?

Petite intello : Non, allez-y. Acharnez-vous.

J'entends à nouveau le rire anonyme, doux et étrange, dans ma tête. La voix n'en est pas vraiment une, mais elle me semble en même temps si réelle qu'elle me fait l'effet d'une plume caressante sur mon clitoris. Tout mon sexe frémit tandis que j'attends que mon Admirateur m'annonce le prix à payer.

Némésis : Ôtez votre bas de pyjama. Je veux que vous dévoiliez votre chatte. Je veux m'assurer qu'elle serait à ma disposition si je me trouvais en ce moment près de vous. J'aime ça. J'aime l'idée de pouvoir me l'approprier, la toucher à tout moment. Vous êtes mon esclave.

Je n'arrive plus à respirer. Ma tête me paraît plus légère que l'air. Je vis une sorte d'évanouissement qui n'en est pas un, comme si j'avais vidé la bouteille de vin sans pour autant ressentir les effets néfastes de l'alcool, seulement la sensation libératoire et onirique de l'ivresse. Mon vagin se contracte durement en signe de soumission.

Némésis : Gwendolynne ? Êtes-vous prête à m'obéir ?

Petite intello : Oui, c'est ce que je suis en train de faire.

Némésis : Parfait. Votre sexe m'appartient. Dénudez-le pour moi.

Je ne peux plus revenir en arrière ! Repoussant mon ordinateur, j'enlève mon pantalon. Je suis fin prête à accueillir mon maître. Par la pensée, j'envoie à Némésis l'image des boucles fauves de mon mont de Vénus.

Je sais qu'il attend ma réponse, mais je suis d'humeur libertine. J'ai envie de m'amuser. Mon sexe est autant son jouet que le mien. J'entrouvre les jambes en remontant les genoux pour espérer apercevoir la fente rose et luisante de mon intimité, qu'ourlent les replis de peau veloutée surmontés du bourgeon de chair.

Voyez, c'est pour vous ! lui dis-je en mon for intérieur tout en écartant un peu plus les cuisses. Ayant l'interdiction de toucher le fruit appartenant à Némésis tant qu'il ne m'y aura pas expressément autorisée, je jette mon dévolu sur mes seins.

Erreur. Car, ce faisant, je provoque de diaboliques réactions au niveau de mon intimité. Mon clitoris se tend, se gonfle. Des larmes perlent aux coins de mes yeux lorsque je pince mes mamelons pour me punir. Avec des gémissements que je ne me rappelle pas avoir déjà émis un jour, je me tourne vers l'écran.

Némésis : Gwendolynne ?

Je dois me contorsionner pour taper ma réponse ; c'est très inconfortable.

Petite intello : Désolée... J'étais trop excitée. J'ai enlevé ma culotte.

Némésis : Avez-vous touché votre chatte ? Vous savez que je ne vous en ai pas encore donné l'autorisation. Je serai déçu s'il s'avère que vous n'avez pas attendu mes instructions.

J'étouffe un petit cri. Je ne suis plus que désir tendu vers la jouissance, mais l'idée de décevoir Némésis me fend le cœur.

Petite intello : Non ! Je le voulais... J'en meurs d'envie..., et je ne crois pas que je pourrai me retenir bien longtemps... Mais je ne l'ai pas touchée.

Mon corps, tourmenté par mon refus, s'arque de son propre chef. Silencieusement, je supplie mon Admirateur de me laisser me caresser, tandis que la passion monte en moi, brûlant les moindres replis de mon intimité.

Némésis : Mais vous avez fait autre chose.

Je jurerais qu'il m'épie, sauf que je n'ai pas de webcam. Peut-être, simplement, qu'il me connaît mieux que je ne me connais moi-même ?

Petite intello : J'ai taquiné la pointe de mes seins. C'est presque aussi bon.

Il sourit. En mon for intérieur. Je ne distingue qu'une bouche volontaire, à la fois anguleuse et généreuse. Des dents très blanches. Ce spectacle est un bonheur absolu. Un homme nu penché au-dessus de moi. Ses cheveux noirs indisciplinés frôlent mes cuisses et mon ventre. C'est Daniel que je me représente parce qu'il est le seul que j'ai vu en tenue d'Adam récemment. Il semble contrarié.

Némésis : Cela n'en reste pas moins une transgression. Un jour, peut-être, je vous ferai jouir sans caresser votre clitoris. J'agacerai vos tétons pour attiser votre excitation. Je toucherai tout votre corps à l'exception de votre sexe… et, quand vous serez au comble de la frustration, je soufflerai dessus…, alors, vous atteindrez le septième ciel.

Bon, allez, ça suffit comme ça !

Ou bien c'est carrément le contraire, et on est loin du compte. J'introduis mon majeur dans mon vagin. Deux va-et-vient indélicats déclenchent un orgasme fulgurant. Je deviens momentanément aveugle et sourde à tout ce qui m'entoure, incapable de penser à autre chose qu'à l'extase qui m'a envahie et que j'accompagne de mouvements frénétiques du bassin.

Je heurte de la main le coin de l'ordinateur. La douleur, à des années-lumière de là, ne parvient pas à m'affecter tout à fait.

Quelques secondes ou peut-être quelques minutes plus tard, j'ai toujours l'impression que mon corps ne m'appartient plus, et je halète encore ; un vrai soufflet de forge… M'efforçant de me concentrer, je cligne des yeux pour regarder l'écran du portable. Par miracle, j'ai réussi à ne pas le fracasser. Et, dans la fenêtre de chat, une phrase m'abreuve de reproches.

Némésis : Que faites-vous, Gwendolynne ?

Les mots accusateurs se répètent à l'infini.

Némésis : Que faites-vous, Gwendolynne ?

Némésis : Que faites-vous, Gwendolynne ?

5

Le gage

Le lendemain, je me réveille avec une gueule de bois qui n'a aucun rapport avec l'abus d'alcool, car je n'ai pas avalé tant de vin que cela. Non, je suis victime d'un nouveau phénomène : une overdose de sexe. J'éprouve la vague sensation de malaise et de culpabilité latente qui m'envahit chaque fois que je bois plus que de raison. À cela s'ajoute l'impression d'irréalité, de décalage, qui m'habitait déjà hier soir.

N'ai-je pas rêvé ? On dirait une scène que j'aurais vue à la télévision, à moitié assoupie. Je ne comprends pas trop comment cela pourrait être arrivé. Ce n'est pas mon genre de faire des choses comme ça.

Et pourtant… Mon drap se souvient encore de l'excitation incroyable qui m'empêchait de réfléchir correctement. Par ailleurs, il y a notre conversation, que j'ai imprimée, même si je dois prendre mon courage à deux mains pour la lire.

Sans doute qu'il me trotte dans un coin de l'esprit l'idée de m'en servir pour titiller Daniel. Mais je ne suis pas vraiment décidée à m'engager sur ce terrain-là. Si je dévoile le jeu de mon Admirateur, la partie sera terminée. Avant même d'avoir vraiment commencé. Toujours est-il qu'aujourd'hui je dois affronter le défi qu'il m'a imposé pour lui avoir avoué que j'avais joui.

Némésis : Vous n'en faites qu'à votre tête, Gwendolynne. À présent, vous devez payer.

Au bureau de prêt, je m'agite. Je ne me sens pas particulièrement mal installée sur mon tabouret, mais j'éprouve une sensation fort étrange. Mon gage consistait à venir travailler sans petite culotte. C'est un peu effrayant… et très venteux. Car, je vous le donne en mille, le temps s'est rafraîchi, si bien qu'il fait frisquet là où vous pensez. Impossible pour moi d'oublier que je ne porte rien sous ma jupe.

Le défi que j'ai accepté constitue cependant une distraction bienvenue et palpitante. Ce matin, j'ai reçu chez moi un courrier beaucoup moins divertissant : la dernière lettre d'une interminable série de doléances, envoyée par l'avocat de Simon au sujet de la vente de notre maison. Mon ex-mari cherche à me léser. J'aurais aimé garder de lui un souvenir un tant soit peu attendri, mais bordel ! Il me complique sérieusement la tâche avec ses exigences injustes.

Cela rend d'autant plus exquis mes échanges coquins avec Daniel/Némésis. Même dans mes rêves les plus fous, je n'aurais pu m'inventer une meilleure échappatoire. Ce jeu excitant à mort. Insensé. Cet affrontement verbal affriolant grâce auquel je me sens bouillante de vie, délicieusement mise à nu et disponible, alors que ma jupe, qui m'arrive au genou, est on ne peut plus pudique. Je me plais à penser que tous les hommes aux alentours me passent aux rayons X et ont les yeux rivés sur mon intimité.

Les sourires qu'on m'adresse depuis ce matin me paraissent tous un brin sinistres. Les marques de politesse les plus innocentes recèlent des allusions à peine voilées. J'ai croisé au moins une dizaine de Némésis potentiels, même si le principal suspect n'a pas encore montré le bout de son nez. Il doit être en bas dans sa tanière, mais j'ai jusque-là été trop occupée pour lui rendre visite. Et plus le temps file, plus je suis nerveuse ; je tiens difficilement en place. Parce que mon gage s'accompagne d'un bonus facultatif.

Némésis m'a proposé un défi absurde, fou, périlleux. Je risque de perdre mon travail si cela tourne mal. Je dois passer à l'action avant ce soir. Sciemment ou accidentellement, je dois m'exhiber devant quelqu'un.

Le personnel étant au grand complet aujourd'hui, Tracey vient au bureau de prêt pour que je puisse prendre ma pause. Elle aussi, elle se comporte bizarrement.

— Tu descends aux archives ? me demande-t-elle avec un regard de connivence tandis que je ramasse quelques livres qu'il faut ranger en magasin. Ne fais pas attendre ton petit ami.

— Comment ça ? Je n'ai pas de petit ami.

— Le Professeur Glamour… Josie l'a vu se diriger vers le square, l'autre jour, peu après toi. Il te suivait, ça crève les yeux. Et, hier soir, il s'est arrêté pour te parler au moment où il partait.

— Et donc ? C'est un lieu public, et pour ce qui est d'hier soir il a simplement fait preuve de politesse. Il n'y a rien d'autre. Je le regrette, d'ailleurs !

— En plus, on a remarqué que tu trouvais beaucoup de trucs à descendre au sous-sol, ces derniers temps, glousse-t-elle en lançant un regard lourd de sens à ma pile de livres. (Mon inquiétude naissante doit se lire sur mon visage, car elle poursuit.) Oh, ne t'en fais pas, il n'y a que Josie et moi qui t'avons à l'œil, pas le boss. Avec nous, le secret de ton amourette est bien gardé.

— Il n'y a pas d'amourette ! sifflé-je pendant qu'elle s'installe sur le tabouret à ma place.

Ça doit être tellement moins stressant de s'asseoir avec des sous-vêtements ! En tout cas, je suis soulagée en ce qui concerne M. Johnson, notre chef. Je ne crois pas qu'il verrait d'un bon œil que ses employés se lient d'amitié avec notre hôte célèbre.

— C'est ça, oui…, susurre ma collègue en entrant ses identifiants dans l'ordinateur. Allez, descends ! Ton prince t'attend !

Je lui décoche le regard bien-pensant de la vertu offensée avant de déguerpir. Je referme la porte de la salle de lecture et m'adosse contre le battant, le souffle court. Seule ma petite culotte manque à l'appel, mais il pourrait tout aussi bien s'agir de ma jupe, de mon chemisier, de tout… J'ai l'impression d'être un puits d'hormones en ébullition. Je jurerais que je perds la tête.

Au bout de quelques instants, je m'engage dans l'escalier en tâchant de me persuader que tout est parfaitement normal et que je ne suis ici que pour ranger des ouvrages en magasin. Mais une pensée tourne en boucle dans mon esprit. *Est-ce qu'il est là ? Est-ce qu'il est là ?*

Lorsque j'aperçois le halo lumineux au fond du bâtiment, je suis au bord de l'hyperventilation. Daniel – ou Némésis ? Ou les deux ? – est bel et bien présent.

Je longe discrètement les rangées de hauts rayonnages. Le bureau de Daniel est moins éclairé que d'habitude, et je ne perçois pas le moindre bruit. Bon sang, qu'est-ce qu'il fabrique ? Immédiatement, je songe qu'il a recommencé à se masturber. Je l'imagine affalé dans le fauteuil de ministre qu'il a piqué je ne sais où, la braguette ouverte, ses doigts allant et venant autour de sa verge splendide, dressée telle une lance au diamètre généreux.

J'avance maintenant à pas de loup. En tournant au bout du couloir, je ne sais pas trop à quoi m'attendre, mais j'espère découvrir un spectacle aussi extraordinaire que celui d'hier.

Daniel est assis dans son fauteuil, les jambes écartées, la tête penchée en arrière. Il ne se masturbe pas. En revanche, il porte un masque. Un masque, nom d'un chien !

Je manque de lâcher mes livres. Hélas, il ne s'agit pas de l'accessoire en cuir, fétichiste à souhait, de mes fantasmes, mais d'un masque froid identique à celui de Christian Bale, dans *American Psycho.* Daniel maintient l'objet en place des deux mains ; ses doigts sont crispés. Il n'a pas l'air bien.

— Gwendolynne ?

Lentement, comme si ce geste lui coûtait, il enlève le masque, le pose et se lève en vacillant légèrement. Ses yeux, d'ordinaire si beaux, sont rouges, irrités, et il bat des paupières frénétiquement en me regardant ; on dirait qu'il me distingue difficilement. Passant les doigts dans ses cheveux, les ébouriffant au passage, il se masse le crâne puis porte délicatement la main à sa nuque ; sa tête serait en verre qu'il ne s'y prendrait pas autrement.

Bon sang, que lui arrive-t-il ?

Il ramasse ses lunettes sur le bureau, et, une fois qu'il les a remises sur son nez, il semble se ragaillardir et m'adresse un sourire mi-figue mi-raisin.

Ça ne ressemble pas du tout à du Némésis.

— Est-ce que ça va ?

La réponse à ma question est pourtant évidente. Ça ne va pas du tout. Il remonte ses lunettes pour se frotter les yeux sans avoir l'air de se rendre compte de ce qu'il fait.

— Vous avez un problème aux yeux ?

— Non. Je suis juste un peu fatigué, c'est tout.

Menteur. Le premier imbécile venu aurait remarqué qu'il souffre. Ses iris noisette recèlent des ténèbres insondables. Il est inquiet, voire effrayé.

— Vous êtes sûr ?

— Tout à fait. Tranquillisez-vous, réplique-t-il avec une pointe d'agacement. (Il se redresse dans son fauteuil comme on se met au garde-à-vous, et ses derniers signes de faiblesse s'estompent.) Et vous, comment allez-vous ? Avez-vous reçu d'autres lettres secrètes ?

Pendant un dixième de seconde, le courrier de l'avocat me revient en mémoire, mais je broie ce souvenir avec férocité. En cela, le spectacle de Daniel, qui semble se dérider, me facilite la tâche. Rien de tel, en effet, que le sexe pour faire oublier à un homme ses douleurs et ses tracas. Et cela vaut également pour une femme à qui son ex-mari donne des envies de meurtre.

— Pas exactement. Mais nous avons communiqué, oui, réponds-je avec le plus grand flou possible pour l'aguicher.

Il me décoche le regard sévère du professeur confronté à une élève récalcitrante.

— Nous avons *chatté* hier, Némésis et moi.

— Vraiment ?

Oh, si Daniel est bien mon Admirateur, il est encore plus intelligent que je ne le pensais. Sa voix reste parfaitement neutre, il n'exprime ni désintérêt trop appuyé ni enthousiasme obscène. Il emploie l'intonation idéale de l'intervenant extérieur modérément curieux et légèrement inquiet pour son interlocutrice.

— Vous avez envie qu'on en discute ? Ou bien préférez-vous éviter de mettre une tierce personne au courant ?

Il pince les lèvres d'un air contrarié. Est-il jaloux à l'idée que je puisse refuser de lui parler ? Ou continue-t-il à me jouer la comédie ? Dans ce cas, il a extrêmement bien cerné son rôle.

— Non, ça va, de toute façon il n'y a pas grand-chose à signaler.

En réalité, c'est l'événement de l'année, et je suis complètement givrée d'aborder le sujet avec Daniel ; peu importe qu'il soit Némésis ou simplement un individu pas aussi vertueux qu'il en a l'air. S'il n'est pas Némésis, lui raconter la conversation revient à me mettre à nu, et s'il est mon Admirateur, alors je m'empêtrerai d'autant plus dans une relation sérieusement perverse. Mais je ne peux plus reculer. Je suis impliquée corps et âme.

— Vous avez un peu de temps devant vous ? me demande-t-il.

Déjà, il contourne le bureau pour me trouver un siège. Encore un de ces vieux fauteuils de patron, montés sur roulettes, qui perdent leur rembourrage en divers endroits.

— Oui, je suis en pause, et le fonctionnement est assez souple. On me doit des heures.

Ce sont des foutaises, soit dit en passant, mais Tracey me couvrira. Elle semble bien décidée à me voir concrétiser avec le Professeur Glamour.

— Vous pourrez toujours expliquer que vous m'aidiez dans mes recherches, répond-il en fouillant dans son sac, non sans m'avoir adressé au préalable l'un de ses fameux clins d'œil qui n'en sont peut-être pas.

Ou l'inverse. Toujours est-il qu'il me présente deux briques individuelles de jus de pomme, paille incluse, et un gros paquet de chips.

Chouette, un pique-nique ! Théoriquement, nous ne sommes pas censés introduire de la nourriture et des boissons dans l'enceinte de la bibliothèque – la salle de pause faisant exception –, mais qu'importe ? Daniel est tout de même un hôte de marque, ce qui lui permet de prendre quelques libertés avec le règlement.

— Oh, merci ! (Le goût sucré de la boisson me rend volubile.) Ouais, j'ai passé une soirée très mouvementée. Je n'avais encore jamais fait ce genre de choses. Dans l'anonymat, on a le sentiment de pouvoir dire ou faire n'importe quoi... On se sent totalement libéré.

— Mais comment s'est-il donc débrouillé pour vous joindre ? Il a découvert votre adresse électronique, ou bien...

Il avale une bonne partie de son jus de pomme en faisant du bruit et, par-dessus la briquette, il me lance un sourire adorablement niais. Un vrai gosse.

— C'est plutôt inquiétant, poursuit-il en se rembrunissant. Vous jouez avec le feu, Gwendolynne. Vous devriez vous montrer plus prudente.

Le feu, hein ? Et comment ! Il est en train de me cuisiner en beauté.

— Il m'a envoyé un message via MySpace pour m'inviter à discuter.

Daniel hausse les épaules d'un air fataliste comme s'il avait affaire à une étudiante idiote.

— Écoutez, Professeur Je-sais-tout, ça va vous paraître hasardeux, mais je trouve ça… je trouve ça excitant ! Et si vous deviez travailler en permanence dans ce goulag qui nous sert de bibliothèque, sans doute que vous seriez enclin à prendre des risques, vous aussi. Et puis…

Oserai-je manifester mon désaccord avec lui ? Même si Némésis se révèle être un inconnu, j'ai la certitude qu'il ne me fera pas de mal. Comment le faire comprendre à Daniel ?

— Qui qu'il puisse être, je ne pense pas qu'il ait de mauvaises intentions. C'est un dégénéré, mais je sens qu'il n'est pas méchant, même si c'est difficile d'expliquer pourquoi, dis-je pour conclure en buvant mon jus de pomme.

Nous rions tous les deux.

— Plus sérieusement, ajouté-je. Je n'ai aucune intention de le laisser me forcer la main de quelque façon que ce soit.

Daniel réfléchit à mes propos, les sourcils légèrement froncés, tout en ouvrant le paquet de chips et en me le présentant. L'estomac noué par une curieuse fébrilité, je refuse sa proposition. Son antre, au fin fond de la bibliothèque, me fait l'effet d'un cocon hors du monde, et c'est exactement ce que j'ai ressenti lorsque je bavardais avec Némésis.

— Si vous le dites…, répond-il au bout d'un moment, résigné.

Il me prend apparemment pour une crétine finie, mais se retient de me traiter de telle. Il est possible qu'il le pense vraiment. Ou alors j'ai affaire à un comédien très doué.

— Oui, comme vous dites…

Je l'observe, m'efforçant de lui soutirer ses secrets. Mais je ne capte rien, hormis une lueur d'humour quelque part au fond de son regard. Et encore il n'est pas exclu que je me fasse des idées… Je sors de ma poche les feuilles que j'ai imprimées.

— Je l'ai là… Notre conversation.

Daniel penche la tête sur le côté et, derrière ses lunettes, je le vois plisser les paupières.

— J'en ai sauvegardé une transcription. Vous voulez la lire ? lui demandé-je d'un air espiègle. On est loin des mots calligraphiés sur un papier à lettres raffiné, mais ça n'en reste pas moins sulfureux, dans cette catégorie.

Tendant vers moi une main élégante, il interrompt cependant son geste.

— Il y a aussi ce que vous avez écrit. Êtes-vous certaine d'avoir envie que j'en prenne connaissance ?

— Peu m'importe. Allez-y.

Daniel me chipe illico les feuilles et les déplie. Plus moyen de changer d'avis, de toute évidence. Il allume deux lampes de bureau supplémentaires.

Durant les minutes qui suivent, l'atmosphère devient de plus en plus pesante dans la tanière du Professeur Glamour, comme si nous nous trouvions dans une chambre pressurisée. Le silence règne, à l'exception du bruissement occasionnel du papier, du discret bourdonnement de l'air conditionné et des canalisations. Sans oublier le souffle de Daniel, qui semble accompagner la rapide montée de la tension érotique. Je n'ai que trop conscience du fait que je ne porte pas de sous-vêtement et que, dans quelques secondes, le beau brun assis en face de moi sera au courant. Lorsqu'il jette un coup d'œil fugace en direction de mon intimité, je manque de défaillir.

Il finit par reposer les feuilles et prend une profonde inspiration. Le bas de son corps disparaît dans la pénombre, alors je ne distingue pas son entrejambe, mais je suis à peu près sûre qu'il a une érection ; en lisant, il remuait dans son fauteuil, comme gêné, et oscillait légèrement du bassin.

— Waouh, dit-il en tapotant du bout du doigt sa lèvre inférieure.

Puis, sans cesser son geste, il se cale au fond de son siège, les yeux dans le vague. « Waouh » ? C'est tout ? Seigneur, je ne sais pas ce qu'il vous faut, cher professeur.

Pour une raison que j'ignore, son art consommé du manque d'intérêt et le fait qu'il nie son désir m'irritent. Je décide de le secouer un peu.

— Qu'en pensez-vous ? Est-ce que cela vous excite autant que moi ?

Ah ! Il reporte son attention sur moi.

— Eh bien, oui, naturellement, dit-il en remuant à nouveau. C'est un scénario très osé. Très intense. (Il toussote de façon fort distinguée.) Toutefois, vous ne m'ôterez pas de l'idée que la glace menace de rompre sous vos pieds.

La glace ? Le feu ? Au moins, je lui aurai fait faire le grand écart entre les métaphores.

— Comment ça ? Il est sans doute parfaitement inoffensif. Je suis persuadée que, si nous nous retrouvions l'un en face de l'autre, il courrait se réfugier dans les jupes de sa maman.

Là ! Prends-toi ça dans les dents !

— Vous n'en savez rien. À mon avis il a bien l'intention de vous rencontrer et de vous baiser. Il l'a écrit.

Ooh, « baiser ». Dans sa bouche, ce mot est exotique et tout à fait incongru. Je l'imagine, me pénétrant avec passion tout en laissant échapper des grossièretés.

J'ai tellement envie de lui ! De lui et de Némésis. Même s'il s'agit de deux personnes différentes. Je suis si dépravée que cela m'effraie.

— Et en quoi cela pose-t-il un problème ?

Il faut croire que je me sens obligée de le provoquer. C'est pathologique.

Fuyant mon regard, il enroule une mèche de cheveux autour de son doigt, ce même doigt que je vois occupé à… autre chose.

— Il n'empêche qu'il pourrait être dangereux.

— Tout comme moi.

— Je n'en doute pas, Gwendolynne. Je n'en doute pas. Vous mettez ma concentration en péril.

Je me lève d'un bond.

— Dans ce cas, je vous laisse. Je vous distrais de votre travail.

Qu'est-ce qui cloche, chez lui ? La plupart des hommes se jetteraient sur l'occasion comme sur un costume soldé.

— Non ! se récrie-t-il en se levant à son tour. (Il a effectivement une belle érection.) C'est simplement que la situation est pour le moins inhabituelle…

Il m'invite à me rasseoir d'un geste gracieux, à la fois poli et autoritaire. Difficile pour moi de ne pas obtempérer. Je reprends ma place en me demandant pourquoi je lui cède si facilement.

— Nous parlons de sexe alors que nous nous connaissons à peine, et avec cette histoire j'ai l'impression que nous formons un ménage à trois, dit-il. C'est très… perturbant.

— C'est vous qui avez commencé.

Va-t-il passer aux aveux, mettant ainsi un terme au mystère ? Non, il fronce les sourcils, ce qui lui donne l'air encore plus adorable, et croise les mains sur le bureau. Pour les empêcher de faire quelque chose qu'il aimerait éviter ? Se caresser, par exemple ?

— J'ignore de quoi vous voulez parler, Gwendolynne. En quoi est-ce ma faute ? demande-t-il, l'innocence faite homme.

Très convaincant.

— Eh bien, vous avez regardé mon décolleté, et puis vous en avez fait des tonnes en me suivant pour vous excuser. (Mon jus de pomme est vide, alors je joue avec la paille.) Si vous vous étiez contenté de me reluquer normalement sans éprouver le besoin impérieux de vous faire pardonner, je ne vous aurais jamais montré la lettre… et nous en serions restés aux politesses d'usage.

Il hausse les épaules. Me gratifie d'un sourire exquis et un peu candide qui me donne des frissons partout, jusque dans mon intimité dénudée.

— C'est on ne peut plus vrai, reconnaît-il.

Je tapote ma briquette, ne sachant trop comment poursuivre la conversation ; c'est extrêmement bizarre.

Mais la voix de Daniel, légèrement voilée, s'élève à nouveau dans le silence.

— Alors… vous avez fait ce qu'il demandait ? Ou bien avez-vous mené ce pauvre bougre en bateau ? (Il fléchit les doigts à plusieurs reprises.) Portiez-vous un pyjama de soie rouge ?

— Non, le mien est en coton rayé bleu et blanc.

Étonné, il passe sa langue rose et agile sur ses lèvres.

— Mais, pour le reste, vous disiez vrai ?

— Globalement oui…

Il secoue la tête, et ses boucles noires ondulent. Je me sens mise à nu, comme hier soir. Les lettres de Némésis sont une chose, mais servir sur un plateau le récit de ma vie intime, orgasme compris, à un quasi-étranger, c'en est une autre. Je suis en chute libre, prête à m'écraser en terre inconnue, et mon appréhension ne fait que m'exciter davantage.

— Je vous dégoûte ?

— Non, je vous assure que non ! (Son regard pétille à nouveau.) Vous m'épatez, Gwendolynne. J'ai peur pour vous, et en même temps vous m'enchantez en évoquant devant moi votre… sexualité. Je me sens privilégié.

Il éclate d'un rire joyeux ; on dirait un petit garçon qui aurait fait une bêtise.

— Et le gage, vous l'avez accepté ? demande-t-il en lançant un coup d'œil tout en cils vers mes cuisses.

— Évidemment, réponds-je, le cœur battant la chamade.

— Vous savez, vous ne courriez aucun risque si vous décidiez de vous servir de moi.

Ses cils me font un effet monstrueux ; je n'avais encore jamais vu Daniel si aguicheur. Il semblerait que notre relation ait franchi une étape, que nous soyons entrés dans le monde du flirt sans même nous en rendre compte.

— Je regarderai à peine, comme ça vous n'aurez pas vraiment l'impression de vous être exposée.

Nous avons parcouru beaucoup de chemin depuis la fois où il a joué à l'enfant de chœur coincé, l'autre jour, dans le square. Il est partant. Il est prêt. Tout en lui n'est plus que séduction dévastatrice.

Je peux d'ailleurs en dire autant. Mon porte-jarretelle est aussi rouge et satiné que mon pyjama fictif, et les bandes de dentelle charbonneuse qui ourlent mes bas compensent le fait que mes cuisses sont moins fuselées que je ne les aimerais. L'écrin parfait pour mon intimité surmontée de duvet fauve.

Daniel, sous ses airs d'érudit, n'en demeure pas moins un homme, fût-il intelligent et diablement sensuel. Montrer un sexe féminin à un mâle revient à parler à son cerveau reptilien, et non à ceux de ses neurones qui sont bourrés de savoir encyclopédique dans divers domaines. Sur le plan du physique, du tactile, je joue dans la même cour que le professeur Brewster ; peu importent sa célébrité et son niveau intellectuel. Je peux le conquérir.

— Très bien.

Sans me laisser une chance de me dégonfler, j'envoie mon fauteuil heurter un rayonnage, tandis que Daniel recule le sien pour mieux me regarder. Les mains à plat sur ma jupe, je la lève avec une lenteur consommée. J'avais prévu de la tirer d'un coup et de la rabattre aussitôt, mais, tout bien réfléchi, j'ai envie de me mettre en scène.

Daniel écarquille progressivement les yeux au rythme du tissu qui remonte, et entrouvre sa bouche vermeille lorsque mon sexe apparaît.

Je me sens extrêmement désirable. Je savais bien qu'il serait hypnotisé par mon triangle d'or roux. En cet instant, il ferait mes quatre volontés si je le lui demandais. Je le laisse profiter du spectacle encore un peu, puis je baisse ma jupe et la lisse. Son regard pétillant s'éteint. On dirait un enfant dont j'aurais écrasé la PlayStation reçue à Noël.

— Cela ne vous engage en rien, déclaré-je. On est loin du mariage. (Daniel suit le moindre de mes gestes.) Vous n'avez fait qu'aider une amie… et vous êtes récompensé par un aperçu de ce que tout homme apprécie. Cela vous convient ?

— Hum, oui, oui, je suppose qu'on peut dire ça.

Voudrait-il que les choses aillent plus loin ? C'est ce que tendrait à indiquer la bosse bien réelle de son pantalon.

— Est-ce que ça va ? Daniel ?

Il inspire profondément, comme s'il avait couru un marathon.

— Oui… Oui, ça va. Simplement, je pensais être en mesure de rester détaché de tout ça. Et de vous venir en aide. (Il triture son jean et remue sur son siège, manifestement mal à l'aise.) Mais votre situation m'affecte plus que je ne l'avais prévu, conclut-il avec un sourire désabusé qui témoigne de sa confusion.

Qui espère-t-il donc berner ? Même s'il n'est pas Némésis ou le pervers de tous les pervers, il n'en demeure pas moins un trentenaire célèbre et charismatique. Il a probablement couché ou partagé des jeux coquins avec un tas de femmes ; à côté de lui, je suis une nonne.

— Ce n'est tout de même pas la première fois que vous voyez un attribut féminin ? N'essayez pas de me faire croire que vous êtes un indécrottable puceau, ou quelque chose dans ce goût-là.

— Assurément non, réplique-t-il vertement. *(L'aurais-je fâché ?)* En revanche, il est rare que je découvre lesdits attributs en de telles circonstances. (Il sourit.) En général, il y a quelques rendez-vous, un dîner, une pièce de théâtre, parfois une exposition. Ensuite le classique : « Voulez-vous monter prendre un dernier verre ? » La procédure standard, en somme. (Il ponctue sa phrase d'une moue adorable.) C'est uniquement à ce moment-là que la femme se dévoile.

— L'idée venait de vous, lui fais-je remarquer.

— Je le sais. Je dois avouer que je vous admire depuis que je fréquente la bibliothèque, et hier je vous ai proposé de sortir avec moi. (Il se rembrunit à nouveau, mais ce n'est pas de la contrariété. Plutôt de la tristesse, de la mélancolie.) Mais, maintenant, je me demande s'il ne vaudrait mieux pas éviter de compliquer notre relation professionnelle, jusque-là profitable. D'autant que je ne vais pas tarder à retourner à Londres. Et… (Il s'interrompt pour pousser un profond soupir.) Eh bien, je ne sais pas comment expliquer ça sans vous paraître incroyablement arrogant ou imbu de moi-même…

— Essayez toujours.

— En fait, je ne cherche pas à m'investir émotionnellement, en ce moment. Tout ce que je peux vous offrir, c'est ce qu'on taxerait d'« aventure ».

Ses traits reflètent ses efforts à s'exprimer, ce qui est particulièrement singulier chez un orateur accompli comme lui.

— Mais ce n'est pas vous qui êtes à blâmer. Vous êtes ravissante. Exquise. Étourdissante. Toutefois, je ne suis pas le bon candidat pour du long terme. Ce serait malhonnête de ma part de ne pas vous le signaler.

Il me paraît presque angoissé, alors même si je flotte sur un petit nuage à cause des mots qu'il a employés, et même si mon corps me brûle tant j'ai envie de lui, je sens poindre une soudaine inquiétude. Je serais curieuse de savoir ce qui le trouble tant. Parce qu'il a bel et bien un gros souci. Mon instinct me le hurle.

— Comme je vous le disais, on n'en est pas à se passer la bague au doigt. (D'humeur hardie, je touche ma jupe à l'endroit fatidique.) Et, en ce qui me concerne, je ne suis pas certaine de vouloir faire une croix sur Némésis. (Je croyais que Daniel réagirait, mais il demeure impassible.) Mais nous pourrions apprendre à nous connaître un peu mieux, tant que vous serez là. Nous amuser sans arrière-pensée. On pourrait se voir. Coucher ensemble si affinités. Continuer à fricoter avec Némésis tous les deux, qui sait ?

Le visage de Daniel s'éclaire. À l'évidence, cette suggestion lui plaît.

— Pas de grandes déclarations d'amour, juste un arrangement temporaire. Une aventure, selon le terme que vous avez employé. Pas d'attaches. Pas de contraintes. Et pas de limites non plus.

J'ignore franchement ce qui m'a pris mais, bon sang, je crois que j'aime ça !

— Vous êtes une femme remarquable, Gwendolynne, répond Daniel avec douceur. (Une myriade d'émotions passent sur ses traits.) Je n'ai pas le souvenir d'avoir déjà rencontré quelqu'un comme vous. Une personne ouverte à l'imprévu. Très courageuse, et aussi un peu folle sur les bords.

— Merci. Enfin…

— Oui, croyez-moi, c'est un compliment. J'apprécie les femmes courageuses, folles et ouvertes à l'imprévu. (Il se lève et s'approche de moi, toujours excité.) Et vous êtes belle. Vous avez un corps sensationnel.

— Comme vous y allez… Je ne suis qu'une petite bibliothécaire trop ronde.

Sauf que je suis pleine d'appréhension. Malgré mes reparties bravaches, je ne sais pas quoi faire. À quelle vitesse convient-il de faire évoluer une aventure sans lendemain ? On pourrait commencer par échanger un nouveau baiser, sans doute, mais cette façon qu'il a de se tenir devant moi… On dirait qu'il se pavane. J'éprouve soudain l'envie de voir sa virilité. Voilà un épisode qui serait digne d'être partagé avec Némésis, la prochaine fois que nous discuterons. Je pourrais prétendre qu'il ne s'agit que d'un fantasme, et rire en mon for intérieur parce que je saurais que c'est vrai.

Mais si Daniel et mon Admirateur ne font qu'un, il sait déjà tout cela, naturellement. La complexité de la situation me plaît au plus haut point !

Alors, comme ça, vous me considérez comme une femme courageuse et un peu frappadingue, monsieur le Professeur Glamour, ou devrais-je dire Némésis ? Eh bien, voyez !

Avant qu'il puisse m'en empêcher, je le tire vers moi par sa ceinture, dont je détache la boucle le plus vite et le moins maladroitement possible. Puis j'ouvre sa braguette.

L'instant de surprise passé, Daniel suit le mouvement. Posant les mains sur mes épaules, il les remonte ensuite pour encadrer mon visage et glisse ses doigts jusqu'à ma nuque. Il plonge son regard dans le mien, l'air mi-circonspect mi-arrogant, puis libère ma chevelure en ôtant l'élastique souple qui la retient.

Moi, c'est son bel organe que je libère. Ah, mon cher ami, je n'arrête pas de penser à toi depuis notre première rencontre.

Son excitation est intense, et son sexe durcit de plus en plus. La peau s'est rétractée, laissant apparaître l'extrémité ronde et lisse ponctuée d'un œil minuscule d'où perle une goutte de fluide velouté. Et tout ça, parce que je lui ai montré mon intimité ? Je love ma main autour de son pénis, et, tel un chiot soucieux de plaire, Daniel se soumet à ma caresse en poussant un grondement sourd éminemment masculin. Il enfouit ses doigts dans mes cheveux, soutenant ma tête et l'appuyant vers le bas.

Je sais bien de quoi il a envie. N'est-ce pas ce que tous les hommes désirent ? La seule chose qui m'étonne, c'est que nous en soyons arrivés là si vite. Un beau matin, on se dit poliment : « Bonjour, comment allez-vous ? » et, le lendemain, voilà qu'on s'agenouille pour faire une fellation à un quasi-inconnu.

Je lève les yeux vers lui, mais les siens sont fermés ; la tête penchée en arrière, il arbore la même expression extatique que la dernière fois, lorsque je l'ai surpris à se masturber. Profondément émue par sa beauté, je goûte l'extrémité de son sexe brûlant.

La chair est ferme, salée, gorgée d'un pouvoir latent. J'y dépose de bon cœur de petits coups de langue rapides et taquins. Je ne suis sans doute pas une virtuose, mais j'agis d'instinct, et un organe plaisant comme celui-là vous invite à vous dépasser et à faire preuve d'inventivité. Daniel a tôt fait de manifester son plaisir par des gémissements, tout en oscillant du bassin tandis que ses doigts se crispent telles des pointes de feu sur ma nuque.

Sous ma main, je sens les muscles de sa cuisse gainée de tissu, roides et bien dessinés, et l'image de son corps nu arc-bouté contre le lavabo me revient en mémoire. Sous la veste en tweed, le tee-shirt confortable et le jean plutôt banal se cache un étalon, un adonis. J'essaie de baisser son pantalon pour pouvoir caresser aussi ses testicules, mais il commence soudain à remuer énergiquement entre mes lèvres.

Mais cela ne me révulse pas, non ! Au fond de moi, je suis calme, détendue. Manifestement, j'accepte Daniel, et mon amour n'a pas de limite.

Après un long moment où nous bougeons en rythme, la jouissance est proche. Ses va-et-vient s'intensifient, et j'entends presque, déjà, le cri de plaisir qui monte en lui.

La respiration hachée, il attrape mes cheveux et me souffle : « Gwendolynne ». Mais quelque chose fige notre coupable tableau. Des bruits de pas étouffés s'élèvent au bout du couloir. Il ne fait aucun doute que la personne se dirige vers nous. Que faire ?

Daniel amorce un mouvement de recul, mais, plaquant mes paumes sur ses fesses, je le prends tout entier dans ma bouche et presse mes doigts fermement contre son anus, à travers l'étoffe de son jean. Il garde une main dans mes cheveux, mais tient l'autre prête à taire le gémissement final. Lorsqu'il jouit, j'avale aussi vite que possible sa semence riche et abondante, tandis que le son se rapproche. Ensuite, dans la confusion la plus complète, nous nous y mettons à deux pour rajuster le pantalon de Daniel et refermer sa braguette en moins de temps qu'il n'en faut pour le dire. Puis je me redresse vivement en m'essuyant et attrape une pile de livres posés sur le bureau à l'instant précis où la personne apparaît au détour du couloir.

— Naturellement, professeur Brewster. Pas de problème, déclaré-je sur un ton guilleret. (Je toussote afin de dissimuler mon envie d'éclater de rire.) Je rangerai cela pour vous, et puis je ferai la demande de prêt interbibliothèques. L'ouvrage devrait arriver dans une semaine, pas beaucoup plus.

Daniel et moi nous tournons vers le nouveau venu. C'est Greg, le technicien informatique, muni d'un rouleau de câble et de sa trousse à outils.

Je me dis que nous avons couvert nos arrières, mais je décèle de l'insolence dans le sourire du jeune homme. Du coup, je suis persuadée qu'il n'est pas dupe.

— Oh, bonjour, professeur. Gwen. Désolé de vous déranger, dit Greg en haussant les sourcils d'une manière suggestive qui répond à l'air bravache de Daniel.

On n'est pas loin de la complicité virile.

— Je pense qu'il est possible de prolonger le réseau de la bibliothèque pour que la connexion soit plus rapide quand vous travaillez ici ; le wifi doit être quasi inexistant. Cela ne prendra pas plus d'un quart d'heure.

— Merci, ce serait formidable, réplique Daniel avec un sourire un brin suffisant.

J'éprouve soudain l'envie de le frapper. Le salopard ! Il fanfaronne. Il fait comprendre à Greg qu'on a fricoté ensemble.

— Bon. Je vous dis à plus tard, professeur, interviens-je sèchement avant de m'éloigner d'un pas vif, sans un regard en arrière.

Les hommes ! Tous les mêmes… Ils se vantent de leurs conquêtes et exploitent les femmes pour lesquelles ils sont censés être aux petits soins. Bande de salauds ! Et moi qui m'imaginais déjà avoir une aventure avec lui ! Ça me démange de retourner le voir une fois que Greg aura terminé et de l'acculer dans un coin, histoire qu'on ait notre première grosse dispute.

6

En guise de compensation

Je ne décolère pas. D'autant que le professeur « Oh, regardez, je viens de me faire tailler une pipe » reste terré au sous-sol toute la journée, sans même faire une apparition à l'heure du déjeuner. Toutes ces belles paroles comme quoi il m'emmènerait au restaurant, comme quoi il n'était pas « le bon candidat »... N'était-ce donc qu'une ruse pour que je le prenne dans ma bouche ?

Cela étant dit, je préfère être contrariée d'avoir été manipulée plutôt qu'à cause de mes mornes soucis d'ex-couple. Et ce n'est pas comme si je n'avais pas eu envie de lui faire une fellation. Nom d'un chien, j'avais le béguin pour notre Professeur Glamour, célèbre historien et star télévisuelle, avant même qu'il fréquente notre humble bibliothèque. Des milliers de femmes auraient donné n'importe quoi pour être à ma place, « aventure » à la clé ou pas.

Par ailleurs, il y a quelque chose qui le trouble, un problème grave. Il essaie de se distraire grâce aux jeux du plaisir, mais il est anxieux malgré les apparences, je le sais. Et si je suis en mesure de l'aider, cela me convient parfaitement. Je passe donc le reste de la journée à réfléchir, et lorsque, m'apprêtant à rentrer chez moi, je mets ma veste, je me fige littéralement.

Et si Daniel Brewster était malade, ou quelque chose comme ça ? Cela expliquerait pourquoi il n'envisage pas une relation à long terme. Après tout, il est sujet à de sévères maux de tête. J'exagère sans doute, mais je suis du genre à imaginer le pire. Je me creuse la cervelle, mais je n'ai remarqué aucun symptôme. Daniel semble en pleine santé, et son corps est splendide, athlétique. Et à en croire la « fermeté » de son désir, il est aussi souffrant que moi. Non pas qu'il m'ait été donné de croiser des dizaines d'hommes en rut…, mais une femme perçoit ces choses-là.

Je suis toujours plongée dans mes pensées lorsque je sors par la porte de derrière. Et tombe sur l'objet de mes pensées, accoudé à la rampe. À quelques pas de là, un taxi est à l'arrêt. Son chauffeur, qui lit un journal, a l'air de l'attendre… et donc de m'attendre moi.

— Je voulais vous voir, explique Daniel. Laissez-moi vous raccompagner. Je, euh… j'ai le sentiment que nous ne nous sommes pas tout dit. Il faut qu'on parle.

J'en reste bouche bée. Il n'a tout de même pas l'intention de discuter de notre petite entrevue coquine à l'arrière d'un taxi ? Et pourquoi en avoir appelé un, d'abord ? J'étais partie du principe que Daniel était motorisé, mais je n'en suis plus si sûre, à présent. Je ne l'ai jamais surpris en train de se garer à la bibliothèque.

— Ça va, je prends le bus. J'habite à deux pas d'ici.

Ce qui est vrai, et c'est d'ailleurs la raison pour laquelle j'emprunte les transports en commun. Il m'arrive même de faire le trajet à pied, à cause de cette histoire d'empreinte carbone.

Daniel croise les bras en soupirant avec cette expression de professeur-consterné-par-la-bêtise-d'une-étudiante qu'il affectionne tant. Immédiatement, me voilà partagée entre le remords et l'impression que je me montre inutilement butée.

— Bon, OK. Merci. Ce serait très gentil. J'adorerais que vous me déposiez.

Il lève les yeux au ciel avec l'air de dire : « à la bonne heure ! » puis fonce vers le taxi pour m'ouvrir la portière et m'aider à m'asseoir, comme si j'étais une vieille duchesse percluse de rhumatismes. Ou alors il s'assure simplement que je ne lui fausserai pas compagnie.

— Je suis désolé pour tout à l'heure, commence-t-il tandis que le véhicule démarre souplement. Nous n'avons pas eu de chance que Greg débarque ainsi à l'improviste. J'imaginais une fin différente pour notre petite danse.

Incroyable ! C'est à mon tour de prendre une mine consternée en indiquant clairement notre chauffeur, que notre conversation semble captiver.

— D'accord, d'accord, répond Daniel.

Mais il arbore un sourire espiègle qui me laisse à penser qu'il est susceptible de poursuivre son papotage d'une minute à l'autre, malgré mes réticences. Sans doute que Némésis, lui, se serait lancé dans une description de ma fellation, pleine de détails hauts en couleur, sans se soucier le moins du monde de mon opinion.

Nous discutons de tout et de rien. De la bibliothèque. De l'ouvrage consacré à la guerre des Deux-Roses que Daniel est en train d'écrire. Certaines des grandes familles impliquées dans ce conflit vivaient non loin d'ici. Il me demande où j'habite afin d'informer le chauffeur de notre destination. Puis il s'attarde sur mon appartement, et, n'ayant pas l'intention de lui révéler que je possédais naguère une belle maison et un homme que je croyais être un gentil mari, je change de sujet en lui demandant où il loge.

— À la *Demeure de Waverley*. Vous connaissez cet hôtel ? (Il se cale au fond de la banquette, nonchalamment, mais je lis sur ses traits un étrange air de défi.) Moi, il me plaît beaucoup. La chambre est confortable et le service excellent.

— Oui, c'est l'un des meilleurs établissements dans les environs.

Le *Waverley* ? Voilà qui est intrigant. Il s'agit effectivement de l'un des hôtels les plus luxueux et les plus célèbres de la région. Je n'y suis jamais allée, mais j'ai entendu dire qu'il y régnait un luxe discret au charme suranné. Sa réputation, en revanche, colle mal à son style. D'après le bouche-à-oreille, il s'y déroulerait des événements aussi étranges qu'érotiques. Je me demande si Daniel a été témoin de quelque chose de licencieux, depuis qu'il habite là-bas.

J'envisage de lui poser directement la question, mais c'est alors que, hors du champ de vision du chauffeur, il me prend la main et la serre fort. Derrière ses lunettes, son regard est ardent. Je nous revois au sous-sol, nous adonnant au sexe. J'ai une seule idée en tête : je ne porte pas de petite culotte, et mon compagnon en a parfaitement conscience.

Je ne suis donc pas surprise lorsqu'il fait remonter ses doigts le long de ma cuisse, la caressant doucement à travers ma jupe. Mon excitation s'accroît, je suis prête à l'accueillir. L'air est chargé d'électricité, et un picotement se dirige droit vers le cœur de mon intimité.

— Que diriez-vous de m'y rejoindre pour boire un verre ou dîner avec moi ?

— Quoi ?

J'ai totalement oublié de quoi nous discutions. Je suis obnubilée par la chaleur de sa main, que je sens à travers l'étoffe de ma jupe. Il bouge à peine ses doigts, mais leur frémissement est infiniment provocateur.

— On parlait du *Waverley*, vous vous rappelez ?

Il ne rit pas, il esquisse simplement un sourire, mais tout, dans son langage corporel, témoigne de son amusement.

M'efforçant de me ressaisir, je tire sur ma jupe et me dégage.

— Oui. Super. Ce serait sympa, dis-je.

Je me suis exprimée sur un ton sec et empreint de nervosité, alors que je ne suis pas fâchée. En revanche, le fait qu'il puisse croire que je le suis me contrarie.

— Je m'en réjouis d'avance, ajouté-je avec plus d'enthousiasme.

Daniel, toujours détendu, retire sa main et la pose délicatement sur la banquette.

— Moi aussi, murmure-t-il.

Puis il m'étonne en reprenant le fil de notre bavardage. Il m'interroge à propos de divers bâtiments devant lesquels nous passons pendant le trajet.

Nous finissons par nous garer devant Merivale House, ma résidence. J'ouvre la portière sans trop savoir comment prendre congé de Daniel. En lui donnant une poignée de main ? En l'embrassant sur la joue ? En le serrant dans mes bras ? En lui roulant une pelle en bonne et due forme ? Mais il descend du taxi et s'empresse de me rejoindre. Il est très rapide, quand il s'y met.

— Je vous accompagne jusqu'à chez vous, décrète-t-il en bon mâle dominant.

La paume contre mon dos, il m'invite à avancer tandis qu'il demande au chauffeur de patienter. Je me dirige vers la porte d'entrée d'un pas vif.

— Ça ira, je vous assure, dis-je.

Ce qui est vrai. Le quartier est calme et très bien fréquenté. La seule chose qui me manque, c'est un peu plus d'argent, pour être certaine de réussir à payer mon loyer sans galérer tous les mois.

Daniel m'escorte sans répondre. Je pianote sur le Digicode. Ouais, le bâtiment est sûr. Moi, en revanche, je ne suis pas persuadée d'être en sécurité…

Il règne dans le vestibule frais et désert une odeur d'encaustique. L'épineuse question de l'au revoir se présente à nouveau : une poignée de main, un baiser, voire plus ? Mais des voix accompagnées de bruits de pas s'élèvent soudain dans les étages. Je m'attends à voir Daniel s'écarter de moi en entamant un sujet de conversation ou un autre, mais, au lieu de cela, il jette un rapide coup d'œil autour de nous et m'entraîne vers un petit local, au bout du hall, après l'escalier. Il contient tout le matériel nécessaire au personnel de ménage : des seaux et des serpillères, ainsi que des arrosoirs, car des plantes en pot agrémentent mon immeuble.

Les voix se trouvent désormais au même niveau que nous, si bien que je ne peux pas protester lorsque Daniel me pousse vers le fond de la pièce, empiétant sur mon espace vital, en prenant même possession. Portant la main gauche à ma nuque, il m'attire contre lui et pose ses lèvres sur les miennes, cherchant à introduire sa langue dans ma bouche. Ce faisant, sa paume droite traîtresse regagne ma cuisse, la caresse, frottant le tissu de ma jupe contre ma peau.

Vorace, il m'oblige à accepter sa langue dont le goût m'embrase les reins. Il m'explore sans retenue en d'exquis va-et-vient extrêmement sensuels. Je veux lui rendre tout ce qu'il me donne, mais c'est un tyran. Il me soumet, me gouverne.

Autant qu'avec le reste de son corps. C'est un homme qui, sans être exceptionnellement grand et bien bâti, a de la robustesse à revendre et un appétit qui rivalise avec le mien. Il me plaque contre le mur tout en nous évitant de justesse d'entrer en collision avec un seau en métal, ce qui aurait fait un bruit monstre. Immédiatement, Daniel glisse ses doigts sous ma jupe et les insinue entre mes cuisses, trouvant le duvet du mont de Vénus.

Je me crispe, la bouche entrouverte, et inhale son souffle. J'ai alors la sensation que c'est son âme tout entière, et pas seulement sa langue, qui me possède.

Quant à ses doigts, il les loge sans difficulté entre mes lèvres chaudes, atteignant mon bourgeon de chair qu'il taquine et masse en y traçant de petits cercles, respectant à la perfection le rythme de mes mouvements du bassin.

J'ai l'impression que je vais m'évanouir. Je vibre de chaleur contenue. J'inspire tant bien que mal, et Daniel s'écarte un peu pour déposer une multitude de baisers sur ma joue. Puis il introduit son pouce dans ma bouche, interrompant mon gémissement, et commence à me lécher l'oreille.

Dans le vestibule, une personne dit à une autre de se dépêcher pour ne pas manquer le film, mais je suis obnubilée par ce que Daniel me chuchote.

— Relax, Gwendolynne. Je vous dois un orgasme. Prenez votre plaisir.

Je ne peux lui répondre, étant donné que je suce son pouce, mais j'aurais de toute façon été bien en peine de réagir, car mon excitation s'accroît, lourde de promesses.

Daniel arbore une expression bizarre, sombre et déterminée, comme s'il était déphasé, presque dans un monde parallèle. Il me regarde, mais me voit-il vraiment ?

— Détendez-vous, reprend-il en accélérant les mouvements de son doigt. Je vais vous donner de quoi discuter avec Némésis, ce soir.

J'envisage vaguement de lui répliquer que je sais que c'est lui, mon « ami » Némésis. Mais j'ai l'impression que cette pensée appartient à une autre personne.

J'entrouvre un peu plus les jambes pour mieux accueillir Daniel et me livrer au plaisir. La jouissance m'emporte et me déconnecte de la réalité.

La minuscule partie de mon cerveau qui n'est pas hors service continue à réfléchir à mille à l'heure. Daniel me vole un nouveau baiser, et je manque de défaillir. Tout mon corps vibre intensément, tandis que les mots *c'est un jeu, un jeu…* passent en boucle dans ma tête tel un mantra.

Immisçant sa langue entre mes lèvres, il excite et taquine mon clitoris avec son majeur ; il s'en faut de peu que je ne le morde. Mais il détache sa bouche de la mienne in extremis pour la nicher contre ma gorge. Je hume ses cheveux ; il en émane une odeur fraîche de shampooing.

Il me fait jouir, encore et encore, avant de laisser lentement redescendre mon plaisir, sa main posée contre mon intimité comme pour en calmer les contractions. Enlacés, nous respirons au même rythme sans dire un mot.

C'est un jeu. Forcément. J'ignore pour quelle raison il s'y adonne, mais je le suis pas à pas, d'étape en étape. Même si, en ce qui me concerne, cela revient essentiellement à remuer sous l'effet de ses caresses.

Les mordus de ciné sont partis, alors la voie est libre. Mais nous restons dans le local, et la nature de notre étreinte évolue. La fougue presque animale s'efface au profit de quelque chose d'infiniment plus tendre. Daniel a toujours la main contre mon intimité, mais son geste est bien plus protecteur, comme s'il chérissait le centre de ma féminité. Ses lèvres sont d'une extrême douceur contre mon cou. Nous nous taisons, mais le souffle chaud de mon compagnon et cette façon qu'il a d'enfouir son nez dans mes cheveux sont très éloquents.

— Tu es incroyable, murmure-t-il finalement en reculant un peu.

Puis il se penche pour lisser soigneusement ma jupe et déposer, avant que j'aie l'occasion de réagir, un baiser juste au-dessus de mon mont de Vénus, à travers le tissu. Cela me fait encore plus d'effet que mes orgasmes successifs.

Ensuite, il se lève et m'embrasse délicatement sur la bouche avant de plonger son regard, toujours légèrement voilé, si singulier et complexe, dans le mien. Il semble chercher ses mots.

— Est-ce que ça va ? demande-t-il en faisant courir son pouce contre ma joue et le long de ma mâchoire.

J'ai l'impression qu'il réfléchit à une question qu'il ne comprend même pas, et qui est tout aussi énigmatique pour moi. Puis l'instant d'étrangeté passe, avant que je puisse dire quoi que ce soit.

— Je dois partir, Gwendolynne. J'ai une vidéoconférence avec des historiens américains concernant un projet sur les Tudors, et puis je dois rédiger un papier, m'explique-t-il d'une voix un peu éraillée, pleine d'un regret sincère.

Mais déjà la distance se creuse entre nous. Notre moment de communion parfaite – je n'avais encore ressenti cela avec personne – s'achève. Malgré tout, lorsque je l'embrasse avec fougue, son sexe est tendu contre mon ventre.

— Tu ne peux pas monter une minute ?

Idiote ! Idiote ! Idiote !

Arrête de le supplier, Gwen, espèce de bêtasse ! C'est une aventure, tu n'as pas oublié ? Ne te transforme pas en guimauve devant ce type. Si tu as affaire à Némésis, alors c'est un manipulateur cynique, même s'il a l'air tendre, vu comme ça.

Atterrée, je sens mon regard se brouiller. C'est le contrecoup de l'orgasme. Je ne suis pas en train de pleurer parce que je ne peux pas obtenir ce que je veux. En tout cas, je n'espère pas.

Daniel, perplexe, recueille une larme avec son pouce et me caresse le visage. Puis il m'attire contre lui avec une douceur infinie, et je me love entre ses bras.

— Et puis merde…, marmonne-t-il en me serrant fort. Je ferai la conférence à un autre moment. (Le bout de ses doigts tressaille contre ma peau.) Fichus universitaires.

Il me berce, m'apaise. Il est toujours excité, mais il semble ne rien remarquer. C'est divin d'être contre lui. Pourtant, cela ne peut pas durer. Lorsqu'il sort son téléphone portable, je me dégage.

— Non, ça va. Fais-la, cette conférence. Je vais bien. Désolée d'être une petite nature.

— Tu en es certaine ? Vraiment ? Je n'ai pas envie de te laisser, tu le sais, n'est-ce pas ?

— Je vais bien.

Il a l'air de me croire. Seigneur, je suis une fieffée menteuse.

— D'accord. Puisque tu le dis.

Son ton est assuré, mais je lis le doute sur ses traits. Il me prend par la main, et nous quittons le local, rompant ainsi le cercle cristallin de notre intimité.

Me tenant à bout de bras, il me regarde droit dans les yeux le plus rationnellement du monde.

— Écoute, on pourrait prévoir de faire quelque chose de plus normal, demain. Comme je le suggérais tout à l'heure. Ça te tente ?

Je hausse les épaules. Je commence à me demander comment cerner ce cher Professeur Glamour. Sa personnalité mute à intervalles réguliers, se mêlant parfois à celle de Némésis. Il est une créature hybride que je ne sais pas bien de quelle façon aborder.

— Trop ennuyeux ? s'enquiert-il d'un air taquin.

— Non, pas du tout. L'ennui me convient. C'est moins effrayant.

Un bruit de klaxon nous fait sursauter et l'empêche de me répondre. Je suis très surprise que le chauffeur ne se soit pas impatienté plus tôt. Cela étant, peut-être qu'il a déjà réagi mais que je n'ai rien entendu, perdue dans les hauteurs de la stratosphère.

— On se voit demain à la bibliothèque. (Nouveau coup de klaxon.) Ou bien je passe te chercher ?

— Non, ça va, on se retrouve là-bas. Le bus me met progressivement dans l'ambiance du boulot, j'aime bien.

— D'accord. À demain, alors.

Il se penche pour m'embrasser sur la joue et s'éloigne d'un pas vif. Arrivé à l'entrée, il se retourne et m'adresse un clin d'œil en disant :

— Amuse-toi bien avec Némésis, ce soir !

Puis, l'air soudain sérieux, il se mordille la lèvre et paraît sur le point d'ajouter quelque chose.

Mais il agite simplement la main dans ma direction et, avant que j'aie pu lui crier que je ne vais sans doute pas prendre la peine d'allumer mon ordinateur, il ouvre la porte et disparaît.

— C'est vraiment immonde !

Quittant mon fauteuil, je me dirige vers la cuisine au pas de charge pour jeter à la poubelle mon plat surgelé. Ces repas tout prêts constituent généralement l'un de mes plaisirs coupables, mais celui que je me suis choisi n'a absolument aucun goût.

Les nerfs en pelote, je ne tiens pas en place. Je jurerais que c'est lié au manque de sexe, si je n'avais pas autant joui tout à l'heure dans le local de service. Peut-être ne suis-je pas rassasiée. Entre Daniel, Némésis, mon ex et l'argent de la maison, je ne sais plus où donner de la tête.

Mon ordinateur, posé sur le bureau, me provoque. Puisque Daniel est occupé, je ne pourrais pas jouer avec Némésis ? Et si jamais mon Admirateur est là, cela signifie qu'il n'est pas Daniel... Or, cela me plairait. Enfin, je crois. C'est reparti, je tourne en rond !

Va te faire voir, l'homme-mystère. Tu es aussi névrosé que moi.

J'ai besoin d'air. J'enfile mes tennis, attrape ma veste en coton et mon sac à main. En quelques minutes, me voilà dehors dans la douceur du soir. J'ai besoin d'évacuer ma tension, de me défouler en dépensant quelques calories, et une promenade me paraît la solution idéale afin de me remettre les idées en place. Surtout si je m'achète un *fish and chips* sur le chemin du retour.

Une ou deux heures plus tard, je suis de retour, toujours dans le flou. À vrai dire, je me sens même encore plus déboussolée.

Au départ, tout se passe comme prévu. Au lieu de me balader sans me presser, je rejoins d'un pas vif le centre-ville en une trentaine de minutes, histoire de flâner ensuite sur la Piazza, résultat de la rénovation urbaine entreprise par la municipalité désireuse de créer un quartier animé. Jouxtant le canal, la place est bordée de bars, de cafés, et d'un vaste choix de boutiques branchées qui restent ouvertes le soir. On est loin de Paris ou de Milan, mais l'effort est honorable, et j'ai l'impression que je pourrais me trouver dans n'importe quelle grande capitale européenne ; tout en mangeant des frites et en buvant une citronnade, je regarde les fontaines et observe les rituels de drague.

Toutefois, l'attrait de la nouveauté a tôt fait de s'envoler, et je commence à sentir que j'attire l'attention. C'est le genre d'endroits où il fait bon sortir avec une bande de copains ou un ami proche. Je rêve que Daniel est assis près de moi. Tout le monde m'envie et admire mon beau et célèbre compagnon.

Avisant des couples qui échangent un baiser, je songe que ce serait très agréable d'embrasser Daniel de cette façon.

Un baiser, rien de plus. Sans aller jusqu'aux caresses ou au tripotage.

Qu'est-ce qui cloche chez moi ? Daniel m'a clairement dit à quoi je devais m'attendre, et je l'ai accepté. En tout cas, je le croyais. Mais là, j'ai des envies de… quoi ? De romantisme ?

Effrayée par cette éventualité, je me rends compte que la Piazza ne me distraira pas comme je l'espérais, et je décide de prendre les transports afin de rentrer plus vite chez moi. Je me rends à l'arrêt de bus en coupant inconsidérément par une ruelle, et c'est alors que je découvre une scène dont j'aurais pu faire partie, étant donné ce que je vis ces temps-ci.

Sous un porche muré qu'éclaire faiblement un lampadaire, un peu plus loin, un couple est en train de faire l'amour. Là, contre la brique. Ils s'en donnent à cœur joie, tels deux animaux en rut, grognant et gémissant.

La femme est une jolie blonde. L'homme, qui est grand, arbore une veste de couleur sombre ; son pantalon et son caleçon sont baissés, révélant le haut de sa cuisse velue. Il porte sa compagne, les mains autour de ses hanches, et va et vient en elle avec fougue, vampire au visage enfoui contre son cou, tandis qu'elle s'accroche à lui comme si sa vie en dépendait. Tout à leurs ébats passionnés, ils ne me remarquent pas. Pour eux, je pourrais aussi bien me trouver sur une autre planète, alors que j'appartiens au même univers qu'eux. Celui du sexe décomplexé, où tout n'est qu'instinct.

Je suis pétrifiée. Je ne peux m'empêcher de les observer, gagnée par le désir.

La fille partage son plaisir de bon cœur, poussant des gémissements étouffés et encourageant son partenaire qui ponctue ses coups de reins de petits grognements d'aise. Ils se tournent légèrement de côté pour mieux se coller l'un contre l'autre, et je distingue alors parfaitement le profil de l'amant. J'ai l'impression de l'avoir déjà vu.

Si ça se trouve, j'ai une hallucination, mais je jurerais qu'il s'agit de Robert Stone, le directeur financier de la municipalité. Je l'ai croisé à la bibliothèque, qu'il traverse souvent à la hâte pour se rendre à une réunion, dans notre salle de conférences ; il déclenche systématiquement des réactions féminines sur son passage. Bien bâti, c'est un homme d'âge mûr aux cheveux grisonnants, mais on devine tout de suite que c'est un véritable étalon. Au lit, ou bien dans une ruelle, à l'évidence. Parce que la jolie blonde a tôt fait de pousser un cri de jouissance.

J'ai l'impression d'être une voleuse en train de commettre le casse du siècle, une spectatrice clandestine de leurs ébats, incapable de détourner le regard. Je me contrains à partir, et, à cet instant précis, le beau brun tourne la tête dans ma direction… et m'adresse un clin d'œil. Je m'enfuis.

Me voilà donc rentrée à la maison, pas plus avancée que tout à l'heure. Secouée par ce que j'ai vu, je me sens plus paumée que jamais. Daniel et Némésis sont-ils, oui ou non, une seule et même personne ? Dans la négative, avec lequel des deux préférerais-je faire l'amour dans une ruelle ? Oh, nom d'un chien…

Je choisis dans ma garde-robe la tenue que je porterai demain. En faisant comme si mon ordinateur n'existait pas. Je me déshabille, me lave le visage et les dents, applique ma crème de nuit. En faisant comme si mon ordinateur n'existait pas. Je m'installe confortablement devant le petit poste de télévision de ma chambre pour vérifier les programmes de cette heure tardive. En faisant comme si mon ordinateur n'existait pas.

— Oh, et puis merde !

Allumant la lampe de chevet, je branche le portable et le mets en route.

Au début, résistant à l'impulsion qui me dicte d'ouvrir la messagerie instantanée, je fais le tour de mes sites habituels : actualité, cinéma, humour, achats… Mais qui est dupe ? Quelques minutes après, je vais sur Instant Messenger, espérant que la fenêtre saturée de mots coquins en diable apparaîtra. Mais non, Némésis n'est pas connecté. Aucun signe de vie. Pas le moindre sous-entendu sulfureux, pas même un soupçon de vulgarité.

Cela a son importance, car ce soir le professeur Brewster est occupé. Il participe à cette fameuse vidéoconférence, et il doit rédiger un article. La balance penche donc lourdement en faveur de la théorie « Daniel = Némésis ». Pour autant, je ne suis pas encore certaine de vouloir accepter cette éventualité. J'ai envie de faire confiance à Daniel. De me rapprocher de lui… de vivre quelque chose de bien réel avec lui. Mais est-ce tout à fait sain et souhaitable s'il est aussi ce pervers qui, caché derrière un masque, s'adonne à des jeux sexuels tordus ?

La scène dont j'ai été témoin dans la ruelle a ravivé les désirs qui ne me quittent jamais vraiment. Légèrement fiévreuse, j'entends à nouveau les gémissements de plaisir étouffés de la jolie blonde. Je revois également le clin d'œil complice du grand brun qui, si ça se trouve, n'est autre que le directeur financier de la municipalité.

— Salaud ! m'écrié-je, visant à travers cette insulte un personnage en qui se rejoignent Daniel, Némésis et Robert Stone.

Je balance l'ordinateur sur le lit. Sans doute que cela me distrairait de me vider la tête devant la télévision, à cette heure tardive. Roulant sur le flanc, j'essaie de m'intéresser à une émission de caméra cachée, et, chose inespérée, les pitreries d'un conducteur ivre se cassant lamentablement les dents sur un alcootest, dans la deuxième partie du programme, parviennent à me faire rire. C'est alors que mon portable fait « ding ».

Némésis a envie de bavarder.

7

L'homme que j'avais sous la main

J'ai l'impression d'être en chute libre dans un ascenseur dont on aurait coupé le câble. La réalité disparaît dans les ténèbres tandis que, posant l'ordinateur sur mes genoux, j'ouvre la fenêtre de chat.

Némésis : Alors, avez-vous quelque chose à me raconter ?

Alors, comme ça, on laisse tomber les politesses d'usage et on va droit au but ? Mon cœur cogne dans ma poitrine. L'image de Daniel se forme dans mon esprit.

Petite intello : Oui.

Je m'imagine son sourire triomphant, si typiquement masculin. Ça vous plairait bien que je vous déballe les détails scabreux sans me faire prier, comme un bon petit soldat, n'est-ce pas ? Même si vous êtes déjà au courant de tout, naturellement.

J'éprouve tout à coup l'envie de brouiller les cartes, de l'étonner, de me trouver là où il ne m'attend pas.

Némésis : À la bonne heure ! Je savais que je pouvais compter sur vous, ma belle et téméraire Gwendolynne. Je vous en conjure, continuez.

L'enfoiré ! Quel toupet ! Il est intimement convaincu qu'il me contrôle.

Souriant, je reprends progressivement pied, et la conversation perd un peu de son côté surréaliste. Je suis de taille à le prendre à son propre jeu. Pas de quoi avoir peur... Je sais comment il est.

Petite intello : Je suis allée me promener ce soir. Et j'ai surpris un couple qui baisait dans une ruelle. J'avais rarement vu quelque chose de si excitant.

Hormis un bel universitaire occupé à se masturber au sous-sol de la bibliothèque. Peut-être devrais-je vous raconter cet épisode, Daniel/Némésis ? Non ? Histoire de voir ce que ça vous inspire...

Le curseur clignote. J'entends presque mon interlocuteur dire : « Euh... quoi ? »

Acceptera-t-il d'aller dans la direction que je lui propose ? Ou se comportera-t-il comme mon ex-mari, qui s'énervait dès que les choses ne se passaient pas comme il voulait ? Mais je n'imagine pas Némésis se conduire en enfant gâté. C'est peut-être un déviant, un pervers, mais il n'en reste pas moins un adulte.

Cela dit, il en met du temps à répondre...

Mais, au final :

Némésis : Vraiment ? Eh bien, ce n'est pas exactement l'histoire que j'attendais, mais elle m'intrigue. J'adorerais que vous m'en disiez davantage au sujet de vos exubérants amis. Développez, je vous prie.

« Exubérants » ? « Développez » ? Oh oui, c'est bien à Daniel que j'ai affaire.

Petite intello : Je suis sortie pour prendre l'air. J'avais besoin de m'éclaircir les idées. J'ai beaucoup de soucis en ce moment.

Interprétez ça comme vous voudrez.

Petite intello : J'ai décidé de rentrer en bus et, pour arriver plus vite à l'arrêt, j'ai emprunté un raccourci. J'ai entendu un bruit, et puis je les ai aperçus. Le pantalon baissé, il la baisait contre le mur. Elle, les jambes serrées autour de sa taille, répondait passionnément à ses coups de reins en gémissant de plaisir.

Je manque d'ajouter que je les ai enviés. Mais je m'en abstiens. Pas question de lui servir toutes les friandises en même temps sur un plateau.

Némésis : Ça m'a tout l'air d'être un scénario exquis. Vous avez vraiment de la chance, Gwendolynne. Je regrette de n'avoir pas été là. Sans doute vous aurais-je entraînée dans la ruelle voisine pour vous infliger le même sort. Cela vous aurait plu ?

Mais c'est ce qu'il m'a fait subir, en quelque sorte. Dans mon esprit, la vision du couple s'efface au profit d'une image bien plus vivace, et je revis les baisers et les caresses de Daniel, cet étrange quasi-inconnu qui m'a menée à l'orgasme, m'a soumise à sa volonté mais aussi à sa tendresse.

Némésis : Gwendolynne, vous êtes là ? Aimeriez-vous que je vous besogne dans une ruelle ?

Et comment ! Il n'y a rien que je désire plus, au moment où nous parlons.

Petite intello : Oui...

Némésis : Si je vous demandais de me retrouver quelque part, viendriez-vous ? Si je vous le demandais tout de suite, est-ce que vous me laisseriez vous sauter contre un mur ?

Dans ce cas, c'en serait fini de notre mascarade. Suis-je prête pour le nouveau jeu qu'il me propose ?

Petite intello : Il est tard. Je me lève demain matin pour aller travailler. Ce n'est pas que je n'ai pas envie de vous rejoindre, Némésis. Je suis simplement pragmatique. C'est ennuyeux, mais c'est la vie.

C'est foutu, j'ai tout bousillé. Je sens presque la déception de mon Admirateur par wifi interposé. Je suis une poule mouillée.

Némésis : Vous avez raison, ma Prêtresse de Littérature. Je suis ridicule. Mon obsession me gouverne, et j'oublie que vous avez votre vie. Je devrais vous laisser dormir, à présent.

Oh là là, il est si sérieux. Si raisonnable. Ses scrupules l'honorent, mais, par esprit de contrariété, c'est à mon tour d'être attirée par le « ridicule ». Je veux retrouver le frisson d'excitation, la sensation d'être en équilibre au bord du gouffre de la folie.

Petite intello : Je n'ai pas dit que je n'avais pas envie de discuter. Et puis je n'ai pas répondu à votre première question. Concernant le gage.

Les secondes s'égrènent, et au moment où je décide de relancer mon interlocuteur :

Némésis : Bravo, belle Gwendolynne. Je savais que vous ne me décevriez pas. M'avez-vous obéi ? Vous êtes-vous dévoilée devant un homme ?

De soulagement, je m'affale contre mes oreillers. Ma tension s'efface. Je me sens à nouveau sexy, même si le rythme de mes battements de cœur garde les traces de ma nervosité, et j'ai l'impression que mon Admirateur, cet inconnu à la personnalité dédoublée, ce délectable compagnon de jeu, est un ami de longue date. Alors même que j'ignore presque tout de lui, quel que soit le visage sous lequel il m'apparaît.

Petite intello : Oui, je l'ai fait. À la bibliothèque. Brièvement.

Némésis : Et qui est l'heureux élu ? Est-il digne de vous ? A-t-il compris la valeur de votre cadeau ?

Il me paraît risqué de mentionner Daniel par son nom. Cela gâcherait certainement notre relation.

Petite intello : Simplement un homme que j'avais sous la main, une paire d'yeux pour m'observer. Rien de plus.

Le silence s'étire, ponctué par les clignotements du curseur et le son de la télévision, que je coupe en attrapant la télécommande. Car je sens la tension renaître, et c'est insensé, mais je redoute de manquer la réponse de mon Admirateur si je me laisse distraire par l'émission qui passe en ce moment.

Némésis : Quelle chance il a d'avoir vu votre beauté, votre sexe dans ses moindres détails ! Vous avez donc exhibé devant lui les replis roses de votre fleur parfaite… votre clitoris ? Ah oui, quel homme chanceux d'avoir pu voir cela !

J'aimerais l'entendre prononcer ces paroles de vive voix. Ce ne sont que des pixels sur un écran, mais, même si cela paraît impossible, je distingue une nuance dans son « intonation ». De quoi s'agit-il ? D'ironie ? C'est sans doute grotesque… Je décèle un brin d'amertume dans ses propos, une tristesse latente.

Et il attache une importance particulière au verbe « voir ».

Petite intello : Ne vous en faites pas, il a juste eu le droit d'y jeter un coup d'œil. Vous en savez autant que lui sur mon intimité.

Et pour cause…

Je tape « Êtes-vous Daniel ? », mais efface aussitôt ma phrase. C'est trop tôt. Il me révélera son identité en temps voulu.

Némésis : Qu'avez-vous ressenti ? En vous montrant si téméraire, si coquine ? Cela vous a excitée ?

Et comment ! Je le suis d'ailleurs encore. Mes ébats avec mon ancien compagnon étaient corrects sans être transcendants. Rien de comparable avec ce que je vis en ce moment.

Petite intello : Oui. Ça m'a excitée.

Il attend des précisions, c'est évident, mais il n'aura qu'à me les demander ; je ne vais pas lui mâcher le travail. Je sens qu'il sourit, où qu'il soit, sans pour autant distinguer son visage comme la fois précédente. Je ne vois que des lèvres sensuelles qui dévoilent, en s'incurvant, des dents blanches.

C'est carrément bizarre ! On dirait presque que Daniel et Némésis sont redevenus deux personnes différentes, que le doute recommence insidieusement à me triturer les méninges.

Némésis : Et avez-vous remédié à cela ? Avez-vous proposé à cet homme que vous aviez sous la main de vous baiser afin d'apaiser votre manque ? Ou bien vous êtes-vous discrètement réfugiée dans un endroit secret pour assouvir votre désir ?

Ah ah, ni l'un ni l'autre, petit malin !

Je tremble trop pour réussir à taper, sans quoi c'est exactement ce que je lui aurais répondu. Nous nous livrons à une danse étrange. Celle du chat et de la souris. Je devrais exiger de lui qu'il clarifie la situation en me dévoilant son identité. Mais je sais que je n'en ferai rien. Quelque chose me retient, et mon instinct me suggère que Némésis éprouve la même réticence. À cause de son jeu, nous sommes mentalement prisonniers l'un de l'autre, et nous ne l'avons compris que trop tard. Jamais je ne m'étais comportée ainsi auparavant. Je n'avais jamais imaginé qu'une joute intellectuelle puisse se révéler si sensuelle. Mais elle m'est devenue aussi vitale que l'air que je respire.

Petite intello : Non. Je n'ai rien fait de tout ça.

Je ménage une pause.

Petite intello : Mais chacune de vos hypothèses, voire les deux, m'aurait plu.

J'espère qu'il est estomaqué. Ou quelque chose comme ça. Toujours est-il qu'il prend une minute pour assimiler ce que je viens d'écrire. Les secondes s'égrènent tandis que grandit mon envie de « m'occuper de moi ».

Némésis : Quoi ? Ma douce Gwendolynne n'a pas connu l'extase ? Quelle honte ! Une belle femme comme vous devrait toujours pouvoir assouvir ses désirs sans jamais être obligée de se brimer.

C'est à son tour de me laisser mariner. Puis :

Némésis : À moins, bien sûr, que je ne vous ordonne de brider votre plaisir.

Petite intello : Je n'ai jamais dit que je n'avais pas atteint l'orgasme.

Là, interprétez ça comme vous voulez, Monsieur ou plutôt Professeur Je-sais-tout !

Le curseur n'en finit plus de clignoter. Plusieurs options s'offrent à moi : me faire une tasse de thé, remettre le son de la télévision, et même glisser la main dans mon pyjama pour jouir au nez et à la barbe – façon de parler – de Némésis. Et le battre ainsi à son propre jeu. Pourtant, j'ai la bizarre impression qu'il le devinerait.

Cela ne m'empêche pas de dénouer le cordon de mon pantalon, lorsque soudain de nouveaux mots commencent à apparaître dans la fenêtre de chat.

Némésis : Doux Jésus, vous n'avez pas froid aux yeux, ma délectable Gwendolynne. À l'évidence, vous adorez me taquiner et me plonger dans la perplexité.

Il peut parler !

Némésis : J'attends de votre part une franchise totale, mais vous êtes rétive, vous êtes fausse. Je devrais vraiment vous donner un autre gage pour vous punir. Ou peut-être pourrions-nous élever notre niveau de jeu ?

Petite intello : Plaît-il ?

Perçoit-il les battements effrénés de mon cœur ?

Némésis : Cela signifie que nous nous rencontrerions et que je vous châtierais pour de vrai.

Oh, Seigneur… Je pense que j'en ai envie. Et, en même temps, non. Cette nouvelle épreuve m'effraie, mais, d'un autre côté, notre jeu de dupes se transforme progressivement en carcan. Mon rôle de call-girl indisciplinée commence à me peser, et je crois que nous ne savons pas vraiment ce que nous voulons, tous les deux.

Mais la punition qu'il me promet m'incite à le défier. J'entends me caresser tout de suite, alors qu'il aille se faire voir ! Je pousse un gémissement de plaisir en découvrant que je suis déjà très excitée.

Je me représente Daniel tout de noir vêtu, debout au-dessus de moi, le visage à moitié dissimulé par un masque en cuir, et je me mets à trembler de désir ; l'ordinateur vibre sur mes genoux. Je taquine mon clitoris, laissant patienter Némésis délibérément. Les deux personnages se confondent désormais dans mon esprit : j'ai donné à mon Admirateur les traits avenants de Daniel, ceux d'un prince aussi dangereux que sensuel.

Mon intimité est si sensible que le moindre frôlement est une agonie, mais je me punis sans relâche ; le plaisir afflue et reflue comme une vague. Je guette un « Que faites-vous, Gwendolynne ? » qui ne vient pas, alors je continue à agacer doucement mon bourgeon de chair. Je marche au-dessus du gouffre. Sur une poutre. Sur la pointe des pieds. La chute est proche. Puis, m'étonnant moi-même, j'interromps mes caresses. À cause de lui.

Je tape ma réponse sans m'essuyer les doigts.

Petite intello : À aucun moment je n'ai affirmé que je serais entièrement franche envers vous.

Némésis : Très juste.

C'est tout ? Ne voyant rien s'afficher, je m'angoisse. Et si ma sincérité était une condition non négociable ? Conneries. Et lui, il est honnête avec moi, peut-être ? Il se cache bien derrière un nom ridicule !

Je suis à peu près certaine que Daniel et Némésis ne font qu'un. D'ailleurs, je serais prête à parier qu'il sait que je le sais. Alors, pourquoi ne pas nous lancer dans un nouveau jeu ? Je suis de taille ! Je suis même furieusement tentée !

Sans réfléchir sérieusement aux conséquences, je commence à taper :

Petite intello : Néanmoins, je pense qu'il faut que je sois franche envers vous. Il y a d'autres choses qui pèsent sur ma conscience, ça me ronge. Et à qui puis-je en parler, à part vous ?

Sous l'un de vos déguisements.

Némésis : Voilà qui est mieux. Nous ne tournons plus en rond. Vous avez dit que vous aviez joui après avoir montré votre chatte à cet homme. Entrez dans les détails. Je veux tout savoir de ce qui s'est passé. Ne gardez rien pour vous.

Hum, je suppose qu'il revivra l'expérience d'un autre point de vue. Et si je trichais en pimentant un peu mon récit ?

Petite intello : Ça l'a excité. Il bandait sous son jean, et je me suis dit que j'aimerais bien qu'il me montre son sexe, étant donné que je lui avais montré le mien.

Némésis : Cela me paraît légitime.

Petite intello : Je lui ai comme qui dirait sauté dessus, et j'ai ouvert sa braguette.

Némésis : Vous avez déshabillé ce quasi-inconnu pour voir son sexe ? Où étiez-vous donc ? Pas dans la salle de lecture, tout de même ?

Petite intello : Non ! Bien sûr que non. Même moi, je ne suis pas folle à ce point-là.

Némésis : Où cela s'est-il passé, alors ? Je vous ai demandé des détails et, pour l'instant, je n'ai pas grand-chose à me mettre sous la dent. Il y a un gage à la clé, vous vous rappelez ?

Comment l'oublierais-je ? Mon cerveau ressemble à une partition de disque dur qui a vocation à ne penser qu'à ça. À inventer de délicieux tourments faussement humiliants qui me font languir de désir pour cette facette encore mystérieuse du professeur Daniel Brewster.

Petite intello : Il y a une cachette dans la bibliothèque. Au sous-sol. C'est un endroit très isolé. Parfait pour ce genre de choses.

Némésis : De quoi parlez-vous ?

Petite intello : Une seconde, j'y viens.

J'éprouve l'envie irrépressible de continuer à me caresser, mais mon Admirateur me force à écrire. Le salaud, c'est lui qui mériterait une punition. L'espace d'une seconde, j'entre dans la partie de mon cerveau qui est focalisée sur le sexe, et je m'imagine vêtue de cuir. Ayant perdu un peu de poids, je suis canon, et Némésis est agenouillé devant moi. Dans mon esprit, il est mon idéal masculin, un modèle de peau imberbe sous laquelle roulent les muscles, mais il a les cheveux noirs et indisciplinés de Daniel. Je ne discerne pas ses traits. En revanche, ses lèvres sont posées sur ma botte lustrée.

Mes doigts planent au-dessus du clavier, et, au moment où je vais commencer à décrire l'adorateur que je me suis inventé, je me rappelle ce que je suis censée répondre à Némésis.

Petit intello : Il est grand, beau, de proportions généreuses, et je l'ai sucé. Il a joui dans ma bouche. C'était bon.

Némésis : Vous voulez dire que vous avez fait une fellation à un inconnu ?

Petite intello : Ce n'est pas un étranger. Je lui ai déjà parlé. Il est séduisant. C'est même exactement mon genre d'homme.

Dans l'ambiance sulfureuse qui règne entre Némésis et moi, malgré la distance, il me semble retrouver le goût de Daniel, son érection sur ma langue.

Je sombre dans un monde de noire sensualité, et il est auprès de moi. Je lui rends son sourire, tout en contemplant le curseur dont les clignotements m'évoquent des battements de cœur, ou bien les légers spasmes de mon intimité.

Némésis : Cela vous arrive souvent de cajoler les hommes qui vous plaisent ? Une fois, deux fois ? Trois fois par semaine ? Comment procédez-vous ? Vous les choisissez dans la salle de lecture avant de les attirer dans votre cachette ? C'est à croire que vous êtes une gourgandine, Gwendolynne, une traînée. Vous maîtrisez bien mal votre appétit insatiable.

De plus en plus excitée, je commence à onduler du bassin. Mon Admirateur a raison, mais c'est lui qui l'a aiguisé, mon appétit. À cause de lui, j'ai l'impression d'être née une deuxième fois, ou bien d'avoir mué. Je me sens complètement différente. Avant, j'étais une personne tranquille. Ma vie ne faisait pas de vagues. J'étais heureuse au sens paisible du terme. À présent, ma libido est débridée, et j'aime vraiment ça. Non, bon sang, j'adore ça !

Tout comme j'adore le fait qu'il me traite de traînée et de gourgandine, ce mot du temps jadis.

Petite intello : Hum, disons que cette chance ne se présente pas aussi souvent que je le souhaiterais. C'est pourquoi j'en ai profité, vu que j'avais cet homme sous la main. C'était l'occasion rêvée. Je ne peux pas vous gâter, alors, tant qu'à faire, je me suis rabattue sur lui.

Il ne me répond pas, mais en esprit j'entends un éclat de rire joyeux. J'ai taquiné sa curiosité. Malgré tout, je sens poindre la mélancolie. J'aimerais tellement qu'il se trouve auprès de moi sur mon lit ; je me débarrasserais de mon ordinateur, et nous pourrions faire l'amour. Je le sucerais, au moins au début. Après ça, j'adorerais le coucher sur le dos pour le chevaucher, me rendant ainsi maîtresse de lui et de la situation.

Némésis : Ne vous inquiétez pas, ma chère. Votre bouche me donnera tout le plaisir du monde, belle Gwendolynne. Et cela ne saurait tarder, croyez-moi sur parole.

Amène-toi, espèce de macho ! Je suis de taille à t'affronter. J'ai envie de sauter de joie en dressant un poing triomphant, mais je me contente de pousser un cri de victoire qui résonne dans ma chambre.

Petite intello : Oh, vraiment ?

J'attends un peu afin de ménager mon effet, puis je lui porte le coup de grâce :

Petite intello : Peut-être que cela s'est déjà produit.

Un long, très long silence s'ensuit. Oh, flûte, j'ai tout gâché.

Némésis : Vous devez être fatiguée, ma chère. Vous vous exprimez par énigmes. Je vais vous laisser dormir, ne pensez-vous pas ?

Mon pouls repart de plus belle. Il n'a pas nié, mais il n'a pas avoué non plus. Faut-il que j'insiste ?

Non. Pas tout de suite. Pas tout de suite.

Petite intello : Je vais bien. Je ne suis pas fatiguée. En fait, j'ai même envie de faire l'amour. Vous ne pouvez pas allumer quelqu'un, et puis décider tout de go d'arrêter.

Le rire fantôme s'élève à nouveau, et je distingue un très beau sourire. Je sens son approbation tacite. Il sait que je l'ai percé à jour, et que je sais qu'il sait. Cela me rend folle de joie. Mais surtout je veux jouir, et de cela aussi il a conscience.

Némésis : Vous êtes extrêmement impertinente et téméraire, Gwendolynne. Je pensais que je menais la danse. Si j'accepte de continuer à jouer un peu pour vous faire plaisir, j'exigerai un gros gage. Je serai certainement amené à vous contraindre à dépasser vos limites.

J'en ai envie, ce n'est pas un mystère. N'est-ce pas, Némésis ?

Ses mots, telles des impulsions électriques, attisent mon excitation. Le simple fait qu'il envisage d'élever notre niveau de jeu et de corser nos défis me donne le vertige ; mon cerveau semble s'être liquéfié. J'ai montré mon intimité à un quasi-inconnu. Jusqu'où réussira-t-il à m'inciter à aller ? Jusqu'où pousserai-je l'audace, le risque ? Me voilà prisonnière des barreaux de velours de la luxure.

Petite intello : Lâchez-vous, et jouons. J'encaisserai.

Némésis : Introduisez deux doigts dans votre vagin et faites-les aller et venir pendant cinq minutes, comme si c'était moi qui vous pénétrais. N'écrivez rien.

Petite intello : OK.

Némésis : Imaginez que c'est moi, d'accord ? Inventez-moi un visage, ou bien choisissez celui de quelqu'un que vous connaissez et faites semblant qu'il s'agit du mien.

Il est malin, l'enfoiré.

Petite intello : Facile. Je choisis l'homme que j'ai sous la main. Il est très mignon.

Némésis : Très bien. Dépêchez-vous, sinon ce sera avec trois doigts.

Petite intello : D'accord, d'accord.

Je n'attends pas qu'il me réponde. Posant l'ordinateur sans ménagement je repousse ma couverture et enlève mon bas de pyjama qui s'entortille tout en me laissant glisser à plat dos. Ce faisant, mes fesses frottent contre le matelas.

Je mets la main entre mes cuisses, et le plafond se transforme en un écran où défilent mes fantasmes. Je brûle de désir, aussi mes doigts s'enfoncent-ils facilement. Et si je passais à trois avant qu'il m'en donne l'ordre ?

C'est plus difficile que je ne l'avais escompté. Trois, ça fait beaucoup. Mais, respirant un bon coup, je change d'endroit… Le sous-sol de la bibliothèque… Je suis allongée, les jambes écartées, sur le bureau de Daniel, parmi des documents d'une valeur inestimable. Mes doigts deviennent sa verge et se logent aisément dans mon intimité.

Quel merveilleux supplice que d'être pénétrée par lui ! Il m'ouvre, me possède sans concession. Je sais qu'en réalité je me masturbe, mais je sens vraiment en moi son sexe imposant. J'en ai le souffle coupé.

Je me fais la promesse qu'un jour ce rêve prendra vie.

Ma jupe, relevée jusqu'à la taille, est toute froissée, les boutons de mon chemisier blanc naguère impeccable ont sauté, les bretelles de mon soutien-gorge sont tombées, et ma petite culotte pend à l'une de mes chevilles. Les paumes plaquées contre les fesses de Daniel/Némésis, j'ondule sous ses coups de reins. Avec sa chemise en coton noir flottant hors de son jean noir qui lui arrive à mi-cuisse, il est aussi peu présentable que moi.

Je m'enfonce progressivement dans les méandres de mon imagination. D'un bras fort, mon Professeur Glamour m'enlace tout en me caressant la poitrine de sa main libre. Il pince mes mamelons et les agace. J'adore ça. Je n'avais encore jamais connu un rapport aussi primitif, mais les sentiments n'en sont pas moins là ; je suis remuée jusqu'à l'âme.

Oh, Daniel, je te désire. Je te désire tant…

Mon insistance provoque l'inévitable. Une telle performance n'était pas destinée à durer. Prise de violents tremblements, j'atteins la jouissance en poussant un cri. Ma respiration est aussi rauque que si j'avais couru un marathon.

Non loin de là, la fenêtre de la messagerie attend que les mots apparaissent. Et mon Admirateur revient comme si j'avais invoqué sa présence.

Némésis : Alors, Gwendolynne, vous l'avez fait ? Vous avez fait ce que je vous ai demandé ?

Je me redresse et m'essuie les doigts sur le plaid. Je suis une sacrée dévergondée. Pour ça, il y a une boîte de mouchoirs près du lit, bon sang ! Je commence à faire dans le malsain.

J'ai à peine la force de tirer le portable jusqu'à moi, comme si j'étais passée sous un rouleau compresseur. Une vraie poupée de chiffon. Je resterais bien là, immobile, pour récupérer un peu, mais le message de mon Admirateur semble se graver dans l'écran.

Petite intello : Oui.

C'est tout ce que j'arrive à taper.

Némésis : « Oui » ? C'est tout ce que vous trouvez à dire ? Des détails, jeune dame, des détails ! Des mots précis, hauts en couleur, sinon vous recevrez un autre gage. Un gros, cette fois.

Le salaud ! Il en veut toujours plus. Toujours à me menacer et à exiger mille et une choses. Ses taquineries l'amusent. Je souris à mon tour. Je continuerais bien à jouer, sauf que je suis fatiguée, très fatiguée.

Petite intello : Vous m'avez épuisée. J'opte pour le gage.

Il me semble l'entendre jubiler par écrans interposés. C'était exactement cela qu'il attendait. Il se donnera du plaisir en anticipant les défis érotiques qu'il va me concocter.

Némésis : Ce ne sera pas une mince affaire, ma chérie. C'est un pas de géant que je vous demande, cette fois.

Les battements de mon cœur s'accélèrent à nouveau, et, malgré ma léthargie, je sens mon désir renaître.

Petite intello : Allez-y.

Il ne se fait pas prier… Mais moi, je suis obnubilée par ce « ma chérie ».

8

Un pas de géant

Il me tarde de raconter tout cela à mon Professeur Glamour ! J'ai envie de voir la tête qu'il fera lorsque je lui expliquerai en quoi consiste mon nouveau gage. Je veux déceler sur ses lèvres un sourire de complicité secrète. Je veux découvrir jusqu'où je pourrai aller avant qu'il capitule et me concède la victoire. Parce que nous sommes désormais en compétition. C'est à qui abandonnera le premier.

Comment cela se finira-t-il ? Cela pourrait être par un « Très bien, j'avoue ! Je suis Némésis. » Ou bien par un « Mais avouez, avouez donc que vous êtes Némésis ! »

Quelque part, dans un tout petit coin de mon esprit, je me dis qu'il reste possible que je me sois trompée, et que Daniel n'est pas mon Admirateur. Dans ce cas, je suis en train de me livrer au jeu le plus périlleux de mon existence avec un homme complètement tordu. Mais au fond de mon cœur, là où le rationnel n'a que fort rarement sa place, je suis intimement convaincue que le professeur Brewster est mon Némésis. Ou que Némésis est mon Daniel. L'un ou l'autre.

Quoi qu'il en soit, je suis bien décidée à gagner.

Je n'ai pas ménagé mes efforts aujourd'hui, et je dois admettre que les regards que j'ai reçus de Greg le technicien, de Clarkey et même de mon chef, M. Johnson, valent leur pesant d'or. C'est la cerise sur un gâteau déjà alléchant.

Car j'ai à nouveau endossé mon rôle de nympho des années 1950. Chemisier et jupe cintrés, bas. Une fois encore, je déplore de ne pas pouvoir porter d'escarpins sur mon lieu de travail. Les sols ayant été refaits récemment, les talons aiguilles sont strictement interdits.

J'ai choisi une coiffure légèrement différente par rapport à d'habitude, agrémentant ma tresse lâche et asymétrique de plusieurs petites mèches libres d'encadrer mon visage.

Je suis convaincue que ce look de *working girl* sensuelle me va à ravir. D'ailleurs, il fonctionne. Dorénavant, je proscris les vêtements trop amples qui me donnent l'air négligé. J'entends bien me comporter comme à l'époque où l'on pouvait encore avoir des formes sans que cela suscite la controverse. Marilyn Monroe serait considérée comme grosse selon les normes actuelles, alors que les hommes l'adoraient à genoux !

Au fond de moi, j'ai envie que Daniel rampe à mes pieds. Oui. D'un autre côté, cependant, je désire tout autant m'adonner à des fantasmes sulfureux dans lesquels je me traîne devant lui… et plus si affinités. Je me le représente souvent arborant un masque en cuir et de hautes bottes de chasse en cuir noir.

Pas de lettre bleue pour moi aujourd'hui. C'est une déception, je l'avoue. Mais je me console en songeant que Némésis et moi disposons désormais d'un autre mode de communication. Il m'a même donné un numéro de portable qu'il faudra que j'appelle une fois que j'aurai fait mon choix. J'ignore encore quelle sera ma décision. Le gage qu'il m'impose est dingue ; il requiert un vrai pas de géant, comme il dit.

M'informant qu'il serait susceptible de m'espionner de loin sous un déguisement, il m'a mise au défi de me rendre dans un bar et d'accoster un parfait inconnu, un mâle en rut à qui je proposerai de s'encanailler. Je me demande s'il s'est inspiré du blog d'une call-girl… C'est un genre qui a tendance à se développer.

Nous venons à peine d'ouvrir, mais certains de nos habitués flânent déjà parmi les rayonnages ou lisent un journal. Comment réagiraient-ils s'ils savaient ce que mijote l'ordinaire Mme Price ? Peut-être certains s'en doutent-ils. Car il n'y a pas que les membres du personnel qui me lancent des regards suggestifs ce matin. L'un des chômeurs qui fréquentent souvent la bibliothèque m'observe à la dérobée par-dessus sa feuille de chou.

Pour mon numéro de prostituée, c'est à moi de choisir l'hôtel, et j'ai ma petite idée sur ce que Némésis attend.

Sans doute devrais-je lui faire plaisir. D'un autre côté, pourquoi ne m'amuserais-je pas un peu en lui proposant des établissements miteux comme *Les Armes du maître maçon* ou *La Monture du jockey*, histoire de lui hérisser le poil ?

En parlant de Némésis, d'ailleurs… Où est passé le principal suspect ? J'ai réussi à grappiller un moment de liberté pour descendre au sous-sol avant l'ouverture au public, afin de savoir s'il était entré par la porte de service. Mais il n'y avait pas trace de lui. Ce qui, en soi, n'a rien d'anormal. C'est un honorable visiteur, pas un employé. Rien ne l'oblige à travailler tous les jours. Cela étant dit, je pensais qu'il avait trouvé une raison… palpitante, autre que les inestimables documents de nos archives, pour venir à la bibliothèque.

La perspective de ne pas apercevoir son doux visage me fait l'effet d'un coup de massue. J'ai toujours cru qu'« avoir le cœur gros » n'était qu'une expression, mais je jurerais que le mien vient de s'enfoncer six pieds sous terre tant il est lourd.

Son doux visage ? Mais qu'est-ce qui m'arrive, nom d'un chien ? Suis-je en train de tomber amoureuse, et pas seulement de fantasmer sur lui comme une folle ? Des sentiments plus nobles seraient-ils tapis derrière mon désir banal de me livrer à des jeux osés avec lui ? Ce serait d'une stupidité sans nom.

Cette éventualité inquiétante me gâche un peu ma journée, mais j'essaie de n'en rien laisser paraître. Me composant un sourire, j'accoste tous les usagers avec un enthousiasme qui confine à la démence, me coupant en quatre pour satisfaire la moindre requête. À l'heure de ma première pause, je fonce au sous-sol, mais il est plongé dans l'obscurité, alors je remonte, emportant le vide triste des archives au fond de moi.

Ce qu'il faudrait tout simplement que je fasse, c'est me sortir de la tête les hommes séduisants dont les mains magiciennes n'ont d'égal que l'imagination tortueuse et déviante. Je n'ose pas laisser mes pensées vagabonder vers ce terrain ô combien glissant !

Daniel cherche une aventure, rien de plus. Et c'est aussi ce que souhaite Némésis. Oh, bon sang de bonsoir, la situation est inextricable ! J'en arrive à guetter l'heure du déjeuner pour pouvoir aller vérifier à nouveau s'il est là.

À l'instant précis où je dois partir manger, et alors que j'ai abandonné tout espoir, le voilà qui apparaît. En compagnie d'une femme ! Et elle est belle… Ils s'arrêtent sur le seuil de la salle de lecture, et l'inconnue scrute le visage de Daniel avant de lui tapoter le bras avec tendresse et sollicitude tout en lui parlant à l'oreille.

Écœurée, je veux lui arracher les yeux. Elle est plus âgée que Daniel et moi. La quarantaine au sens radieux et fringant du terme. Son coiffeur a dû lui coûter une fortune en coloration, et elle porte un tailleur sublime qui crie son appartenance à la haute couture. Elle ne devrait pas être le genre à plaire à Daniel. Pourtant, celui-ci semble éprouver de l'affection pour elle ; ils ont l'air étrangement proches l'un de l'autre. Du coup, c'est à lui que j'ai envie d'arracher les yeux.

J'aimerais entendre ce qu'ils se disent. Les seuls indices que je tire de leur langage corporel, c'est que la femme s'inquiète pour Daniel et qu'elle tente de le persuader de faire quelque chose. Lui, il agit comme tout mâle qui se respecte, faisant la moue tout en évacuant d'un geste la remarque de son interlocutrice. À un moment, il enlève ses lunettes pour se frotter les yeux, puis se masse la nuque.

Ils discutent encore un peu, puis la femme embrasse Daniel sur la joue, y laissant une trace de rouge à lèvres rose tendre qu'elle essuie avec familiarité.

Après son départ, Daniel se dirige vers moi, mais une voix flûtée me demande alors avec angoisse :

— S'il vous plaît, pouvez-vous m'aider ?

J'ai envie de crier à la personne de déguerpir parce que c'est l'heure de ma pause, mais, au lieu de cela, je me tourne vers elle en souriant.

Je découvre une jeune femme visiblement éreintée, accompagnée d'un bébé en poussette. Au bord des larmes, elle m'explique avec hésitation que son aîné a un devoir à rendre le lendemain. Manifestement, tout le monde n'a pas encore Internet chez soi. Pour la première fois de sa vie, cette dame a donc franchi la porte de notre établissement dans l'espoir de trouver de la documentation. Dix minutes plus tard, le bureau de prêt est jonché de livres provenant des quatre coins de la bibliothèque, et ma lectrice oscille entre fébrilité et reconnaissance éplorée. Son bébé s'est même calmé, sentant sans doute sa maman rassérénée. J'ai beau être sur les nerfs, au fond de moi, ses remerciements me font du bien. Je puise du réconfort dans le fait de retrouver l'essence de mon métier, au lieu de me livrer à tout un tas de tâches administratives fastidieuses. J'encourage mon interlocutrice à revenir me voir personnellement si elle en éprouve l'envie.

Mais la satisfaction du travail accompli se dissipe sitôt que je repense à Miss Tailleur-de-luxe-et-mèches-hors-de-prix qui a eu l'insigne honneur d'embrasser Daniel. L'emploi du temps général de la journée étant chaotique – c'est un problème récurrent chez nous –, je ferme le bureau de prêt puisque personne n'est là pour me remplacer et me dirige vers la zone réservée au personnel. Après avoir pointé, je décide de descendre au sous-sol.

Rien de tel qu'une confrontation en bonne et due forme pour régler un problème. Même si j'ai une bien meilleure idée pour aboutir à ce résultat... Hé, peut-être même qu'on atteindra cette étape-là sans passer par la case dispute.

Le cœur battant la chamade, je dévale les escaliers à m'en rompre le cou. Si le vieux Johnson me surprend, il me réprimandera certainement. Mais je m'en moque. Il faut que je sache qui est cette femme.

Ma jalousie est ridicule. Daniel et moi ne sortons pas ensemble. Nous n'avons même pas couché ensemble à proprement parler. Il y a bien eu quelques tripotages par-ci par-là et une fellation, mais ça s'arrête là. « Aventure sans lendemain. »

Tu n'as pas oublié, Gwen ? Mais la dame à qui il parlait ne m'a pas semblé entrer dans le cadre d'une relation temporaire.

Je ralentis. Je dois redescendre en température. Ceci n'est qu'un jeu.

Il n'est pas dans son petit bureau. Livres et documents jonchent la table comme d'habitude, et l'ordinateur portable luit dans un coin. À l'écran, encore un jeu de stratégie. Cela lui arrive-t-il de travailler ? Sa veste en tweed est posée sur le dossier du fauteuil. Songeant qu'il a pu filer dans la salle de bains, je me remémore avec émoi la scène sensuelle dont j'ai été témoin. Tant d'élégance, de beauté, de virilité...

Un son ténu me tire de mes rêveries lubriques. Un gémissement ? J'en ai bien l'impression. Aurait-il remis ça ?

Je me dirige à pas de loup vers le fond du bâtiment, qui abrite le mobilier usé, vestige d'une époque plus raffinée que la nôtre, durant laquelle les messieurs distingués venaient feuilleter leur journal dans des canapés en cuir qui ont aujourd'hui perdu de leur superbe. Je découvre Daniel étendu sur l'une de ces vénérables pièces de mobilier, le bras en travers des yeux. L'autre frôle le sol, les lunettes pendant au bout des doigts. Il m'évoque un croisement entre un archange et un poète victorien qui aurait abusé de l'absinthe et du laudanum.

— Est-ce que ça va ?

Au son de ma voix, il se redresse brusquement pour aussitôt se prendre la tête entre les mains.

— Oui... Plus ou moins.

— Menteur !

Sous le faible éclairage de ce coin reculé des archives, ses yeux forment deux puits sombres. Il a mal, ça ne fait aucun doute. C'est la deuxième fois que je le surprends dans cet état.

Il pivote pour me permettre de m'asseoir. Puis il remet ses lunettes avec une application exagérée, évitant toujours de croiser mon regard. Imitant la femme élégante à qui il parlait peu auparavant, je lui touche le bras. Sous le coton bleu foncé de sa chemise, sa peau est brûlante, comme s'il était fiévreux.

— Qu'y a-t-il ? Je vois bien que ça ne va pas.

— C'est juste un mal de tête. Pas de quoi s'inquiéter, dit-il avec effort.

— Ça a l'air de t'arriver souvent. Tu as consulté un médecin ?

Il carre les épaules, retrouvant apparemment son entrain.

— Je suis surmené, c'est tout. (Il pose sur ma main des doigts légers.) Et toi, comment vas-tu ?

Je suis à ramasser à la petite cuillère, parce qu'il me touche. Il m'a mise dans tous mes états hier soir, et ses gestes délicats m'envoient déjà sur le même chemin que la veille. En un éclair, j'ai quitté le monde mesquin de mon lieu de travail régi par un budget limité et des usagers anxieux, pour entrer dans le royaume des tortures mentales de Némésis.

Ici, je peux tout dire. Tout faire. Tout désirer.

— Tu veux vraiment savoir ?

— Évidemment. Je suis ton ami, non ?

Et quel ami… J'imagine ses mains posées sur moi. Ou tenant un crayon, jouant avec des clés. Je suis fortement tentée d'exiger de lui la vérité, mais je déclare simplement :

— OK, tu l'auras voulu. J'ai envie de sexe ! (Daniel hausse les sourcils, puis me sourit.) C'est suffisamment « amical » pour toi ?

— Eh bien, en voilà une façon de faire oublier son mal de tête à un homme, répond-il.

Je respire les essences épicées et boisées, exotiques en diable, de son eau de Cologne.

— Tu as envie de… d'aller plus loin ? demande-t-il.

Ses longs cils, sublimés par l'effet de loupe de ses lunettes, ressemblent à du velours noir dans la pénombre.

— Par pure amitié, naturellement. Et cela te donnerait quelque chose à raconter à Némésis.

— Qu'il aille se faire foutre, Némésis !

J'éclate de rire, puisque c'est certainement ce qui va se produire. Daniel partage ma gaieté, et je crois avoir une hallucination, car je décèle dans son regard une lueur obscène, digne de mon Admirateur.

— Exactement, répond-il en penchant la tête de côté.

Il m'a semblé surprendre un clin d'œil de sa part. Est-ce que je me fais des idées ? Pas sûr.

Je t'en ficherai, de l'« exactement ». Daniel est si tentant, si appétissant que je me sens de taille à le dominer. La plupart du temps, il a l'ascendant sur moi, mais en cet instant précis il est encore un peu déboussolé, vulnérable. Je me penche tout à coup contre lui, ce qui le fait légèrement sursauter, et je l'attire à moi pour l'embrasser, la main sur sa nuque. À la dernière seconde, il enlève ses lunettes et les lance sur la moquette élimée. J'espère qu'elles ne sont pas cassées, mais c'est franchement le cadet de mes soucis. J'aime sentir sous mes doigts ses cheveux bouclés, et la moiteur tiède de sa bouche autour de ma langue experte. J'aime cette façon qu'il a de murmurer « hmm » comme s'il absorbait mon souffle vital.

Il semble obtempérer, mais en réalité il me joue la comédie. Pendant que je l'embrasse, ses mains baladeuses font leur office. En deux temps trois mouvements, il a sorti mon chemisier de ma jupe et, du bout des doigts, il remonte le long de mon dos pour dégrafer mon soutien-gorge avec maestria. Le frôlement de l'étoffe contre ma peau est à la fois étrange et aguicheur. Daniel accentue cet effet en attrapant vigoureusement mon sein, tout en soumettant ma langue à la sienne. Il prend possession de ma bouche avec plus d'assurance que je n'en ai montré.

Je piaille en mon for intérieur et remue les hanches lorsqu'il me pince le téton. La douleur est ténue mais bien réelle ; elle me perce le cœur et l'âme. Bon sang, comment savait-il que cela m'exciterait ? Moi-même, je l'ignorais.

Il recommence, privilégiant l'autorité plutôt que la force, et une vague de chaleur monte dans mon ventre. J'ai envie qu'il me déshabille et qu'il touche, explore, caresse ma féminité, glissant ses doigts en moi, au fond, tout au fond, pour me préparer à accueillir sa virilité.

Pendant qu'il continue à jouer avec ma poitrine, je relève ma jupe, dévoilant ainsi mes bas et les attaches de mon porte-jarretelle, pour ensuite la rouler complètement autour de ma taille avant de m'attaquer à ma petite culotte. Comprenant mon intention, Daniel m'aide à l'enlever. À défaut du reste, mon intimité est maintenant dénudée.

Daniel a fermé les yeux. Ses cils divins ombrent ses pommettes. Il me savoure dans le noir, usant simplement de son sens du toucher. Il laisse courir ses doigts sous l'élastique brodé de mon porte-jarretelle, puis le long de l'attache pour atteindre le bord de mon bas, sous lequel il se glisse délicatement ; ses ongles sont durs contre ma peau nue. Cela faisait longtemps que personne ne s'était immiscé dans cet endroit, hormis moi, à l'occasion de ma toilette... ou lorsque je me donne du plaisir.

Pendant une minute, Daniel se contente de taquiner la naissance de ma cuisse, tout près du cœur de ma féminité, sans pour autant s'y aventurer. Je sens mon nectar sourdre de mon intimité qui s'enfle de désir inassouvi.

Perdant patience, je fourre la main de Daniel entre mes jambes. J'en ai marre de tourner autour du pot. Il n'est apparemment pas hostile à mon initiative, puisqu'il pousse un petit grognement d'aise.

Choisissant immédiatement le geste parfait, il accueille mon sexe dans sa paume pour diriger avec dextérité son majeur droit sur mon bourgeon de chair, qu'il presse durement, comme lorsqu'il m'a pincée. En même temps, il introduit sa main libre sous mon soutien-gorge détaché pour taquiner délicatement mon mamelon érigé, en une succession de mouvements minuscules et merveilleux.

Mon vagin se contracte, et je jouis, mordant presque la langue de Daniel. Je suis contente qu'il ait pris possession de ma bouche, sans quoi je serais en train de crier. Et, même si nous nous trouvons dans les entrailles du bâtiment, quelqu'un m'entendrait forcément.

Impitoyable, il poursuit ses caresses jusqu'au bout de mon plaisir ; je suis sa marionnette. Mais il ne perd rien pour attendre.

Toujours secouée par mon orgasme, je m'écarte de lui pour mieux le pousser au fond du canapé.

— Tu as un préservatif ? demandé-je en m'asseyant sur lui avec un manque de grâce que compense ma détermination.

— Oui, souffle-t-il.

Il sort de la poche arrière de son jean un petit carré d'aluminium familier.

Le « hasard » fait bien les choses, décidément…

Rouvrant un instant les paupières, il m'adresse un petit sourire narquois.

Espèce de voyou, tu avais tout prévu ! J'ai envie de le secouer, de le gronder, de lui dire qu'il n'est qu'un salopard arrogant et un pervers manipulateur. Mais je m'en abstiens, principalement parce que je prévois de coucher avec lui.

Le crucifiant d'un regard sévère qui rate en partie sa cible parce que Daniel a refermé les yeux, je m'attaque à sa ceinture puis à sa braguette. Chose étonnante, il ne porte pas de caleçon. Encore une preuve qu'il ne manque pas de culot et qu'il était persuadé d'arriver à ses fins. Mais je suis trop frappée par la vue du membre majestueux pointant hors du jean noir pour réagir.

Je meurs d'impatience de le sentir au fond de moi. Je veux faire l'amour avec le professeur Daniel Brewster, fameux historien télégénique et canaille en puissance. Et je le veux tout de suite.

— Donne-moi ça !

Je lui arrache le préservatif et déchire l'emballage. À l'intérieur, la rondelle de latex est lisse et soyeuse, mais pas autant que le pénis de Daniel, où perle déjà une goutte argentée, témoin de son désir.

Mon dernier rapport protégé remonte à un certain temps, mais c'est comme le vélo. On n'oublie pas comment habiller un sexe d'homme délicieusement tendu. J'arrive donc à mes fins sans trop de maladresse, mais je suis troublée par la chaleur de sa chair ferme, par la beauté de son visage extatique.

Le voilà enfin enrobé de latex, et encore plus excité qu'avant, si tant est que cela soit possible. Pour ma part, j'anticipe le plaisir à venir.

Maintenant, comment procéder ? J'ai très envie d'être au-dessus de lui, alors je dois m'affirmer. Enlevant mes chaussures, je me place à califourchon sur lui, les bras appuyés sur le dossier du vénérable canapé en cuir, qui émet un craquement de mauvais augure. Mes seins en partie dénudés se retrouvent sous le nez de Daniel. Incapable de supporter cette position de manière prolongée, je descends progressivement mon bassin, en tenant sa virilité pour la guider en moi.

Cela me prend un certain temps. Il y a un gouffre entre convoiter et accueillir un membre généreux, et je commence seulement à comprendre l'exquise distinction. Le souffle court, je sens ma chair s'écarter pour recevoir cette hampe douce et tiède qui me transperce.

La sensation est intense. Inspirant profondément afin de prendre conscience de ce qui m'arrive, je me penche au-dessus de lui pour profiter pleinement de la solennité de l'instant. Ma vue se brouille. C'est irrationnel. Une aventure, disions-nous ? Oh là là, je vais au-devant des ennuis.

Mon soutien-gorge détaché bouge au rythme de mes mouvements, alors je me débarrasse de mon chemisier, arrachant au passage les boutons de mes manches que je n'avais pas défaits. Ma lingerie connaît ensuite le même sort. Me voilà nue jusqu'à la taille, pénétrée par un homme splendide dont je redoute d'être tombée amoureuse.

Je suis contente que Daniel ait gardé les yeux fermés – et, s'il les avait ouverts, la lueur de l'éclairage d'urgence m'aurait été clémente –, car je suis toujours au bord des larmes, et je suis sûre qu'il se rendrait compte que je me meurs d'amour pour lui.

Daniel met ses mains sur mes hanches rondes, et la tendresse de son geste me fend le cœur. J'espère sincèrement que mes sentiments ne sont qu'une faiblesse passagère. Sinon, je vais souffrir le martyre lorsque notre aventure prendra fin.

Je regarde son beau visage, et ma déprime se mue en colère. Oh, je comprends bien qu'il attache beaucoup moins d'importance que moi à notre partie de jambes en l'air. Notre cher professeur a certainement des tas de groupies. Et, en parlant de ça, qui est l'élégante apparition à qui je l'ai vu conter fleurette ?

— Qui était cette femme ?

Je n'arrive pas à croire que j'ai rompu le silence. Qu'est-ce qui cloche, chez moi ? Je me noie dans un océan de sensualité, et je trouve encore le moyen de tout gâcher à cause de ma jalousie. C'est stupide.

Daniel cligne des yeux, et j'ai l'impression qu'il est étonné de me découvrir là. Je vois rouge. Si ça se trouve, il imagine cette femme à ma place.

— Tu sais, celle avec qui tu fricotais à la bibliothèque.

Les sourcils froncés, il plisse les yeux comme pour faire le point. Puis, poussant un soupir théâtral, il m'attrape par la taille et lève le bassin pour mieux me pénétrer.

Je me sens électrisée. Notre position met mon bourgeon de chair à rude épreuve, et j'oublie que je ne suis pas la seule femme sur terre. Il n'y a que moi, possédée par Daniel, dont les coups de reins me soutirent des gémissements qui s'harmonisent avec ceux du canapé en piteux état.

— Il s'agit, dit-il tout bas d'une voix envoûtante, de ma cousine Annie, l'une des propriétaires de la *Demeure de Waverley*. C'est pour ça que je loge là-bas.

D'une torsion du poignet, il glisse sa main entre nous pour toucher mon intimité, si bien que je commence à voir des étoiles, même si je reste contrariée.

— Satisfaite ? gronde-t-il, en pressant mon clitoris entre son pouce et son index.

Puis il me donne une claque sur la fesse. Là, je suis satisfaite… et j'atteins l'extase. Un cri naît sur mes lèvres, mais je mords mon poing in extremis. Balayée par les vagues sensuelles montant de mon bourgeon de chair, que Daniel tient toujours délicatement, je me convulse.

Il m'assène une nouvelle fessée, et je jouis encore plus fort ; je crois que je vais m'évanouir. Après cela, je me couche contre lui, pantelante, et reste immobile quelques minutes, tremblant tandis que le plaisir décroît peu à peu. Daniel, troquant la domination contre une tendresse infinie, me serre dans ses bras, et j'ai l'impression de regagner doucement la terre ferme après avoir été projetée dans l'espace.

Je n'avais encore jamais fait l'amour comme ça. Peut-être que je n'avais encore jamais vraiment fait l'amour, en fin de compte, que je n'avais eu droit qu'à une pâle copie, entre les mains d'amants peu talentueux.

Je finis par retrouver mes esprits, et mon souci le plus pressant concerne désormais la virilité dressée de mon partenaire.

Comment est-ce possible ? A-t-il des super pouvoirs ? Ni mon ex ni aucun de mes précédents petits amis n'auraient tenu aussi longtemps, ils n'auraient jamais supporté une chevauchée aussi intense que la nôtre. Pourtant, le sexe de Daniel se dresse, fier comme un roc brûlant d'énergie vitale.

Quel démon ! Son sourire vaut le détour. J'y lis bien de la tendresse – je ne m'étais pas trompée –, mais il a surtout l'air très content de lui. Une sorte de « Vois comme je suis endurant… Tu ne fais pas le poids. » Ça ne me donne qu'une envie, celle de le vaincre. Je veux le capturer, le submerger de désir pour qu'il jouisse en moi.

Je me redresse et reprends mes va-et-vient après avoir ajusté ma position. Mon sexe tressaille dangereusement, mais j'ai la satisfaction de surprendre Daniel. À l'ondulation suivante, il pousse un juron digne d'un loup de mer plutôt que d'un érudit.

— Chut ! dis-je en lui couvrant la bouche.

Alors, je le chevauche, je le chevauche vraiment, l'attirant au fond de moi à chaque coup de reins. En l'espace de quelques secondes, un violent orgasme m'emporte, mais je ne faiblis pas, je laisse mon corps guider Daniel tandis que mon âme vogue parmi les étoiles.

Bon, ça suffit. Je m'appuie contre lui, contractant mon vagin autour de sa virilité. Serrant les dents pour ne pas m'élever vers le plaisir, je le baise comme je n'ai jamais baisé personne.

Il m'attrape par les hanches, et je sens ses ongles contre ma chair trop abondante. Bon sang, il continue à me résister ! Il a la mâchoire crispée, et son beau visage est une ode à l'entêtement.

La plaie !

Je m'écarte de lui brutalement pour mieux l'accueillir à nouveau en moi. Deux choses se produisent alors simultanément. Non, trois. Plutôt quatre, à la réflexion…

Daniel accélère ses mouvements du bassin en jurant comme un charretier. Juste après, il jouit. Je le rejoins immédiatement dans une extase presque douloureuse.

Et le vénérable canapé succombe finalement avec fracas au châtiment que nous lui infligeons.

9

On peut arrêter

Au bout de quelques secondes d'un silence total et faussement consterné, j'ouvre brusquement les yeux. Ceux de Daniel pétillent d'allégresse, et il semble me distinguer parfaitement même sans ses lunettes. Je ne l'avais encore jamais vu aussi gai. Nous commençons à pouffer de rire, et notre hilarité enfle, menaçant de tout balayer sur son passage. C'est alors qu'une voix nous pétrifie.

— Qui est là ? Qu'y a-t-il ?

C'est M. Johnson, mon supérieur. Même s'il se trouve apparemment à l'autre bout du couloir, j'ai l'horrible impression qu'il vient vers nous.

À la vitesse de l'éclair, nous nous levons et nous empressons de ramasser nos affaires éparses, comme deux enfants pris en faute. Par réflexe, j'entraîne Daniel derrière les rayonnages, dans un renfoncement que j'ai découvert au cours de mes mornes heures de rangement. C'est là que je me réfugie parfois pour de courts instants de lecture licencieuse.

Mon chef arrive d'un pas lourd.

— Il y a quelqu'un ? demande-t-il.

Il semble perplexe. Sans doute a-t-il remarqué le canapé qui a rendu l'âme.

Notre cachette est plongée dans la pénombre. La lampe murale la plus proche n'est pas allumée, et nous sommes tapis contre une caisse jouxtant une pile de vieux journaux. Tandis que M. Johnson émet des « tss » exaspérés, notre hystérie temporairement contenue menace de rejaillir. Nous sommes obligés de fournir des efforts héroïques pour ne pas lui céder. Je n'ose imaginer ce qui se passerait si mon supérieur nous découvrait, moi à demi nue et Daniel avec sa braguette ouverte. Impossible de bouger ; le moindre bruit signerait notre perte.

Au bout de ce qui ressemble à une fouille approfondie mais ne doit être en réalité qu'un examen succinct, M. Johnson s'éloigne rapidement avec un petit grognement de perplexité.

Lorsque j'entends la porte se refermer au fond du couloir, nous poussons un gros soupir de soulagement qui a tôt fait de se changer en éclats de rire irrépressibles. Nous nous esclaffons pendant un certain temps avant de sortir de notre cachette d'un pas mal assuré pour remettre de l'ordre dans notre tenue et nous débarrasser des éléments susceptibles de nous incriminer, à savoir le préservatif usé et les boutons de mon chemisier. Puis, une fois que nous sommes redevenus à peu près présentables, nous regagnons le bureau de Daniel. Mais notre hilarité renaît à intervalles réguliers.

— C'était dingue. Il n'y a pas d'autre mot, dis-je.

Je remonte mes manches pour qu'on ne remarque pas les boutons manquants. Mon astuce, qui accentue l'esprit années 1950, est du plus bel effet. Peut-être que je vais lancer une mode parmi mes collègues.

— J'ai toujours pensé que cet endroit avait dû accueillir des rendez-vous crapuleux au fil des ans. Mais je n'aurais jamais imaginé que cela m'arriverait à moi.

— C'était extraordinaire, Gwendolynne, réplique Daniel en souriant.

Mais je sens aussi qu'il est sérieux. Sommes-nous allés trop loin ? Était-ce trop intense ? Avons-nous fait exploser les limites de notre arrangement ?

— Tu as été extraordinaire. J'ai l'impression de t'avoir servi de serpillère. Dans le bon sens du terme.

Je veux lui répondre que je ressens la même chose, mais je me mets soudain à trembler. C'est le choc. Et il n'est pas dû à la frayeur rétrospective qui m'envahit lorsque je me rends compte que je viens de risquer mon emploi. Non, ce sont mes émotions qui m'affolent. J'ai été assez bête pour me laisser avoir. Car je sais que c'est ridicule, mais je suis quasi certaine d'être tombée amoureuse de Daniel Brewster, et je n'ai plus envie de me contenter d'une fichue « aventure ».

— Qu'est-ce qui ne va pas ?

Je reviens à la réalité. Daniel m'observe d'un air soucieux. Une mèche en forme de goutte d'eau balaie son front. Je suis tentée de l'enrouler autour de mon doigt avec une tendre familiarité, et cette idée m'apaise, même si cela peut paraître étonnant. Mais, avant que je passe à l'action, Daniel prend ma main et la serre doucement, et sa chaleur suffit à me calmer et à me réconforter.

— Je me disais simplement qu'on a eu très chaud. N'importe qui aurait pu nous surprendre à tout moment.

Daniel, dérouté, semble cependant avoir à cœur de se montrer compréhensif.

— Je suis navré. C'est ma faute. Par ma légèreté, j'ai failli te faire renvoyer. Je n'aurais pas dû faire ça. (Il poursuit avec le plus grand sérieux.) Tu sais, on peut arrêter de se voir, si tu préfères. Tu n'as qu'un mot à dire. J'adore être avec toi. Ce qu'on partage est très… spécial. Mais loin de moi l'idée de te compliquer la vie, je t'assure.

« On peut arrêter… »

Pendant un instant, je crois que je vais me mettre à pleurer. Daniel est sincère, je n'en doute pas une seconde. Je compte pour lui, même si ce n'est que dans le cadre de nos obsessions coquines. Mais… à quoi fait-il référence, au juste ?

À la relation de Gwendolynne et de Daniel ? Ou bien à celle qui lie Gwendolynne et Némésis ? À moins que les deux ne soient confondues depuis le début.

— Ce n'est pas ce que je souhaite.

C'est ce que je réponds à mon grand dam, avec la véhémence du désespoir.

Je distingue presque mes mots qui flottent entre nous. Daniel semble sur la défensive. Il est intelligent et il a de l'intuition, alors je parie qu'il est capable de me déchiffrer encore plus facilement que ses vieux ouvrages. Je suis à gifler. Ce qu'il cherche, c'est une histoire sans avenir. Moi, je désire bien davantage, et cela doit se voir comme le nez au milieu de la figure.

Son front se barre d'un pli. Il va m'annoncer que c'est fini, j'en ai l'intime conviction.

— Moi non plus.

Au début, j'ai l'impression d'avoir imaginé ce que je voulais entendre, puis je dois résister à l'impulsion qui me commande de sauter sur la table et de me mettre à danser. Oui, il a envie que l'on continue à se voir ! Rien n'est perdu ! Mais, avant que mon sourire devienne trop niais et que je sois tentée de réagir de façon proprement hallucinante, je me ressaisis. *Mollo sur l'enthousiasme, ma fille. C'est une relation sans lendemain. Maîtrise-toi et profites-en pendant qu'il est encore temps.*

— Oh, d'accord, dis-je, feignant l'indifférence. (Je sais qu'il n'est pas dupe, mais laissons cela de côté.) Cependant, je pense que nous devrions essayer de nous tenir correctement, à l'avenir.

— Je suis bien d'accord. Après tout, il existe un tas d'endroits pour la bagatelle.

Au moment où je décide de lui demander d'en citer un, histoire de l'y entraîner *manu militari*, la grande horloge de la mairie sonne au loin. Le monde extérieur, où tout ne se résume pas au sexe et aux jeux pervers de Némésis, revient au grand galop. D'après ma montre, ma pause est écoulée, et je dois retourner bosser. Tout de suite !

— Oh, nom d'un chien ! Je suis en retard !

Je me lève d'un bond, imitée en cela par Daniel.

— Mais tu dois manger… J'allais te proposer de t'emmener dans un café, ou bien au restaurant.

J'adorerais ça. Je nous vois déjà, riant et discutant autour d'un plat et d'une bière. Comme deux bons amis. Des amis proches.

— Hum, merci de votre offre, professeur, mais j'ai consacré mon heure de pause à jeûner. Encore que… (Son sourire mutin manque de m'achever.) Il faut vraiment que j'y aille. Pas le choix.

Daniel réfléchit, puis sort un Snickers géant d'une poche latérale de son sac.

— Tiens. Voilà ma contribution, répond-il. (J'ai l'impression d'avoir reçu un collier en diamant ou gagné au loto.) Je passe te chercher à 17 heures, et on mangera quelque part. D'accord ?

Je le regarde avec des yeux ronds, cet ange brun à l'air canaille dont le visage, derrière les lunettes sévères, est à la fois infiniment doux et viril.

Oh, merde, je l'ai dans la peau, on dirait.

— OK.

Avant de me compromettre en agissant de façon complètement stupide, je dépose un petit baiser sur sa joue et bats en retraite sans demander mon reste. Je remonte au rez-de-chaussée, emportant mon casse-croûte aux allures de Saint-Graal, même si je sais pertinemment qu'il ne va pas tarder à connaître un sort funeste. C'est le plus beau cadeau du monde, mais je suis bien obligée de me nourrir…

Vers 17 heures, le Snickers n'est plus qu'un lointain souvenir sucré, ce qui n'est pas une bonne nouvelle pour mon régime. Je me suis arrangée pour rester dans le hall, à l'extérieur de la salle de lecture, là où Tracey la curieuse, qui est d'après-midi aujourd'hui, ne pourra pas m'adresser la parole. Même pour mon Professeur Glamour, je serais bête d'attendre dehors sous la pluie.

À quoi joue-t-il ? Ma montre m'informe que je piaffe d'impatience depuis un quart d'heure. Il sait pertinemment à quelle heure je finis, alors où est-il passé, nom de nom ?

J'éprouve immédiatement des remords qui n'ont d'égal que mon inquiétude. Car, lorsque je suis allée trouver Daniel, il avait une bonne raison d'être allongé sur le canapé encore intact. Il avait certainement l'une de ses migraines, un malaise ou quelque chose comme ça. Peut-être qu'il est en ce moment même affalé sur son bureau, souffrant le martyre.

À l'instant précis où je regagne la salle de lecture, il apparaît à la porte du sous-sol tel un génie du pays des rêves que j'aurais invoqué. Il est prêt à partir, avec tous les attributs de sa profession : imperméable sombre voletant autour des chevilles, sac en bandoulière contenant son ordinateur, mallette. Il est la parfaite image de l'universitaire sexy qui a un grain de folie, avec ses boucles noires indisciplinées et ses lunettes.

— Désolé, il a fallu que j'envoie quelques mails à la dernière minute. J'espère que je ne t'ai pas trop fait attendre.

Son sourire valait la peine que je poireaute. J'y lis de la contrition, ainsi que l'espièglerie que j'ai appris à aimer chez lui. Sous son apparence sérieuse, je décèle la personnalité séductrice de Némésis.

Comme je regrette notre canapé du sous-sol, même si nous l'avons réduit en miettes !

— Oh, flûte ! s'exclame Daniel lorsque nous sortons.

Le regard de Tracey est braqué sur nous tel un laser. Elle a désespérément cherché à attirer mon attention quand nous l'avons croisée. Manifestement, notre relation « secrète » ne le restera plus longtemps.

— Je n'avais pas fait gaffe qu'il pleuvait, dit-il en scrutant la route. Quel est le restaurant le plus proche ?

— Eh bien, je connais un *fish and chips. (Et ton régime ? Ton régime !)* C'est par là, au bout de la rue.

Je suis tiraillée entre deux visions : celle de frites dorées à souhait et celle de ma balance pointant dans la mauvaise direction. Depuis qu'il m'arrive de dévoiler des pans de mon anatomie devant un homme indéniablement séduisant, je retrouve des complexes qui avaient presque disparu au fil des mois, après mon divorce.

— Adjugé.

Il m'attrape énergiquement par le bras et m'entraîne sous la pluie battante.

Nous voici bientôt attablés.

— C'est délicieux ! dit Daniel en se livrant au plaisir simple de mordre dans une frite à belles dents.

— Oui, c'est le meilleur *fish and chips* des environs. Mais, entre ça et le Snickers, j'ai vraiment l'impression que tu veux m'engraisser. J'aurais peut-être dû choisir une salade.

Daniel troque sa fourchette contre sa tasse de thé, dont il savoure une gorgée en me gratifiant d'une mine hautement réprobatrice, toute en sourcils noirs, digne du professeur qu'il est. Une fois que la serveuse s'est éloignée, il me déclare tout bas, avec ferveur :

— Tu as un corps magnifique, Gwendolynne. Somptueux. Superbe dans ses moindres détails. Tu devrais être fière de tes rondeurs. Elles font tourner la tête des hommes.

Je frissonne d'aise en entendant ça. On dirait qu'il a envie de me dévorer avec autant d'appétit que son poisson et ses frites. Son regard intense étaie ses propos.

Est-ce Némésis ou Daniel qui s'exprime ? Je trouve qu'ils se ressemblent beaucoup, et les différences que j'ai pu noter s'estompent rapidement. Je fréquente un séducteur à deux visages avec qui je ne sais jamais à quoi m'attendre.

— Tu sais ce que c'est… De nos jours, ce n'est pas bien vu de faire un 44 tirant vers le 46.

— Peuh ! La mode ne rime à rien. Les hommes ont toujours adoré les silhouettes opulentes, et ce n'est pas près de changer. (Il enfourne plusieurs frites et les mâchonne.) Et vous, ma chère Prêtresse de Littérature, vous êtes un parangon de sensualité.

Voilà la confirmation que je guettais. C'est Némésis qui me surnomme ainsi. Daniel semble ne pas avoir remarqué qu'il s'est trahi. Cela dit, je lui ai montré les lettres...

— Tu as des nouvelles de ce bon vieux Némésis ? Quel est le dernier défi en date, le dernier gage ?... Appelle ça comme tu veux. Vous avez discuté, hier soir ?

Je le dévisage d'un air soupçonneux, mais il reste impassible. Il m'observe avec intérêt, l'innocence faite homme. Du moins en apparence. Pendant une seconde, j'ai des sueurs froides à l'idée que je puisse fréquenter un vrai dégénéré ou bien un individu souffrant de troubles de la personnalité. Mais je retrouve vite mon goût du jeu, et je me demande jusqu'où je devrai le pousser avant qu'il dévoile sa supercherie.

— Oui, nous avons discuté, répliqué-je avant de ménager une pause pour me resservir du thé et mordre dans une tranche de pain blanc beurré.

Daniel semble comprendre qu'il n'est pas le seul à savoir jouer.

— Et ?

— Le topo habituel, à peu de chose près. (Daniel s'humecte rapidement les lèvres.) Ensuite, il m'a soumis un défi.

Mon interlocuteur ouvre de grands yeux étonnés – une performance digne de Laurence Olivier – lorsque je lui décris mon gage dans les moindres détails.

— Tu vas accepter ? Ça me paraît assez risqué.

— Pas vraiment. Tu as proposé de m'aider, non ? Tu pourrais jouer le rôle du client.

Parfaitement conscients tous les deux des plaisirs du jeu, nous partageons à cet instant une rare complicité. Les mots et les questions sont superflus. Tout ce que nous avons à faire, c'est de nous amuser.

— D'accord, je suis partant.

— Vraiment ?

Il éclate de rire.

— Puisque je te le dis !

Au fond de moi, je me demande ce que cache l'innocente nappe à carreaux rouges et blancs. La perspective de notre prochaine rencontre, de devenir temporairement le client d'une prostituée l'excite-t-elle ?

— Bon, il n'y a plus qu'à choisir le jour, l'heure et le lieu. Et puis j'informerai Némésis, dis-je en tâchant de rester calme et posée.

Mais je suis obnubilée par la nudité de Daniel, par son sexe dressé ; je n'arrive pas à me concentrer.

— J'ignore s'il voudra être là pour m'espionner, ou s'il m'ordonnera simplement de lui raconter ce qui s'est passé. Apparemment, il aime bien que le mystère dure.

— Dans ce cas, tu n'as pas besoin de faire tout ça. Il te suffit de tout inventer.

Il me provoque, naturellement.

— C'est de la triche.

— Mais tu ne dois rien à cet homme. C'est un dangereux pervers qui te manipule.

Tu es un dangereux pervers.

— En fait, si, j'estime que je lui dois quelque chose. (C'est là que ça fait tilt, comme si le ciel me tombait sur la tête.) Sans lui, je n'aurais pas eu la… révélation. J'aurais passé le reste de ma vie loin des énigmes croustillantes du sexe. À lire en douce des livres érotiques, à oser regarder un film de temps à autre… Mais sans vivre tout ça. Et je n'aurais certainement pas eu le courage de te faire des avances ! Donc, tu vois, tu as aussi une dette envers lui.

Daniel examine un moment sa fourchette. Puis il m'adresse un sourire d'une telle béatitude que je manque de m'évanouir. Il a des cils interminables. J'ai l'impression qu'il me félicite, comme si j'étais l'élève ayant dépassé le maître.

— Tu as raison, j'avoue, répond-il en riant doucement. Dans ce cas, je lui serrerais bien la main.

— L'occasion se présentera peut-être. (À cet instant précis, ce n'est pas la main que j'ai envie de lui serrer. Loin de là.) Alors, où allons-nous faire ça ? Pourquoi pas à ton hôtel ? Son bar est l'endroit rêvé pour ce que nous avons à faire. Enfin, d'après ce que j'ai entendu. Je n'y ai jamais mis les pieds.

— Tu le découvriras bientôt, ma chère Gwendolynne, très bientôt, réplique-t-il en me tapotant les doigts. Maintenant, occupons-nous des détails techniques.

Plus tard, je repense à notre plan. Un peu. À vrai dire, je suis trop désorientée, frustrée et soucieuse pour en reconnaître pleinement les mérites. Et pas qu'un peu contrariée.

Daniel est parti pour Londres.

Il y passera le reste de la semaine et le week-end, loin d'une certaine bibliothécaire folle de sexe et malade d'amour. Et il a attendu la fin du repas pour m'annoncer qu'il irait directement à la gare, alors que je me trouve dans cette phase fébrile d'une relation où une femme n'arrête pas de se demander : *Voudra-t-il ou ne voudra-t-il pas me voir ce soir ?* Il a un rendez-vous dont j'ignore la teneur, mais dont il ne semble pas se réjouir, puis il rendra visite à ses parents. Ça non plus, ça n'a pas l'air de lui plaire.

Nous nous séparons en échangeant nos numéros de téléphone, et il me promet de me contacter. Est-ce que cela signifie que Daniel m'appellera ? Ou se présentera-t-il sous le nom de Némésis, révélant ainsi le subterfuge ?

Pour l'instant, je m'en fiche un peu. Notre au revoir a eu quelque chose de bizarre. J'ai eu l'impression qu'il me cachait bien pire que de petites manigances perverses.

Je n'ai pas cherché à en avoir le cœur net. Car finalement nous nous connaissons à peine, même si nous nous sommes déjà livrés à divers ébats…

Là se situe probablement l'origine de mon malaise. En bonne junkie, je désespère de trouver ma drogue. Je n'arrête pas de consulter mes mails et de vérifier que mon portable est allumé, en me demandant si je n'aurais pas dû foncer à la bibliothèque avant la fermeture pour savoir si j'ai reçu une nouvelle lettre.

Mais je suis bredouille, ce soir. Tout ce dont je dispose, c'est d'une bouteille de piquette que j'ai achetée sur un coup de tête au supermarché, quelques semaines auparavant.

Barres chocolatées, *fish and chips* et vin à volonté : la perspective d'un repas sain et équilibré s'est envolée, alors autant ne pas faire les choses à moitié. Je me nourrirai de produits diététiques durant les quelques jours d'absence de Daniel. Cela ne compensera pas mes excès. En revanche, cela apaisera ma conscience. Cette idée m'arrache mon premier sourire depuis qu'il est parti. Qui est-ce que je cherche donc à leurrer ? Jusqu'à son retour, je vais m'empiffrer.

Le vin doux se boit comme du petit-lait, et je suis bientôt pompette. Demain, je commence tard, alors j'aurai la matinée pour me remettre.

Recroquevillée sous la couverture, en sous-vêtements comme toute dévergondée qui se respecte, je m'enfonce dans un brouillard d'érotisme. Je devrais me lever afin de me doucher et de me préparer pour la nuit, mais je n'en ai pas le courage. Et j'ai envie que l'odeur de Daniel subsiste sur ma peau. Ce parfum, pourtant scandaleux, me réconforte. Une aura soyeuse, particulièrement présente sur mon intimité, mes seins et ma gorge, m'évoque mon Professeur Glamour.

Le salaud ! Alors comme ça, on se sert et on file sans demander son reste ? Je te revaudrai ça. Un de ces jours, je vous ferai ramper, M. Brewster. Vous vous traînerez à mes pieds en me suppliant de vous laisser me toucher.

L'idée est séduisante. Je finis mon verre d'une traite. La bouteille est presque vide, mais je n'ai pas besoin de boire davantage. Mes fantasmes sont bien plus enivrants.

Nous nous trouvons dans une chambre d'hôtel, calme et luxueuse, parfumée de pot-pourri. La décoration surannée fait essentiellement appel à des motifs fleuris. Il s'agit sans doute du *Waverley*, dont j'ai déjà vu quelques photos dans une brochure touristique. Mon imagination aura fait le reste.

Allongée sur un édredon typique de ce genre d'établissement, dans un caraco et une culotte de satin rouge, j'ai perdu plus de cinq kilos. Voilà un fantasme digne de ce nom !

Daniel, pieds nus et simplement vêtu de son jean noir, est agenouillé devant moi. La texture crémeuse de sa peau luit à la lumière de la lampe. Ses cheveux sont en désordre, comme s'il les avait ébouriffés avec ses doigts. Ou est-ce moi qui l'ai décoiffé ? Il ne porte pas ses lunettes, mais je ne distingue pas ses yeux pour autant, car il courbe respectueusement l'échine.

— Déshabille-toi, lui ordonné-je.

Se redressant, il défait le bouton de son jean et lève la tête. Soit il a mis ses lentilles, soit, dans mon rêve, il n'en a pas besoin, parce qu'il me défie d'un regard ardent tout en baissant son pantalon. Son sexe se dresse vers son bas-ventre.

— Caresse-toi.

Il m'obéit, étouffant un petit cri, mais ses muscles contractés témoignent de sa fébrilité. Il doit être proche de la jouissance, car il mord sa lèvre inférieure, qu'il a vermeille et tendre, comme pour maîtriser l'impulsion qui lui dicte d'en finir au plus vite.

Lorsqu'il commence à remuer le bassin, à trouver un rythme qui lui est agréable en dépit de sa condition servile, je l'interromps d'un geste impérieux.

— Oublie ça. Il est temps de me servir, dis-je en lui indiquant le lit. Et que ça saute !

Blême d'indignation mais débordant de désir pour moi, il me rejoint avec une grâce irréprochable pour m'enlever ma culotte. Dans mon humble appartement de la vraie vie, j'ai la main entre les cuisses, et je respire mon nectar intime.

— Embrasse-la.

Fermant les yeux, il enfouit son visage dans le satin rouge odorant et savoure ce contact d'un air extatique. Mais la déesse que je suis estime qu'il y prend trop de plaisir. C'est à moi qu'il devrait en donner.

— Assez ! Maintenant, rends-toi utile.

Dans mon fantasme, j'incarne une impératrice beaucoup plus mince que je ne le suis en réalité. Étendue, j'écarte les jambes pour exhiber mon anatomie. Daniel a beau prétendre qu'il aime les filles bien en chair, il paraît captivé par ma nouvelle apparence, malgré sa mauvaise humeur. D'un geste impérieux, je lui signifie qu'il m'est soumis dans tous les sens du terme.

Je me demande s'il va me lécher ou bien entrer en moi sur-le-champ, mais un coin de mon cerveau se met à débloquer, et je perds prise sur mon fantasme, alors que je suis censée maîtriser le cours des événements.

Un éclair passe dans le regard étrange de Daniel, et il me gratifie de l'un de ses fameux sourires coquins. « Et si c'était moi, Némésis ? » semble-t-il me suggérer. Il examine son majeur avant de le porter à sa bouche avec une lenteur presque comique.

Il devient alors bel et bien mon Admirateur. Jusqu'au bout des ongles. Il humecte ses lèvres rouges et charnues puis suce à nouveau son doigt, qu'il glisse adroitement dans mon vagin, les yeux rivés sur moi. J'ai l'impression qu'il me dit que mon sexe lui appartient. Qu'il le contrôle. Qu'il me contrôle.

J'ai commencé à me caresser, mais par automatisme, pour imiter les mains expertes de Némésis qui me touchent, tour à tour nonchalantes, insultantes, manipulatrices. Il taquine mon bourgeon de chair, encore et encore, par de petits cercles. En dehors de cela, nos corps ne se touchent pas. Daniel est agenouillé, détendu, une paume à plat contre sa cuisse ; il se sert de mon intimité comme d'une manette de jeux vidéo.

Dans les deux mondes du fantasme et de la réalité, je m'arque sur le lit, m'élevant progressivement vers le septième ciel.

— Vous aimez cela, n'est-ce pas, ma Prêtresse de Littérature ? semble me dire Némésis, avec un mince sourire qui me rend folle de rage. Esclave du plaisir, vous êtes à la merci des spasmes de votre chatte.

Lorsque je m'approche de l'apogée du délicieux tourment, mon amant me joue le petit tour que j'adore. Il pince mon clitoris entre son pouce et son index comme s'il me tenait au bout d'un fil.

En rêve et dans la vraie vie, je suis au bord de l'extase.

— Je crois que vous êtes une dévergondée, sublime Gwendolynne. Je parierais que votre chatte se gonfle de désir lorsque, assise à votre bureau, vous voyez passer des hommes. Que vous les imaginez à votre service... vous touchant, vous léchant...

— Non ! Je me réserve pour vous, Daniel/Némésis, rien que pour vous, ai-je envie de lui assurer.

Mais suis-je sincère ? N'ai-je pas croisé d'autres mâles qui m'ont donné le frisson ? Il y a par exemple Greg, notre geek ; il est mignon. Et l'artisan musclé qui est venu réparer la fenêtre. Sans oublier M. Stone, le directeur financier de la municipalité, grand et large d'épaules, que j'ai aperçu, la dernière fois, alors qu'il se rendait à l'une de ses interminables réunions budgétaires, et que j'ai cru voir s'envoyer en l'air dans la ruelle…

Oui, ces hommes me plaisaient, et oui, les fantasmes de Némésis sont justifiés. Je suis gouvernée par ma libido.

Rejetant la tête en arrière, je taquine le centre de mon plaisir avec mon pouce et mon index, accompagnant mes gestes d'un mouvement de hanches. Je me caresse exactement comme j'imagine que Némésis le ferait. Comme j'aimerais qu'il soit là ! Je suis tellement excitée que je pousse des grognements animaux.

En jouissant, je crie son nom dans la nuit.

10

Au *Waverley*

Alors c'est ça, la scandaleuse *Demeure de Waverley*?

À première vue, l'hôtel, calme et luxueux dans un style un brin démodé, me paraît parfaitement normal. Il ne ressemble en rien à un antre de débauche et de perversion. En entrant dans le hall, je suis déçue par ce que je découvre. Les gens qui traînent du côté de la réception ou occupent de beaux fauteuils tapissés dans le renfoncement de la fenêtre se félicitent sans doute d'être riches et très fréquentables.

Une ou deux têtes se tournent dans ma direction, et cela m'intimide. J'ai tapé dans mes économies pour m'acheter une nouvelle robe en vue de mon escapade, mais, malgré tout, je ne me sens pas à ma place dans cet endroit, même s'il est censé représenter notre version locale de Sodome et Gomorrhe. Quelques hommes me gratifient toutefois d'œillades résolument osées. Il se pourrait donc que j'aie savamment choisi ma tenue, une robe fourreau noire sous laquelle je porte un soutien-gorge pigeonnant et que j'ai complétée par des talons aiguilles ainsi que par un chignon impeccable. Exit, Mme Price la bibliothécaire. Place à Gwendolynne la femme fatale.

Toujours nerveuse, malgré tout, je cherche des yeux le Lawns Bar. Par chance, il se trouve à l'autre extrémité du hall, derrière deux battants élégants. Daniel m'y attend-il ? Il a dit qu'il essaierait d'être là. Mais, à en croire le texto qu'il m'a envoyé, il risque de rentrer de Londres plus tard qu'il ne l'espérait.

Nous n'avons pas vraiment décidé de quelle façon se déroulerait notre soirée. Nous nous trouvons en équilibre sur la ligne mouvante qui sépare le fantasme et la réalité. Sommes-nous Gwendolynne et Daniel ? Ou bien Gwendolynne et Némésis ? Je ne suis pas sûre que la distinction ait encore une grande importance. Nous mettons simplement en scène nos désirs comme deux adultes liés par une relation temporaire. L'un d'entre nous a de l'affection pour l'autre, et l'autre, cette nunuche, est amoureuse. Mais il est hors de question que je gâche la fête.

Le Lawns Bar, avec sa lumière tamisée, me plaît beaucoup. C'est un lieu chaleureux et spacieux où règne une tension sexuelle palpable. Les clients assis aux tables et au bar conversent à voix basse tandis que s'élève la voix langoureuse de Sarah Vaughan. L'hôtel, fidèle à sa réputation, accueille ce soir beaucoup de monde, et le fait de me retrouver seule dans un endroit pareil ne fait qu'accentuer mon stress. J'ai la désagréable impression que tous les regards sont braqués sur moi. Tous, non. Quelques-uns.

Daniel n'étant nulle part en vue, je me dirige vers le bar avec autant d'assurance que possible, bien consciente que mes talons aiguilles, auxquels je ne suis pas habituée, me donnent une démarche chaloupée digne de Marilyn Monroe.

J'ai la chance de trouver un tabouret – chose rare dans un établissement si fréquenté – et m'y juche avec autant d'élégance que j'en suis capable. Ne sachant pas trop comment je devrais réagir si quelqu'un d'autre que Daniel m'abordait, je décide de m'inquiéter plutôt de ma consommation. Dois-je choisir une boisson peu alcoolisée afin de rester en pleine possession de mes moyens ou plutôt un cocktail suffisamment corsé pour me calmer les nerfs ?

Ressaisis-toi, Gwen, voilà le barman. Et quel barman ! Grand, vêtu d'un costume noir parfaitement coupé, il s'approche d'un pas souple. Il me semble un peu m'as-tu-vu, mais il est vraiment beau gosse. Une sévère queue-de-cheval retient ses cheveux d'un noir de jais, et il porte des lunettes cerclées d'or. Mais qu'est-ce qu'ils ont tous à être sexy, les binoclards ?

— Qu'est-ce qui vous ferait envie ? me demande-t-il.

Son léger accent italien accroît encore mon vertige, même si ce n'est pas trop mon type d'homme. Il est bien trop propre sur lui, sans compter qu'il est craquant et qu'il le sait. Et ce n'est pas Daniel. Ce qui ne l'empêche pas de me mettre en émoi. N'obtenant pas de réponse de ma part, il ajoute :

— Pourquoi pas un verre de notre vin blanc du jour ? Il est assez goûteux.

— Oui, avec plaisir ! Merci.

Après m'avoir apporté ma commande, il porte un toast en italien que j'imagine vaguement indécent – mais je me trompe sans doute – avant de s'éloigner à nouveau.

Je suis tentée d'avaler mon verre d'une traite, mais je me force à le savourer. C'est vrai qu'il est bon, ce cru italien à la fois doux et piquant ; il a un arrière-goût de pomme. Mais je ne suis pas vraiment en état d'en apprécier toutes les nuances.

Où est Daniel ? Némésis ? L'un ou l'autre, peu m'importe. Je regarde autour de moi en tâchant de ne pas trop gesticuler sur mon tabouret. Fort heureusement, j'ai l'habitude de celui du bureau de prêt, alors je ne m'en sors pas trop mal. En l'absence de mon chevalier servant, j'essaie de déterminer ce qui confère au *Waverley* sa réputation.

Dans le bar, comme dans le hall, tout paraît normal. À première vue. Jusqu'à ce que je remarque quelques dames arborant des talons vertigineux et des robes sophistiquées. Ainsi qu'un maquillage tout aussi recherché. Un peu comme moi, en beaucoup plus extrême. Des dominatrices ? En tout cas, leurs cavaliers n'en mènent pas large et semblent leur vouer un respect mêlé de crainte.

Je caresse l'idée d'infliger une correction à Daniel s'il ne pointe pas rapidement le bout de son nez. À supposer que je réussisse à inventer une punition. C'est bien beau d'avoir des fantasmes un peu osés, mais de là à leur donner corps…

Je me replonge dans mon rêve éveillé récurrent, celui où c'est moi qui suis masquée et vêtue de cuir. Au stade où mon amant s'agenouille, nu, à mes pieds, je commence à perdre le fil, car je m'inquiète de ne pas voir Daniel arriver. Et si quelque chose n'allait pas ? Et s'il se tordait de douleur dans sa chambre, terrassé par l'une de ses migraines, au point qu'il ne puisse même pas m'envoyer un texto ?

Au moment précis où j'envisage de faire discrètement appel au personnel, un visage familier attire mon attention. Robert Stone, le directeur financier de la municipalité, aussi décontracté qu'à son habitude, vient d'entrer dans le bar. Une jeune beauté blonde, dans une robe bleu nuit moulante qui peine à couvrir son entrejambe, l'accompagne. Il la guide d'une paume audacieuse dans le dos ; on peut dire qu'il lui met carrément la main aux fesses. Il regarde soudain dans ma direction, comme s'il avait remarqué l'intérêt que je leur porte, à lui et à sa compagne, et m'adresse un signe de tête. Soit il m'a reconnue, soit il est du genre à mater les nanas. Toujours est-il que, curieusement, il arbore une expression matoise, aguicheuse. Sait-il quelque chose que j'ignore ? Sa grande main ne quitte pas l'arrondi sur lequel elle est posée.

Tout cela se produit en l'espace d'une milliseconde, mais je me demande quel épisode j'ai manqué. Une chose est sûre : je suis désormais à peu près certaine que c'est bien Robert Stone et la ravissante blonde que j'ai surpris dans la ruelle, l'autre soir. J'ai du mal à comprendre pourquoi une figure locale de sa trempe ferait quelque chose de si insensé, mais, s'il fréquente le *Waverley*, c'est qu'il doit aimer vivre dangereusement.

Toujours pas de Daniel. En revanche, je repère une élégante femme d'âge mûr. Sa cousine, qui l'a embrassé sur la joue à la bibliothèque. Elle discute avec l'étalon italien. Ils sont ensemble, ça ne fait aucun doute. Ils sont même mariés, comme je le constate après un examen plus poussé : ils portent des alliances identiques et semblent isolés dans un doux cocon d'intimité, alors qu'ils ne se touchent presque pas. Elle lui parle avec animation pendant qu'il la dévore des yeux ; il est évident qu'il la désire. Je suis jalouse. Pas parce que l'homme est un bel étalon, mais à cause de la tendresse sensuelle qui émane de leur couple. J'ai envie de vivre ça. Avec Daniel. Mais, pour cela, il nous faut un avenir, pas une aventure sans lendemain.

Subitement, je me sens vide et froide au-dedans, alors qu'il règne dans le bar bondé une chaleur torride.

Je m'étais juré que je ne m'engagerais pas sur ce terrain-là. Que je ne me consumerais pas inutilement d'amour. Mais voilà que je recommence à fondre devant notre professeur sexy en diable. Pourquoi ne suis-je pas capable de profiter de ce que nous partageons ? De nombreuses femmes tueraient pour être à ma place et avoir elles aussi un amant célèbre, intelligent et incroyablement sensuel.

Je me redresse pour mettre ma poitrine en valeur. À quelques pas de là, un homme me mate ; on dirait un chien convoitant un os à moelle. Bon, c'est vrai, nous ne formerons jamais un couple conventionnel, Daniel et moi, mais ce n'est tout de même pas la fin du monde, si ?

Le bar retrouve à mes yeux son atmosphère torride. Et le professeur Brewster apparaît comme par magie, assis à l'autre extrémité du comptoir, tel le diable attiré par la touffeur ambiante. Son pantalon ajusté flatte la partie postérieure de son anatomie. Sa cousine est déjà en train de lui servir un alcool blanc, probablement un gin ou une vodka. Difficile d'en avoir le cœur net. Pendant qu'ils discutent tous les deux, Daniel me remarque et m'observe longuement. Il agit comme s'il ne me connaissait pas, mais son regard trahit l'intimité que nous partageons.

Ma poitrine se serre. Car je ressens la peur, le doute et l'excitation qui sont mon lot chaque fois que j'aperçois Daniel… Et, ce soir, notre scénario attise ces sensations.

Le jeu a commencé.

Avant d'avoir pu me raviser, je finis mon verre et me dirige vers Daniel. Par miracle, ou peut-être faut-il remercier la destinée, le tabouret voisin du sien vient de se libérer.

Il détaille chacun de mes pas, l'odieux personnage, pour mieux feindre la surprise lorsque je m'arrête devant lui. Ses yeux pétillent derrière ses lunettes tandis que, par politesse, il se lève pour m'aider à m'asseoir.

— Bonsoir, me salue-t-il avec une délicieuse insolence.

Mes craintes s'évaporent.

— Bonsoir, dis-je en lançant un regard évocateur à son verre.

— Que buvez-vous ?

« Tout », ai-je envie de lui dire.

— J'aimerais un vin blanc du jour.

— Ou bien du champagne ? propose-t-il avec un sourire jovial.

— Pourquoi pas ? Nous fêtons quelque chose ?

Haussant les sourcils d'un air suggestif, il attire d'un geste l'attention de sa cousine et passe commande à voix basse. Une nouvelle bouffée de jalousie m'envahit, même si je sais pertinemment qu'elle est heureuse avec son étalon italien.

— Alors, il y a quelque chose à fêter ?

— Et comment ! s'exclame Daniel, rayonnant. Ce n'est pas tous les jours qu'une femme superbe me tombe du ciel sans que j'aie à lever le petit doigt.

— La vue est plus sympa de ce côté-ci du bar.

Comment convient-il de mener ce duel de séduction ? Je n'en ai pas la moindre idée, car tout cela – le jeu, notre relation – est inédit pour moi. Toutefois, un frisson de plaisir monte au creux de mon ventre.

— Depuis que vous êtes arrivée, je suis du même avis, réplique-t-il, souriant toujours.

Tout en parlant, il reluque ma poitrine sans vergogne. Ma robe n'est pourtant pas très décolletée, et elle n'épouse pas tant que ça la courbe de mes seins, mais il est vrai qu'avec sa coupe, impeccable, elle me donne une silhouette sensationnelle. Remuant sur son tabouret, Daniel me fait comprendre d'un battement de cils appréciateur que le spectacle lui est agréable.

Mon cœur s'emballe, et mon frisson de plaisir se mue en tension lancinante. Je ne suis pas la seule à être très en beauté, ce soir. Daniel porte un costume sombre et une chemise d'un blanc immaculé qui rehausse son teint légèrement bronzé. Pour une fois, ses cheveux indisciplinés sont soigneusement peignés, mais ses boucles noires, comme le reste de son corps, irradient encore leur sauvage énergie. Il émane de lui une force animale, éminemment sexuelle et dominatrice.

— Vous venez souvent ici ? lui demandé-je.

Et nous éclatons de rire, oubliant momentanément de jouer notre rôle. Notre hilarité nous vaut un regard circonspect de la part de la cousine de Daniel, qui arrive justement avec notre champagne. Mais, telle la discrétion personnifiée, elle se contente d'ouvrir la bouteille avec une aisance toute professionnelle et s'en va aussitôt, un mince sourire aux lèvres.

Elle est au courant pour nous ? Je dirais que oui, mais peu m'importe. Je ne m'intéresse qu'à Daniel, rien qu'à Daniel. Et aussi à Némésis…

— En effet, finit-il par répondre sans se départir de son sourire. À vrai dire, c'est l'un de mes hôtels favoris. (Il s'interrompt pour me déshabiller du regard de façon éhontée.) Sans doute parce que les femmes y sont toujours très séduisantes.

Sa repartie m'amuse beaucoup. J'ai conscience que nous ne faisons que flirter, mais mon cœur et mon instinct m'affirment qu'il est sincère. Suis-je belle ? Ce soir, je choisis de le croire. Ne sachant trop comment réagir, je lève ma flûte pour lui proposer un toast. Le cliquetis du cristal meublera la conversation.

Le champagne est exquis. Je ne suis pas une experte, mais la complexité de son bouquet « parle » à tous mes sens. Les bulles, délicates, représentent à merveille la tension sexuelle qui nous anime, Daniel et moi. Je brûle de le sentir au fond de moi. Posant ses lèvres contre le bord de son verre, il les humecte de champagne et se les pourlèche d'une langue gourmande. Je frémis de désir rien qu'en voyant cela.

— Alors ?

Bon sang, j'en ai marre de ces petits jeux. Certains d'entre eux, en tout cas. En revanche, j'ai envie de m'amuser avec Daniel, là-haut, dans sa chambre. Toute cette mise en bouche, ces rôles que nous incarnons ne sont qu'un obstacle qui nous sépare.

Laissant courir ses doigts fuselés sur le pied de sa flûte, Daniel me lance un regard oblique, scrutateur.

— Tu n'as pas envie de jouer ?

Tétanisée, je manque d'avaler de travers. Mince alors, comment se débrouille-t-il pour deviner systématiquement mes pensées ?

— Si. (Je bois une gorgée de champagne et repose mon verre sur le comptoir.) Mais il faut que ce soit simple. Juste toi et moi.

D'un geste vif, il me fait taire. Au contact de ses doigts chauds sur mes lèvres, je me sens défaillir.

— Un jeu simple, hein ?

Il m'examine attentivement. Derrière ses lunettes, une ombre altère fugacement le brun doux de ses yeux. Mais elle disparaît si vite que je me demande si je ne l'ai pas imaginée.

— Ça me convient, déclare-t-il en caressant mes lèvres avec une extrême délicatesse avant de boire une minuscule gorgée.

Il se montre décidément bien sobre. Je savoure à mon tour mon champagne, résolue à en déguster régulièrement à l'avenir, quoi qu'il puisse m'en coûter. Je peux certainement me permettre d'en acheter une fois par mois au supermarché, afin de ressusciter les souvenirs de cette soirée si spéciale.

Les choses s'accélèrent soudain. Daniel demande à ce qu'on lui monte dans sa chambre le reste de notre champagne, ainsi qu'une seconde bouteille. Je vide mon verre, contrairement à lui, puis il m'entraîne vers l'ascenseur du hall.

Le trajet, pourtant court, me paraît interminable. J'ai envie de toucher Daniel, de l'embrasser, mais il recule jusqu'à la paroi, le bout des doigts pressé contre sa bouche, une expression mi-sévère, mi-amusée sur ses traits. J'aurais pu le croire en pleine méditation, si son regard n'était pas si ardent.

Je m'aperçois que je ne maîtrise plus rien. À un moment, sans bien m'en rendre compte, j'ai cédé mon libre arbitre à Daniel. La perspective de m'en remettre à son autorité me donne le vertige ; je me sens immatérielle comme les bulles du champagne. Et affamée de sexe. Des fantasmes insensés, des scénarios fragmentaires que j'ai glanés dans les ouvrages interdits de la bibliothèque remontent du fin fond de mon subconscient.

Daniel est devenu Némésis, et je suis prête à accomplir ses quatre volontés.

En sortant de l'ascenseur, il m'indique le couloir à suivre, et nous passons devant les chambres 11, 15 et 17. Il s'arrête devant la 19 toujours sans prononcer un mot et se sert de la clé magnétique.

Puis il me fait signe d'entrer et m'emboîte le pas.

Notre rendez-vous d'aujourd'hui est beaucoup plus significatif que nos précédents ébats. Il est ritualisé, formel, si bien que je ne peux empêcher l'image d'un Daniel masqué de resurgir des noires profondeurs de mon imagination, ce qui attise mon désir.

Je veux dire quelque chose, n'importe quoi, mais Daniel me l'interdit d'un geste très doux.

— Ce n'est qu'un jeu, n'oublie pas. Ni restrictions ni contraintes. (Il pose ses doigts, si chauds et si impérieux, sur mes lèvres.) J'aime mener la danse. Dominer. Est-ce que tu y consens ?

Son pouvoir, telle une puissante tornade, m'entraîne loin du monde réel. Devant lui, je ne suis pas de taille à résister. J'acquiesce sans mot dire. C'est la première fois que je suis à la fois si effrayée et si fébrile.

Reculant de quelques pas, il se cale, parfaitement détendu, au fond de l'un des fauteuils moelleux, les bras sur les accoudoirs fleuris. Son regard noir et perçant de prédateur ne me quitte pas.

C'est celui de Némésis. Pas le Némésis flatteur et enjôleur des lettres et des discussions en ligne, non. Un Némésis nouveau, qui sait exactement ce qu'il veut.

En l'absence d'autres instructions explicites, je reste plantée là, serrant mon petit sac, tandis que Daniel détaille mon anatomie. J'en suis réduite à écouter le silence, consciente des rouages de mon organisme. La sueur perle entre mes seins, et mon sexe se gorge déjà de désir.

— Enlève ta culotte, me dit-il sur le ton de la conversation.

Je sursaute pourtant. Sa requête n'a rien de compliqué, mais elle me paraît aussi extrême et grotesque que s'il m'avait priée de m'étendre nue sur la moquette pour faire usage de mon vibromasseur. Les mains tremblantes, je pose mon sac sur la table de chevet et commence à remonter ma robe. Cela me rappelle l'épisode croustillant de la bibliothèque. J'ai l'impression qu'il date d'un siècle et que ce n'est pas vraiment moi qui ai montré mon intimité à Daniel.

Lentement, d'un geste mal assuré, je dévoile mes bas coquets, mon porte-jarretelle puis mon slip de dentelle rouge.

Daniel demeure impassible, mais son regard est de braise. Il en émane une chaleur intense que je ressens malgré la distance qui nous sépare. Il me brûle, me consume, m'immobilise pendant des secondes qui me paraissent des heures.

Je transpire de plus en plus à mesure que mon excitation s'accroît.

— Enlève-la et apporte-la-moi, m'ordonne-t-il au bout d'une éternité.

On dirait qu'un carcan m'enserre la poitrine, tant j'ai du mal à respirer. Je doute de réussir à ôter ma culotte avec grâce, n'étant déjà pas certaine de ne pas perdre l'équilibre au cours de l'opération. Mais j'ai reçu un ordre, et je dois m'y conformer.

Je décide de me tenir à la table de chevet et tire l'élastique de mon sous-vêtement avec mon autre main. J'ignore si j'ai le droit de faire ça, ou s'il faudrait que je garde ma robe retroussée, mais Daniel ne semble pas se soucier des efforts que je fournis pour conserver un tant soit peu d'élégance.

Je suis ensuite confrontée au risque que l'étoffe fine ne reste accrochée à mes talons aiguilles, mais les dieux me sont cléments, et j'accomplis l'exploit de ne pas tomber, que ce soit à la renverse ou face contre terre. Je lâche ma robe, évitant ainsi d'être débraillée, puis je m'avance lentement vers Daniel avec mon offrande.

— Est-ce qu'elle sent bon ? s'enquiert-il en plaçant doctement ses doigts sous son menton, un sourire espiègle flottant sur ses lèvres.

Qu'attend-il de moi ? Que je renifle ma petite culotte devant lui ? Mon sens des convenances en prend un coup, mais je m'exécute. Le tissu rouge est imprégné de mon odeur intime, ce qui n'est guère étonnant. Quelle femme ne serait pas ensorcelée par le bel homme qui est assis en face de moi ?

Il me tend la main, et je m'empresse de lui remettre mon sous-vêtement, ce qui me vaut un large sourire plein de vie ; j'ai l'impression de retrouver le Daniel que je connais et que je chéris. Dépliant l'étoffe délicate, il l'examine comme s'il s'agissait d'un artefact découvert au cours de ses recherches. Il passe son pouce sur la dentelle, en évaluant la finesse et la texture, puis la lève à hauteur d'yeux en la tenant par l'élastique. Mon visage s'empourpre, non pas parce que ma culotte garde les traces de mon excitation, mais parce que sa taille ne correspond pas aux canons en vigueur.

Daniel me regarde à la dérobée. Il m'a percée à jour.

— Magnifique, déclare-t-il en me servant son numéro classique de professeur-atterré-par-une-étudiante-bornée. Exactement comme toi. Les femmes maigres ne m'intéressent pas. J'aime les courbes, la chair, la féminité… À l'instar de la plupart des hommes, ma ravissante Gwendolynne, je te l'assure.

— Si tu le dis.

Je me rends compte que je ne suis sans doute pas censée lui parler – d'ailleurs, Daniel me lance un regard noir –, mais c'est sorti tout seul. Je suis contente. Au fond de moi, je sentais bien qu'il me trouvait séduisante, mais rien ne vaut un compliment en bonne et due forme.

Juste au moment où je crois qu'il va me gronder, on frappe discrètement à la porte.

— Ah, ce doit être notre champagne. Il était temps.

Il bondit sur ses pieds, si vite que j'en reste médusée, et plaque ses lèvres sur les miennes avant de me conduire jusqu'au lit en esquissant quelques pas de tango et de me donner un nouveau baiser éclair.

— Entrez ! lance-t-il.

11

Jeux

La porte s'ouvre. Oh, Seigneur, elle n'était pas fermée à clé alors que je viens d'enlever ma petite culotte. Et si l'on n'avait pas attendu notre feu vert pour entrer après avoir frappé ? Fort heureusement, le *Waverley* est un peu plus raffiné que ça, et la femme du service d'étage ne pousse le chariot à l'intérieur de la chambre qu'après avoir patienté quelques instants, par égard pour nous. Grande et très distinguée, ses cheveux noirs sont coiffés en un chignon impeccable, et elle porte un rouge à lèvres très rouge.

— Votre champagne, dit-elle avec un sourire discret, indéchiffrable. Et des fraises, avec les compliments de la maison.

Près du gros seau à glace contenant deux bouteilles, celle que nous avons entamée et une autre, intacte, se trouvent les fruits, présentés dans un bol en argent. De proportions généreuses, ils me paraissent très appétissants. Enfin, deux flûtes délicates et scintillantes sont posées côte à côte. Je me croirais dans *Pretty Woman*.

— Désirez-vous autre chose, monsieur ? s'enquiert l'employée qui, à bien y réfléchir, n'en est pas une du tout.

Elle arbore en effet un tailleur noir aussi élégant qu'austère, ainsi qu'un badge indiquant : « Saskia Woodville, responsable adjointe ».

— Non, je vous remercie, répond Daniel.

Elle lui tend un formulaire à signer, et, mon compagnon me tournant le dos, je ne suis pas en mesure de voir la transaction, mais un léger sourire se dessine sur les lèvres de l'assistante. Est-elle complice du stratagème ? Après tout, l'hôtel appartient à la cousine de Daniel...

C'est ensuite sur moi que la dénommée Saskia reporte son amabilité, agréable et convaincante.

— Bonne soirée, madame, me salue-t-elle d'une voix calme avant de prendre congé de nous.

S'arrêtant sur le seuil, elle regarde à la dérobée le fauteuil aux motifs floraux sur lequel Daniel était assis quelques secondes auparavant. Je crois lire de l'amusement sur ses traits. Puis elle referme le battant derrière elle sans un bruit.

Ce n'est qu'en m'intéressant de plus près au siège en question que je remarque ma culotte rouge, posée bien en évidence. D'abord mortifiée, je me détends. Quelle importance ? Le *Waverley* est un hôtel à la réputation sulfureuse, je suis une femme sulfureuse, et ma liaison avec Daniel l'est également.

Mme Woodville n'aurait sans doute pas tiqué même si elle m'avait découverte toute nue sur le lit. Ni même si elle nous avait surpris dans le feu de l'action.

— Tu n'es pas gênée, tout de même ? me demande Daniel. (Ramassant ma parure de dentelle, il la balance au bout de son doigt fuselé.) Ils en voient d'autres, ajoute-t-il en s'affalant dans le fauteuil.

Ayant confirmé mes soupçons, il recommence à jouer avec mon sous-vêtement, lentement, d'un air à la fois songeur et taquin qu'il accompagne d'un haussement de sourcils suggestif. Je n'ai qu'une envie : c'est qu'il me réserve le même traitement. Car, maintenant que mon intimité est dénudée, je n'ai que trop conscience de mon excitation, qui va croissant.

— Je n'en doute pas, rétorqué-je.

Ma nervosité revient. Je suis à cran, débordante d'énergie, et prête à en découdre, même si je ne sais pas trop à quoi me préparer. L'impatience crée un carcan de minces bandes d'acier qui entravent ma respiration et mes membres. J'essaie de ne pas laisser transparaître mon trouble.

— Sers-moi à boire, m'ordonne Daniel nonchalamment, jouant toujours avec ma lingerie.

Je suis censée adopter le rôle de la soubrette ? Une partie de moi se révolte à cette idée, mais, globalement, cette perspective réjouit les coins les plus primitifs de mon cerveau.

Je me dirige vers le chariot en tâchant de ne pas trembler et verse du champagne dans la première flûte. Puis je consulte

Daniel du regard en penchant la bouteille au-dessus de la seconde. Il me fait bien comprendre que je vais devoir mériter la mienne, mais de quelle façon ? Mystère.

Il lâche ma petite culotte avant de se saisir du verre que je lui tends et d'avaler une minuscule gorgée d'alcool après l'avoir longuement savourée. C'est à peine s'il boit, ce soir, et j'ai l'inexplicable impression que ce n'est pas un choix de sa part. Il y a de quoi s'étonner… Mais il ne me quitte pas des yeux pendant tout ce temps, alors je pense qu'il m'interdit de l'interroger. Ensuite, il repose la flûte sur la table qui jouxte le fauteuil.

Il écarte les cuisses et, d'un geste discret mais autoritaire, m'indique de me placer contre lui. Je devrais sans doute détourner la tête, mais je suis irrésistiblement attirée par son entrejambe ; son pantalon épouse son anatomie saillante à la perfection.

— Enlève ta robe, Gwendolynne, dit Némésis.

Et, tandis que je descends la fermeture dans mon dos, il souligne de la main la bosse de son membre à travers l'étoffe. Quel vantard ! Mais ça me plaît.

J'ôte ma tenue en me contorsionnant, puis m'en débarrasse négligemment. Il fut un temps où je me serais sentie complexée par mes rondeurs en me déshabillant devant un homme. Mais aujourd'hui, sous le regard de braise, ourlé d'épais cils noirs, de Daniel, je comprends mon pouvoir charnel et je m'en délecte. Si mon Professeur Glamour incarne le mâle dominant, je n'en ai pas moins un ascendant sur lui, grâce à ma silhouette pulpeuse. Il convoite ma poitrine, mes hanches, mes fesses autant que moi sa musculature et son sexe en érection.

Je ne porte plus que mon soutien-gorge rouge, mon porte-jarretelle et mes bas translucides bordés de dentelle. Sans crier gare, Daniel m'attrape par la taille pour m'attirer contre lui et enfouit son visage entre mes seins, tel un enfant qui a soif de tendresse. Sans réfléchir, je glisse mes doigts dans la soie noire de ses cheveux.

Curieusement, cet instant n'a pas grand-chose de sensuel. Nous communions. Daniel émet un grognement qui ressemble à un petit cri. Oui, il cherche du réconfort. Très excitée, je suis prête à l'accueillir, et je suis certaine qu'il perçoit mon désir. Mais la tentation de le cajoler prend le pas sur le reste. A-t-il une migraine ? C'est fort possible, à en croire son attitude. Je lui tiens la tête délicatement, au cas où je ne me serais pas trompée, et, sans un mot, il pose une main contre les miennes tout en laissant l'autre sur ma taille. Lorsque j'entrelace mes doigts aux siens, il pousse un faible soupir.

Je meurs d'envie de lui demander s'il va bien, mais je n'ose pas rompre le silence. La fréquence de ses migraines suggère que c'est grave. Je voudrais comprendre ce qui le perturbe, mais le moment serait mal choisi. Après tout, je suis presque nue dans ses bras.

— Quelque chose ne va pas ?

C'est moi qui ai parlé ? Je ne m'en étais pas rendu compte.

Pendant quelques instants, Daniel ne réagit pas, puis il s'écarte légèrement de moi.

Merde ! Merde ! Merde ! J'ai tout gâché. Les hommes n'aiment pas être en position de faiblesse. En particulier pendant un fantasme de domination.

Daniel se rembrunit. Est-il fâché contre moi ? Contre lui-même ? Je pencherais pour cette dernière éventualité.

— Non, tout va bien, répond-il succinctement. (Ses lèvres agiles me paraissent plus rouges, avides.) Surtout avec toi, belle Gwendolynne. C'est un vrai bonheur que de te contempler.

Un nouvel éclat de colère passe dans son regard, puis il m'attire contre lui tout en glissant sa main entre mes cuisses pour atteindre l'orée de mon sexe, puis mon bourgeon de chair, qu'il trouve d'un geste sûr. Je pousse un petit cri étouffé, mais il me fait taire.

— Maintenant, soyez une bonne fille, ma Prêtresse de Littérature. Je ne veux pas entendre le moindre bruit pendant que je joue avec vous.

« Prêtresse de Littérature ». La voilà, la preuve irréfutable que Daniel est mon Admirateur. Mais peu m'importent l'identité et l'origine de Némésis. Tout ce qui compte, c'est ce qu'il est en train de faire à mon intimité gonflée de désir. Il ne me laisse aucun répit, agaçant mon clitoris avec tant d'ardeur que cela me rend folle. Mais je réprime le gémissement qui me monte aux lèvres, car il m'a demandé de garder le silence.

De la frustration se mêle à l'intensité du plaisir, et je ferme les yeux, incapable de contempler tant de beauté. Mais Daniel me gourmande, alors je suis obligée de les rouvrir. Il a des traits sublimes où se marient sa force virile et l'arrogance d'un ange diabolique.

Chacune de ses caresses est l'incarnation du péché ; il me profane, m'entraîne vers la jouissance, encore et encore. Mais il cesse de bouger les doigts juste avant que j'atteigne l'extase.

Au moment où je veux lui crier de m'emmener jusqu'au bout, il retire sa main et boit lascivement une nouvelle gorgée de champagne, avant de plonger son doigt dans la flûte pour appliquer le précieux liquide sur mon clitoris. Emportée par un orgasme presque douloureux qui fait palpiter mon sexe, je pousse une plainte rauque.

Je m'accroche à Daniel, enfouissant mon visage dans ses boucles noires, et respire à plein nez son shampooing aux essences de plantes tandis que les vagues de plaisir déferlent sur moi. Je dépose un baiser maternel sur son crâne, en regrettant de ne pas pouvoir lui éviter la souffrance qui l'accable parfois.

Après, Daniel m'attire sur ses genoux, même si je proteste automatiquement en lui expliquant que je n'ai pas un gabarit de fillette et que je suis trop lourde. Mais il ne m'écoute pas. Il me donne à boire ce qui reste de son breuvage doré et, le plaisir m'ayant donné soif, je vide la flûte d'une traite comme si elle contenait de la limonade.

Mon cerveau recommence à fonctionner avant que je me sois remise de mes émotions. Je remarque donc l'immanquable. Le pénis de Daniel se dresse fièrement sous l'étoffe raffinée de son pantalon de costume.

— Tu es très excité.

Il rit.

— Oui, très.

— Tu n'as pas envie d'agir en conséquence ?

— Nous allons y venir, répond-il en me grattant sous le menton tel un chaton. (Derrière ses lunettes, ses yeux pétillent d'allégresse.) Mais pas tout de suite, précise-t-il en humectant sa lèvre inférieure comme s'il goûtait un mets délicieux. Parfois, j'aime faire durer l'introduction. Attendre d'avoir vraiment, vraiment envie de passer à l'acte proprement dit. Car je sais que lorsque je serai en toi, ce sera sensationnel. Ma patience aura été récompensée.

Il frôle à nouveau mon clitoris, et je manque de connaître un deuxième orgasme.

— Et si on regardait un peu la télévision ? propose-t-il.

D'un mouvement du bassin, j'essaie de l'inciter à poursuivre ses caresses, mais il m'écarte de lui avec une aisance surprenante, se lève et, tapotant l'un des oreillers, m'ordonne de m'asseoir sur le lit.

Le cœur battant la chamade, je lui obéis. Daniel, d'abord songeur, entreprend alors d'enlever à tâtons les pinces qui retiennent mon chignon. Puis il déploie mes cheveux sur mes épaules avec le plus grand soin.

— Allonge-toi, dit-il.

J'obtempère en tâchant de prendre une posture aguicheuse. Je suis obnubilée par le fait que mon porte-jarretelle ne cache pas mon sexe, et je ne peux m'empêcher de le regarder. C'est à la fois obscène, séduisant, exotique, et Daniel semble partager mon avis.

Il nous ressert du champagne et laisse les flûtes sur les tables de chevet situées de part et d'autre du lit.

— Détends-toi, me conseille-t-il avec un large sourire.

Très satisfait de lui-même, il arrange ma position en appuyant mes mains l'une contre l'autre sur les gros oreillers, au-dessus de ma tête, avant de m'écarter légèrement les jambes pour ouvrir mon intimité.

— Détends-toi, répète-t-il tout bas sur un ton plus doux, comme s'il essayait de me tirer de l'hébétude dans laquelle je me retrouve subitement plongée.

Il a beau ne pas m'avoir privée de ma liberté, je me sens aussi impuissante qu'un lapin dans la lumière des phares.

Il me caresse révérencieusement le visage, puis déploie mes cheveux sur l'oreiller. Le contact de ses doigts m'aide à me relaxer. Ça, et le fait qu'il enlève son veston, dénoue sa cravate et ôte ses chaussures avant de jeter le tout dans un coin et de contourner le lit d'un pas guilleret.

Les ressorts bougent légèrement au moment où il s'allonge près de moi. On pourrait croire que nous allons regarder un banal match de football, et, lorsqu'il allume le poste, je m'attends presque à voir un ballon rond à l'écran. Mais non, il ne s'agit que d'un menu surmonté du logo du *Waverley*. Daniel se tourne vers sa flûte de champagne, décide apparemment de ne pas y toucher et commence à naviguer dans la liste déroulante avec la télécommande.

J'en reste bouche bée. Nous sommes en tête à tête dans un endroit hors du commun, et il est incapable de résister à la tentation du zapping ! Il est vraiment comme les autres. Mais, en découvrant un visage très familier sur la chaîne Histoire, j'éclate de rire. Assis sur les vestiges d'un mur anonyme, un professeur Brewster affable évoque la conquête normande.

— Ouh ! Je déteste ce mec. Il minaude, glousse Daniel en appuyant sur un bouton.

Le menu réapparaît.

Je trouve cela très bizarre, et un brin grotesque, d'être allongée sur le lit telle une odalisque pendant que Daniel passe de canal en canal. Mais je suis moi aussi une accro de la télé, alors je ne peux m'empêcher de regarder l'écran.

Des films, un concert, un match de boxe – beurk – sont diffusés actuellement. Ainsi que l'inévitable porno peuplé de sylphides blondes outrageusement plantureuses du buste, qui s'embrassent goulûment en se convulsant comme des serpents. Daniel ne semble pas apprécier ce spectacle outre mesure, puisqu'il revient dans le menu pour découvrir de nouveaux onglets.

Un célèbre acteur de X prend une femme – encore une blonde – en levrette.

— Celui-là, je l'ai vu, remarque Daniel.

Le Professeur Glamour de ces dames est branché films érotiques. Qui l'eût cru ?

Retour au menu, « tap, tap, tap », et les mots « en direct » s'affichent en surbrillance. Qu'est-ce que c'est que ce truc ? Malheureusement, nous n'avons pas accès à la chaîne en question.

— Oups !

Avant que j'aie eu l'occasion de demander à Daniel à quoi ce menu correspond, il bondit du lit, fouille dans la poche de son veston et en sort une clé magnétique qui ressemble comme deux gouttes d'eau à celle de la porte. Il l'enfonce dans une fente prévue à cet effet dans le téléviseur, appuie à nouveau sur le bouton et revient se coucher à côté de moi. Son regard est rivé sur l'écran, et non sur mon corps presque entièrement nu. Génial… Il y a un tissu fleuri. La lumière tamisée laisse entrevoir deux amants. L'un est habillé, l'autre moins. L'image provient d'une webcam qui, Dieu merci, n'est pas installée dans notre chambre. En revanche, il ne fait aucun doute qu'elle se trouve quelque part dans l'hôtel.

— Oh non, c'est lui !

— Tu le connais ? me demande Daniel avec curiosité.

Sur l'écran, un homme identifiable en dépit du masque en cuir qui dissimule la partie supérieure de son visage est penché au-dessus d'une jeune femme. Je viens de les croiser tous les deux au Lawns Bar. Dans une chambre semblable à la nôtre, l'élégant et extraordinairement téméraire Robert Stone, assis au bord du lit, s'apprête à fesser sa jolie blonde. Son masque m'évoque mes fantasmes. Il lui permet sans doute de ne pas être reconnu… sauf par ses fréquentations. Sa partenaire, allongée en travers de ses genoux, est nue à l'exception d'une guêpière et d'un loup confectionné dans une matière plus délicate que celui de son maître et bordé de dentelle.

La qualité de l'image est surprenante, étant donné le faible éclairage ambiant, et on remarque sans peine que Robert Stone a déjà commencé à punir sa dulcinée, car son postérieur aussi ravissant que galbé – je le lui envie – a viré au rose vif, et elle tremble comme en proie à la douleur. Mais, lorsqu'elle tourne la tête, elle arbore un petit sourire d'aise, et ses yeux brillent sous son masque exotique. Elle adore ça !

Près de moi, Daniel se fait l'écho de mes pensées.

— Oh, bon sang, la fessée. Torride, murmure-t-il.

La sensualité de leur jeu éveille apparemment sa libido. En tout cas, elle attise la mienne.

Robert Stone donne à sa partenaire une claque nonchalante qui la fait sursauter. Il n'y a pas de son, sans doute pour que ce couple d'exhibitionnistes forcenés conserve un semblant d'intimité, mais on dirait que la jeune femme gémit de plaisir.

Je me mordille la lèvre pour ne pas l'imiter et, levant un instant la tête, je constate que c'est moi que Daniel observe, et non la scène.

— Ça t'excite ?

Une lueur de désir passant sur ses traits m'indique que nous ressentons la même chose. Il se penche contre moi, son regard allant et venant entre moi et l'écran tandis que Robert Stone assène deux claques successives à sa compagne, et il glisse sa main entre mes cuisses. Pour savoir à quoi s'en tenir.

Il découvre ce qu'il s'attendait à trouver, et cette fois je ne peux réprimer un petit cri de plaisir. Je brûle d'envie qu'il me caresse. Lorsque je veux le toucher, il me l'interdit d'un air sévère mais non dépourvu d'humour, et je me demande si je ne serais pas en présence d'un tourmenteur aussi strict que celui qui châtie en ce moment sa partenaire.

Bien qu'il m'en coûte, je réussis à replacer mes bras dans leur position initiale pour retenir mes cheveux. C'est comme être attaché tout en ne l'étant pas. Certes, je ne connais pas grand-chose au bondage, mais, en puisant dans le souvenir de mes lectures, je comprends sans peine que, dans ce genre de situation, il est beaucoup plus ardu de ne pas être entravé. Car on peut trouver la paix dans l'asservissement. Au moins, quand vous êtes attachée, vous n'avez pas besoin de résister à l'envie de bouger. C'est d'autant plus vrai lorsque l'homme séduisant qui vous adore frôle votre clitoris d'un doigt caressant.

J'imite sans le vouloir la belle partenaire de Robert Stone ; nos hanches ondulent de leur propre chef. Il a momentanément arrêté de la frapper, et elle se frotte contre lui pour attiser le plaisir qu'il ne lui donne plus.

— Tu es aussi cochonne qu'elle. (La bouche de Daniel n'est plus qu'à quelques centimètres de la mienne.) Je parie que ça t'excite. Je parie que tu as lu un tas de bouquins sulfureux. Je les ai vus. Je sais ce que cache le sous-sol de la bibliothèque.

Et il continue à me stimuler, à exacerber mes sensations, si bien que je ne peux m'empêcher de remuer le bassin. Mais cela n'altère en rien la précision quasi chirurgicale de ses doigts.

— Ça signifie que, toi aussi, tu les as lus, rétorqué-je, tout en essayant de me débattre parce que je sens que c'est ce qu'il désire. (Cela fait partie du jeu, c'est l'une des figures imposées de notre danse.) Donc, je ne suis pas la seule perverse, dans l'histoire.

— Chut ! me gronde-t-il.

Il écrase ses lèvres sur les miennes – châtiment classique s'il en est – sans jamais cesser de me caresser là où ça compte. Mon corps se contracte, mais immédiatement Daniel plaque sa main – celle qui garde la trace de mon intimité – sur ma bouche.

— C'est de vous que nous parlons, madame Price, pas de moi. De vous, et des petits secrets honteux que vous cachez derrière votre apparence coincée de bibliothécaire.

J'ai envie de lui dire que je n'ai jamais joué les coincées, même quand j'étais relativement inexpérimentée, mais l'extase est trop proche. Et, de toute façon, Daniel me bâillonne de sa paume robuste.

Nous nous tournons simultanément vers l'écran. Ce qui n'est pas une bonne idée, d'ailleurs, vu l'état dans lequel je me trouve, parce que Robert Stone a positionné sa compagne à quatre pattes sur le lit. Écartant ses cuisses fuselées, elle nous présente son joli postérieur dressé. Je pousse un hoquet étouffé lorsque notre ami l'exhibitionniste ouvre sa braguette, révélant un membre très en rapport avec sa carrure impressionnante.

Je regarde subrepticement Daniel, qui se met à rire, soudain complètement redevenu lui-même. Némésis est oublié.

— Pas de comparaison, pas de comparaison, pas de comparaison, dit-il d'un air faussement consterné.

Étant donné que je ne peux pas parler, j'essaie de lui faire comprendre que son sexe me plaît tout autant que celui de Robert Stone. Il semble saisir le message, puisqu'il m'adresse un clin d'œil. Nous reportons notre attention sur le couple, rien moins qu'indifférents à leurs ébats. De fait, je meurs d'envie que Daniel me fasse jouir. Quant à lui, il arbore une monstrueuse érection.

Les amants sont passés aux choses sérieuses. L'homme donne à sa partenaire de puissants coups de reins enthousiastes, qui ne sont pas dénués de douceur. Cela se voit à cette façon qu'il a de la tenir par les hanches et, de temps à autre, de poser une main sur son épaule, sur son cou. Ils s'aiment d'un amour tendre et farouche. Oh, quelle chance ils ont ! Moi aussi, je veux sentir un corps serré affectueusement contre moi juste avant le septième ciel. Robert Stone remue les lèvres. Je devine ce qu'il susurre à la jeune blonde tandis qu'il caresse son sexe pour intensifier son plaisir.

Ils ondulent au même rythme, poussant des cris d'extase jusqu'au spasme final. Robert Stone roule alors sur le côté avec sa compagne pour ne pas lui infliger son poids non négligeable. La dernière chose que je remarque, avant que Daniel éteigne le poste, ce sont leurs alliances. Une seule conclusion s'impose.

— Mince alors, c'est sa femme. Ils pourraient s'amuser chez eux, mais manifestement ils aiment se donner en spectacle.

— C'est le cas de certains couples, je suppose, répond Daniel.

Fronçant les sourcils, il se redresse en position assise et se passe la main dans les cheveux en plissant les yeux très fort. Mon sang ne fait qu'un tour. Est-ce qu'il va bien ?

L'instant d'après, il retrouve son sourire.

— Dis-moi. Ces vilains exhibitionnistes… ça t'a excitée de les espionner ?

— Tu sais bien que oui ! (De toute évidence, c'est ce qu'il a envie d'entendre.) Tu l'as senti, n'est-ce pas ?

— Oui, tu ruisselles de plaisir, ma petite Prêtresse de Littérature, répond-il en touchant mon mont de Vénus, mais pas les replis humides de mon sexe.

J'en pleurerais de dépit. Trouvant cependant en moi des ressources insoupçonnées, je garde sagement la posture.

— Petite ? Tu plaisantes.

— Tss, tss. On ne va tout de même pas recommencer ? rétorque-t-il d'un ton désobligeant.

Tandis qu'il s'aventure tout près du cœur érogène de mon anatomie, son regard change pour ne plus exprimer qu'innocence et sincérité.

— Gwendolynne, ce n'est ni un mensonge ni une tirade grandiloquente. Tu as un corps fabuleux. Vraiment. C'est ce que je pense. Tu as la silhouette la plus magnifique, la plus splendide qu'il m'a été donné de voir jusqu'à présent.

L'espace d'une seconde, il semble totalement pétrifié de peur, puis tout redevient normal. Presque.

— Et sans doute pour toujours.

Je veux le supplier de se confier à moi, de m'expliquer ce qui le perturbe, mais, se penchant pour embrasser ma gorge, puis le haut de ma poitrine généreuse qu'il affectionne tant, il recommence à caresser mon intimité. Nous sombrons à nouveau dans un monde de félicité sensuelle. D'un mouvement du bassin, je vais à sa rencontre, et ma peau s'embrase sous sa bouche.

— Alors, ma déesse, qu'est-ce que ce sera ? (Son souffle chaud passe sur ma poitrine telle une brise.) Une fessée ? Ou un coup de queue ? Bon sang, je sais ce que je veux !

Il se tourne de façon à appuyer son membre turgescent contre ma hanche. Moi aussi, je sais ce que je veux. Gardons les fessées de l'excentrique M. Stone pour une autre occasion.

— Et moi donc !

Rompant le pacte torride que nous avions secrètement conclu, je prends son sexe dans ma main, et il étouffe un petit cri avant de me rendre mes caresses.

Puis, par un accord tacite, nous commençons notre effeuillage. J'enlève mon soutien-gorge et dégrafe mes bas sans quitter des yeux la beauté mâle que j'ai aperçue pour la première fois sur mon lieu de travail. Je me déshabille à la vitesse de l'éclair. Daniel, lui, se montre plus circonspect ; c'est avec une grande hésitation qu'il ôte ses lunettes en clignant des paupières à plusieurs reprises. Puis il se débarrasse du reste de ses vêtements et se jette sur moi, peut-être impatient de trouver par le contact physique ce que ses yeux ne peuvent lui offrir.

Il m'embrasse et se frotte tout entier contre moi comme tout à l'heure, lorsqu'il a enfoui son visage contre ma poitrine. J'ai l'impression qu'il me « voit » avec son corps, qu'il apprend la texture de ma peau, le moelleux de ma chair, le soyeux de mon duvet intime. Le sien l'est aussi. Avec son pénis, il me frôle et me domine sans un mot.

Nous continuons à bouger quelques instants l'un contre l'autre, anticipant la montée du plaisir, puis il m'attrape et me tient contre lui. Son sexe est une hampe de braise plaquée contre mon ventre tendre.

— Je veux te prendre comme il l'a prise, gronde-t-il. À quatre pattes. Je veux te baiser en regardant ton cul splendide.

Ah, quelle exquise vulgarité de la part d'un professeur si savant et si bien élevé ! Comment réagiraient ses prudes admiratrices si elles entendaient la même chose que moi ?

— Allez, déesse du sexe, il faut que je te saute !

Il me saisit par la taille pour me soulever avec une dextérité exemplaire. Je me mets à quatre pattes en femelle soumise, mes cheveux dissimulant mon visage. Daniel fouille le tiroir de la table de chevet avant de le refermer. Manifestement, ce ne sont pas les préservatifs qui manquent, au *Waverley*. Ensuite, il baisse l'intensité de la lumière, si bien que nous sommes plongés dans une semi-obscurité. Pour Daniel, cela ne doit pas faire une grande différence, et moi je me rabattrai sur les sensations !

Sous mes coudes et mes genoux, je hume l'édredon propret, et l'air tiède de la pièce embaume. Une subtile odeur de pot-pourri, à laquelle se mêle celle, plus capiteuse, de nos ébats et de nos parfums respectifs, me chatouille les narines.

La pilosité de Daniel n'est pas très développée, mais le duvet de son torse et de ses jambes me caresse le dos tandis qu'il se plaque contre moi, sans me pénétrer, me laissant découvrir le contact et la senteur de sa peau brûlante. Il dépose un baiser à la base de ma nuque, puis attrape mon sein à pleine main, pétrissant la chair ferme et généreuse à la fois.

— Tu es belle, Gwendolynne, murmure-t-il à nouveau.

Tout en parlant, il m'embrasse et me lèche. Il me distingue à peine dans la pénombre, mais sa voix enrouée de désir me persuade qu'il n'est pas nécessaire de voir quelqu'un pour apprécier sa beauté ; un simple contact physique suffit.

J'ondule, je me frotte contre son torse, ses jambes, son sexe gainé de latex. La chaleur musquée de son corps viril est pour moi un élixir.

Puis il explore avec douceur mes lèvres soyeuses, les préparant à accueillir sa puissante érection, que je sens pressée contre l'entrée de mon vagin, comme si c'était la toute première fois. Daniel s'allonge complètement sur moi, enfouissant son visage au creux de mon cou. Ses beaux cheveux noirs et son menton piqué de barbe me chatouillent tandis qu'il essaie de me pénétrer.

Étant donné notre position, le succès n'est pas au rendez-vous. Daniel s'écarte, se redresse sur les genoux, me soulève par les hanches pour bénéficier du meilleur angle et, en appui sur un coude, se guide avec sa main pendant que, moi, je pivote légèrement, la tête dans l'oreiller, afin d'attraper sa cuisse et de me coller contre lui.

Bingo ! Il s'immisce en moi. Puis il se couche contre mon dos, comme pour que nous soyons le plus près possible l'un de l'autre. Son corps chaud m'évoque une couverture. Je me sens si proche de lui que les larmes me montent aux yeux. Pendant quelques instants, je n'ai même pas l'impression qu'il s'agit de sexe.

Je l'aime. C'est fou. Insensé. Et notre relation n'a sans doute pas d'avenir. Mais je ne regrette pas mes sentiments. Ne dit-on pas que, sans prise de risque, la vie ne vaut pas la peine d'être vécue ? Eh bien, je ne vais pas renoncer à aimer Daniel Brewster sous prétexte qu'il pourrait ne pas m'aimer en retour et que notre couple ne durera pas. L'existence est trop courte. J'entends profiter du moment présent.

— C'est incroyable. Tu es exactement à ma taille… Je n'avais jamais ressenti ça auparavant, dit-il en se logeant tout au fond de moi.

Les hommes raconteraient n'importe quoi. Mais les paroles de Daniel me touchent malgré tout. Je frotte mon visage contre l'oreiller pour essuyer mes larmes, en vain ; je ruine plutôt mon maquillage. Je me serre contre lui, regrettant de ne pas pouvoir littéralement fusionner avec lui afin de connaître ses secrets.

Nous ne pouvons continuer ainsi éternellement. Inévitablement, Daniel commence à remuer en moi. La sensation est indicible. Il est imposant. Il m'emplit, m'étire. Chaque va-et-vient est une torture pour mon bourgeon de chair. J'essaie de ne pas me laisser emporter, mais c'est peine perdue. J'ai envie de jouir, et que Daniel me caresse tout en me baisant.

Il semble lire dans mon esprit. En appui sur un coude, il glisse ses doigts entre nous pour trouver mon intimité. En dépit du désir mâle impérieux qui l'anime, et qui affecte sans doute sa concentration, il atteint sa destination avec grande précision ; j'en ai le souffle coupé. Repensant brièvement à la maladresse de mon ex, j'en conclus que Daniel est un bien meilleur amant. Il cale ses caresses délicates sur le rythme de ses puissants coups de reins, sans jamais faillir.

Je crie « Oh, bon Dieu ! Oh, putain ! » – ou quelque chose d'à peu près aussi banal – tout en collant mes hanches contre lui tandis que mon vagin se contracte autour de son membre ; dans mon esprit, tout vire au blanc. C'est comme si mon cerveau avait fait un court-circuit et que j'avais été envoyée dans une dimension parallèle. Je ne suis plus qu'extase infinie… dans la chaleur et la beauté poignante du corps de Daniel.

Après ça, tandis que les spasmes de la jouissance s'estompent, j'essaie de lui rendre ce qu'il m'a offert au lieu de me transformer en limace égoïste et léthargique. J'ondule en cadence avec ses coups de reins, une main plaquée tantôt contre sa cuisse tantôt sur sa fesse pour l'attirer encore plus loin en moi. Quand j'atteins tant bien que mal son sillon intime, du bout des doigts, il pousse un grand cri, alors j'accentue mes caresses. Ses mouvements deviennent frénétiques, et l'orgasme l'emporte.

Nous nous effondrons l'un sur l'autre, nos membres emmêlés, en sueur… et en larmes.

12

Dans le noir

Plus tard, une fois le préservatif jeté et notre pouls revenu à la normale, nous sommes allongés côte à côte sous l'édredon, silencieux. La lumière est éteinte, l'ambiance calme et douillette, mais j'ai douloureusement conscience de lui avoir dit « je t'aime », à un moment donné, au milieu de mes autres manifestations d'extase... Je me demande s'il m'a entendue et, dans l'affirmative, ce qu'il en pense. Il semble détendu, mais avec les hommes on ne peut jamais vraiment savoir à quoi s'en tenir.

— C'était bien, finit-il par dire.

Mais j'ai l'impression qu'il sait que c'est un euphémisme. En tout cas, cela ne rend pas du tout justice à ce que j'ai ressenti. C'est la première fois que je prends autant de plaisir à faire l'amour. Impossible d'appeler ce qui s'est passé une partie de jambes en l'air, parce que c'était beaucoup plus que ça.

— Oui.

Je suis totalement incapable d'exprimer mes émotions. J'en ai probablement déjà trop dit lorsque j'étais en proie à la passion.

Dans la chambre aux rideaux épais, toute en ombres cendrées, ne filtre qu'un rai de lumière provenant du cadran rétroéclairé du réveil qui est placé sur la table de chevet ; les chiffres luisent dans l'obscurité telles des lucioles minuscules. Daniel se tourne vers moi, puis ses doigts se posent sur ma joue, légers comme les ailes d'un papillon.

— C'était mieux que bien, reprend-il en portant ses lèvres à mon front encore plus délicatement.

Au fond de moi, quelque chose se rompt, et mes belles résolutions s'effacent. L'idée de ne plus le voir, après l'avoir connu, m'est intolérable, et, sans pouvoir m'en empêcher, je plonge ma main dans ses boucles soyeuses pour l'attirer contre moi et l'embrasser comme il se doit. Je sens sur sa bouche le goût des fraises délicieuses que nous avons englouties après nos premiers ébats. À cette évocation, mon appétit, que je croyais pourtant assouvi, renaît.

— J'étais prêt à te donner la fessée, tu sais, me susurre-t-il à l'oreille. Comme Stone et sa dulcinée dans la vidéo. Ça m'a vraiment plu.

Il écarte les cheveux emmêlés qui couvrent ma joue et dépose un baiser sur ma gorge.

— Mais après, je ne sais pas pourquoi, j'ai juste eu envie de te prendre…, de te faire l'amour.

Je veux l'attraper, l'attirer au-dessus de moi pour qu'il me possède encore comme si nos vies en dépendaient, qu'il s'attache à moi et ne veuille plus jamais me quitter. Mais je me contente de répondre :

— Oui, finalement, on est partis dans une direction inattendue… (J'inspire profondément.) On peut essayer maintenant, si ça te chante…

Je ne suis plus vraiment motivée par ça dans l'immédiat, mais je le ferais pour Daniel. C'est drôle, car jamais je n'aurais agi ainsi avec mon mari. Mais nous n'étions pas faits l'un pour l'autre.

— Ton offre me met l'eau à la bouche, chérie, réplique-t-il en m'embrassant à nouveau sur le front. Je suis très tenté, mais pourquoi on ne resterait pas simplement allongés côte à côte comme deux personnes normales ?

Je partage son avis. Et je le lui dis, avant d'ajouter :

— Même si Némésis risque d'être déçu. Je n'aurai rien de très crous…

Le rire de Daniel, gai et chaleureux, s'élève.

— Oui, il a l'air d'être du genre à apprécier les moments très croustillants, n'est-ce pas ? dit-il en passant son bras robuste autour de mes épaules.

À ma grande surprise, je découvre que je suis suffisamment légère pour qu'un homme me soulève.

— Un individu capable d'envoyer des mails et des lettres si explicites est forcément un pervers patenté. La lie de l'humanité.

Son allégresse est communicative, et j'entre dans son jeu.

— Oui, quel horrible monstre, quel dépravé ! Il me dégoûte. Je me demande ce que j'ai bien pu lui trouver.

Je ménage une pause et, une étincelle m'embrasant à nouveau les reins, je me colle contre Daniel. Lui non plus, il ne reste pas indifférent à la discussion.

— C'est sans doute parce qu'il a un talent inné. Il me dirige et, pour la première fois de ma vie, ça m'est agréable.

Suis-je allée trop loin ? Apparemment pas. Je ne vois pas Daniel, mais je sens que notre conversation l'amuse, et j'imagine parfaitement son regard espiègle.

— Alors comme ça, tu aimes qu'on te domine ? C'est bien ce que je me disais... Voilà pourquoi tu te comportais comme une vraie petite chienne en chaleur.

— Ça doit être ça.

— Dans ce cas, écarte bien les jambes, ordonne-t-il en me lâchant pour me remettre sur le dos. Tout de suite.

La peur m'aiguillonne. C'est une sensation pourtant aussi délicieuse que le champagne que nous avons bu plus tôt dans la soirée, et que nous n'avons jamais fini. Mon libre arbitre fond comme neige au soleil, et je suis prise de vertige.

— Maintenant, je veux que tu m'ouvres tes lèvres et ton clitoris. Dévoile-toi sans retenue.

Salut, Némésis.

Tremblant comme une feuille, j'obtempère. Je pensais être rassasiée d'amour, prête à m'endormir même, mais mon désir renaît subitement tandis que j'explore le duvet qui auréole mon sexe, un peu humide à cause de nos précédents ébats.

Il pose une de ses grandes paumes contre mon mont de Vénus afin de vérifier que je lui ai bien obéi. Je lui ouvre davantage mon intimité qu'il taquine avec bonheur, puis il m'indique comment procéder.

—Allez, à toi. Et mets-y du cœur. Ne sois pas tendre.

J'introduis mes doigts, et Daniel enveloppe ma main pour accentuer la pression ; je suis clouée au matelas, le souffle court. Mon excitation s'accroît sous les assauts ardents, les sensations se multiplient jusqu'à devenir presque douloureuses, et lorsque j'atteins la jouissance elle est si intense que mon vagin se contracte ; mon cri s'envole dans la nuit tel un oiseau. J'ai l'impression de quitter mon corps.

Daniel passe à l'action pendant que je me remets de mes émotions, échouée sur le lit comme une étoile de mer sur la plage. Écartant l'édredon, il se juche à califourchon sur moi, calant ses cuisses puissantes contre mes flancs, et place ses paumes contre mes seins pour créer un profond sillon dans lequel il niche sa virilité. Curieuse position, mais qui ne présente pas trop de problèmes techniques.

—Oh, c'est divin, grogne-t-il en effectuant de petits va-et-vient.

Ses mouvements délicats me sortent graduellement de mon inertie momentanée. La chaleur monte au fond de mon intimité, qui n'est pourtant plus le théâtre des opérations.

Plaquant mes mains contre les cuisses de Daniel, je les sens se tendre et se relâcher au rythme de ses ondulations ; j'aime la sensation de leur duvet sous mes doigts. Je remonte vers la raie de ses fesses, que je caresse… obtenant le résultat escompté. Il se crispe en poussant un cri de plaisir ; mon menton et mes joues recueillent des perles tièdes et salées.

Tout cela dans le noir. Je regrette de ne pas pouvoir distinguer son beau visage extatique, mais je me console en goûtant sa semence.

Daniel oscille, tâchant de se maîtriser, de ne pas céder à l'impulsion typiquement masculine qui lui dicte de s'alanguir et de dormir. S'allongeant sur le côté, haletant dans l'obscurité, il m'enlace. Il est en sueur.

— Merci, dit-il. Merci, merci, merci…

Son bras se fait lourd. Secouant la tête, comme pour s'éclaircir les esprits, il caresse mon ventre moite puis introduit son majeur dans mon vagin. Tandis qu'il me pénètre, je continue à m'humecter les lèvres pour le savourer.

— Non ! Non ! Non !

Je suis réveillée en sursaut par les cris de Daniel qui se débat dans son sommeil. Allumant la lampe de la table de chevet, j'en profite pour consulter l'heure. C'est le petit matin. Nous avons dormi lovés l'un contre l'autre comme un vrai couple.

— Qu'y a-t-il, amour ? dis-je en l'enlaçant.

Mais il se redresse brusquement en position assise, très agité, et enfouit la tête entre ses mains. Il tremble même s'il fait chaud dans la chambre et qu'il transpire. Lorsque j'essaie de l'obliger à me montrer son visage, il se détourne de moi en poussant un gémissement de détresse.

Je n'arrive pas à déterminer s'il dort encore ou s'il a conscience de ce qui l'entoure. Cependant, quand je touche son épaule dénudée, il ne tressaille pas. Fort heureusement.

— Daniel, qu'est-ce qui ne va pas ?

Sans me répondre, il prend une profonde inspiration, refusant toujours de me regarder. En revanche, il me laisse passer la main dans son dos. Sa peau est froide.

Je ne sais pas comment réagir. Je le serre dans mes bras pour absorber ses soubresauts. Et sa peur. Quelque chose l'épouvante.

Graduellement, ses tremblements s'espacent, même s'il refuse d'écarter ses mains. J'ai l'impression qu'il se cache. Derrière ses doigts, je distingue partiellement ses yeux, qu'il crispe très fort. Son front est barré d'un pli.

— Qu'est-ce que tu dirais d'un peu d'eau ?

C'est bien de cette façon qu'on procède dans les films, n'est-ce pas ?

— Oui, oui, merci. Je veux bien.

Je me lève, nue, et me dirige vers le minibar, qui contient plusieurs marques de bouteilles. Je choisis une eau plate et l'apporte à Daniel. Je réussis à lui faire attraper le verre. Il boit volontiers, sans pour autant ouvrir les yeux.

Ce sont eux qui clochent, ce n'est pas compliqué à deviner. Mais Daniel est-il dans un état grave ? A-t-il eu une crise subite ? A-t-il donc perdu la vue ?

— Qu'est-ce qui ne va pas, Daniel ? Je t'en prie, dis-le-moi. Sinon, comment puis-je t'aider ?

Dans un souffle, il bat des cils et se focalise sur ses mains avant de fermer à nouveau les yeux.

— Mauvais rêve, murmure-t-il d'une voix dépourvue d'inflexion.

Puis il observe la surface de son verre comme s'il n'avait encore jamais vu de l'eau. Il n'a plus soif, manifestement, car il ne résiste pas lorsque je récupère le récipient.

Je lui prends la main, et il broie la mienne avec l'ardeur du désespoir.

— Qu'est-ce qui s'est passé, amour ?

Je ne devrais peut-être pas l'appeler ainsi, mais cela me paraît approprié pour le moment. Au moins, Daniel accepte de me regarder, une expression complexe, mélange d'étrangeté et d'abattement, sur ses traits. Mais je sens qu'il s'efforce de se ressaisir, de retrouver son rôle d'homme. Toutefois, il reste désorienté.

— J'ai rêvé que je me réveillais aveugle. Tout était noir.

Il contemple le drap, puis se tourne vers moi, hébété.

— Mais il ne fait pas encore jour, et les rideaux sont opaques. L'obscurité était totale.

— Non, crois-moi... Je connais la différence.

— Comment ça ?

Je porte nos mains jointes à mes lèvres et y dépose un baiser. Cela semble le réconforter, et il m'adresse un pauvre sourire.

— C'était noir à l'intérieur, Gwendolynne, pas dans la chambre. J'ai reconnu cette sensation.

Un étau froid me comprime la poitrine. Seigneur, et moi qui espérais que ses maux de tête étaient anodins ! Provoqués par le stress, ou autre chose.

— Daniel, c'est tes yeux ? lui demandé-je d'un ton ferme.

Plus question de tourner autour du pot. S'il a un problème, il faut que nous l'affrontions. Et s'il vaut mieux résoudre ledit problème à deux, je veux être celle sur qui il pourra compter. J'ai besoin d'être cette personne, parce qu'il est l'élu de mon cœur.

Les vœux de mon mariage me reviennent à l'esprit. À l'époque, ce n'étaient que des mots prononcés durant une cérémonie. Aujourd'hui, je suis vraiment prête à aimer quelqu'un malgré sa maladie.

Daniel n'arrive toujours pas à me parler en face.

— Eh bien, il ne s'agit pas tant de mes yeux que de là, commence-t-il d'une voix hésitante, en frottant les boucles noires de sa nuque. Il y a quelque chose qui ne va pas dans ma tête. J'ai passé un tas d'examens…, et il s'avère que j'ai une tumeur. Les médecins pensent qu'elle est bénigne, mais elle doit être retirée. (Il respire un bon coup.) Sans tarder.

Enfin, il semble accepter de me regarder, et sa vue est manifestement revenue à la normale. Mais je lis en lui de la résignation et de la crainte. Autour de mon cœur, l'étau glacé se resserre. Mon sentiment d'horreur menace de m'engloutir. La peur de devenir aveugle…, de mourir doit vraiment le miner. Je sombre dans un océan déchaîné de chagrin et de colère.

Non, pas lui ! Je viens juste de le trouver ! Peut-être que notre histoire ne dépassera pas le cadre d'une aventure, mais je refuse catégoriquement qu'il lui arrive du mal. Parce que je l'aime. Et peu m'importe si nous ne finissons pas notre vie ensemble. Je veux simplement qu'il soit heureux et en bonne santé. Pour autant, je répugne à l'abreuver de ma compassion et de ma détresse. Les hommes n'aiment pas ça.

— C'est très dur, ce qui t'arrive, Daniel, dis-je prudemment. Je suis désolée de l'apprendre. Est-ce que je peux faire quelque chose ? Pour t'aider à poursuivre tes recherches, par exemple ? Je ne sais pas… Taper tes notes, peut-être ?

Par miracle, il réagit bien.

— Tu es quelqu'un de vraiment spécial, Gwendolynne, réplique-t-il en penchant la tête sur le côté, un léger sourire aux lèvres.

Il embrasse ma paume, une fois, deux fois, puis frotte sa joue couverte d'un soupçon de barbe contre le dos de ma main.

— Une personne hors du commun, ajoute-t-il, le regard rieur.

J'ai l'intime conviction que, à cet instant précis, il me voit parfaitement.

— Qu'est-ce que tu veux dire ?

— La plupart des femmes me tourneraient déjà autour et me cajoleraient comme un bébé, mais pas toi. Tu gardes ton calme et ton bon sens. (Il m'embrasse.) Je t'en suis reconnaissant.

Malgré la révélation fracassante de Daniel, je sens éclore un sentiment merveilleux. Notre entente ne se limite pas aux rapports sexuels.

— Oh, je me suis dit que tu n'aimerais pas que j'en fasse tout un plat et que je te couve par excès de compassion. Enfin, tu comprends… (Je fais la moue.) Je n'ai pas envie que tu te sentes diminué à mes yeux parce que tu as un problème de santé.

Il part d'un rire cristallin.

— Ma chère bibliothécaire, vous devez être une psychologue de génie !

Il me dévisage avec une tendresse infinie, ce qui, en dépit de tout, me donne un coup au cœur.

— C'est exactement ce que je ressentais… ressens. (Puis son expression devient sérieuse. Intense.) Je te veux, Gwendolynne, et tu comptes pour moi. La dernière chose que je cherche auprès de toi, c'est de la pitié. Je reste un homme, et le désir est là, même si j'ai une boule de je-ne-sais-quoi dans la tête.

— Oui, je comprends, dis-je.

Malgré le cataclysme qui vient de frapper notre relation, nous sommes toujours au lit, nus, et Daniel est toujours aussi beau et viril, avec ses cheveux en bataille. Il est l'homme le plus séduisant que j'aie jamais rencontré. J'envisage de remettre le couvert. Est-ce que cela fait de moi quelqu'un de dérangé ?

— Tu n'as pas envie que je couche avec toi par charité.

— Voilà, c'est ça…, réplique-t-il d'un air matois, en riant à nouveau.

Et baiser pour baiser ? J'ignore s'il est tenté, car le drap le dissimule jusqu'aux hanches. La mort et l'obscurité planent au-dessus de lui, mais son esprit mâle défie l'adversité, aucun doute là-dessus.

Toutefois, je me pose des questions. L'incertitude qui pèse sur son avenir explique son désir de ne nouer avec moi qu'une aventure sans lendemain, et sa réticence à s'engager. Est-ce également la raison pour laquelle il a commencé notre liaison de façon aussi bizarre ? En incarnant Némésis, il s'autorise des frissons clandestins, se donne une chance de prendre du bon temps avec une femme sans s'investir directement dans une relation avec elle. C'est retors, mais le professeur Brewster est un homme aussi intelligent que charismatique.

— Qu'est-ce qu'il y a ? À quoi tu penses ? demande-t-il en fronçant les sourcils.

Il a peut-être des problèmes de vue, mais il lit en moi comme dans un livre ouvert. Il connaît l'objet de ma réflexion.

— À présent, je comprends pourquoi tu pourrais envisager d'employer des méthodes, disons… peu orthodoxes pour séduire. Afin de ne pas aller trop loin, de rester détaché.

Il penche la tête sur le côté, et une mèche noire, aguichante dans sa perfection, lui tombe sur le front. Je ne peux m'empêcher de la replacer, mais elle réapparaît aussitôt.

— J'ignore de quoi tu veux parler, Gwendolynne, répond-il sur un ton espiègle en m'attrapant par le poignet.

Me voilà prisonnière. Il ne me serre pas trop fort, mais je sens qu'il sait y faire ; il accentue progressivement la pression en m'obligeant à m'allonger contre les oreillers. Nos regards se croisent.

— Tu refuses d'avouer, alors ? dis-je pour mener le jeu moi aussi.

— Avouer quoi ?

— Tu sais.

Son rire discret est délicieusement démoniaque.

— Tu es une vilaine fille, Gwendolynne. Ton accusation est vague et sans fondement.

Son corps, dur et plein de vie, est pressé contre moi, prêt pour l'amour. Mon cœur se gonfle de joie, et mon intimité réagit à la présence de Daniel ; mon désir est inextinguible.

— Vague, non ! Tu es N…

Il m'empêche d'achever ma phrase en plaquant sa bouche contre la mienne pour y immiscer sa langue, étouffant le nom que je voulais prononcer. Nous ne sommes dupes ni l'un ni l'autre, et nous acceptons la vérité. Le baiser que nous nous donnons en est la preuve.

Daniel s'allonge sur moi, et je sens son sexe en érection contre mon ventre. Habilement, il réunit mes deux poignets dans une seule main et fait courir l'autre avec insolence le long de mon flanc et de ma cuisse, avant de remonter pour la loger à la naissance de ma fesse. Puis il serre fort, mais la menace accroît mon excitation.

Me maintenant immobilisée, il se frotte contre moi, peau à peau. À force d'être embrassée, je commence à avoir mal à la mâchoire, mais cette sensation est la bienvenue. Je me délecte du contact de ses muscles et de son sexe roide. Je me soumets à son énergie, à lui.

Une fois qu'il m'a réduite au silence, du moins momentanément, il met un terme à notre baiser.

— Tu as d'autres accusations, petite intello ?

Sans me laisser l'occasion de répondre, il me gratifie d'un nouveau baiser, plus sensuel que le précédent. Sa langue goûte la mienne, danse contre elle. Il ondule des hanches pour m'obliger, comme si c'était nécessaire, à sentir sa virilité.

— Rien ? susurre-t-il, diabolique.

— Non, c'est superflu. Tu sais de quoi je parlais.

— Tu insistes ? s'enquiert-il avec colère.

Son regard est merveilleux, alerte, limpide. Comment ne pas le croire en pleine santé ?

— Oui !

— Je devrais te punir, alors. Tu le mérites, étant donné que tu ne comprends pas quand on te dit non.

Je tremble de plaisir anticipé et, dans l'excitation du moment, j'oublie l'incertitude qui plane sur l'avenir de Daniel.

— Allez-y, Professeur Glamour, ne ménagez pas vos efforts !

13

Une leçon avec le Professeur Glamour

— « Professeur Glamour » ? s'esclaffe-t-il. Oh, petite impudente ! C'est comme ça que tu m'appelles quand j'ai le dos tourné ?

— Oui. Moi, et toutes les filles de la bibliothèque. Je pensais que tu étais au courant.

— Et tu les encourages, je parie. Je suis sûr que tu passes ton temps à parler de moi et à inventer les histoires les plus folles à mon sujet.

— Oui, il y a un peu de ça. Un peu beaucoup, même…

Riant toujours, il roule sur le côté et se redresse.

— Tourne-toi, dit-il. Montre-moi ton cul magnifique.

Une émotion palpitante monte en moi. Je veux me laisser aller, faussement soumise, au plaisir de recevoir des ordres et de les exécuter. Avant, je n'avais jamais envie de ça. Je regimbais. Mais, à présent, je trouve ça délicieux, irrésistible. Si excitant que la chaleur naît au creux de mon ventre. Ma tête s'emplit d'images : masques en cuir, chambres obscures, génuflexions devant un maître aussi beau qu'autoritaire. Un maître bien particulier ; le seul, l'unique.

— Il faut que je m'occupe sérieusement de votre cas, madame, décrète-t-il sur le ton d'un instituteur tyrannique. Et je ne parle pas que de baise.

Au temps pour sa réputation de digne érudit…

J'obtempère avec lenteur, le cœur battant à un rythme effréné, et Daniel tire énergiquement le drap jusqu'au pied du lit, dévoilant mon généreux postérieur. J'enfouis mon visage entre mes bras, parce que, sans trop savoir pourquoi, je n'ose pas trop regarder mon compagnon. Il me paraît soudain trop beau, trop ensorcelant. Je tremble comme un cheval de course dont on flatte le flanc frémissant, lorsque Daniel suit la courbe de mon dos, découvrant ma peau, mes muscles, les tendres fossettes de mon anatomie. Du bout des doigts, il traque le moindre centimètre carré de chair, explorant mon sillon anal et l'orifice rose qui y est niché, tant et si bien que je rougis comme une pivoine. Il ne m'épargne rien, il me tâte, me touche, et je m'agite convulsivement contre le matelas. Je suis sa créature. Il peut faire de moi ce que bon lui semble.

— Caresse-toi. Tout de suite, me gronde-t-il à l'oreille sans ôter sa main joueuse de mes fesses.

Je ne peux réprimer un gémissement. Ce qu'il m'ordonne est pour moi aussi délicieux que source d'embarras.

— Gwendolynne, ajoute-t-il, avec un calme angoissant.

Le souffle court, je glisse ma main sous mon ventre. Mon sexe est déjà brûlant.

— Ton clitoris.

— Oh, noon…

— Pourquoi donc ?

— Je ne sais pas… C'est tellement avilissant d'être excitée par ce genre de choses.

— C'est parce que vous êtes une vilaine fille, madame Price. Vous vous masturbez, je le sais.

Ha ha ! Comment, professeur Brewster ? Il n'y a qu'à Némésis que je l'ai dit. Puis l'épisode du square me revient en mémoire ; Daniel y a bien failli me surprendre. Le doute n'était pas permis, même s'il a pu faire semblant de ne rien remarquer.

— Oui, ça m'arrive, comme à tout le monde d'ailleurs. (Je serre les dents tandis qu'il intensifie ses gestes pour tester ma détermination, ma résistance.) Toi aussi, tu le fais !

Un silence de mort s'ensuit momentanément, même si Daniel poursuit son jeu diabolique en immisçant sa main libre sous moi pour vérifier que j'obéis à ses ordres.

— Qu'est-ce que tu en sais ? me demande-t-il à l'oreille, son souffle me frôlant le visage, agitant mes cheveux.

Je sens mon sexe palpiter en me remémorant la scène exquise dont j'ai été témoin. Daniel qui se caressait dans la petite salle de bains du sous-sol. La pureté de ses traits extatiques, la tension de son dos et de ses cuisses musclés. Sa semence translucide contre le lavabo en porcelaine blanche.

— Je t'ai vu.

Le silence, encore. Ses doigts, contre les miens, accentuent la pression sur mon clitoris.

— Ah, finit-il par répondre tout bas. Je me doutais qu'on m'observait, ce jour-là. (Ses lèvres frôlent ma peau pour y déposer un doux baiser.) Et je soupçonnais que c'était toi… Je l'espérais, en tout cas.

— Tu aurais eu de gros ennuis si tu étais tombé sur M. Johnson !

Je ris par réflexe. Mécanisme de défense.

— Comment ça ? Je suis sûr qu'une célébrité de passage a le droit d'avoir ses petites manies.

— Cette manie-là est carrément envahissante. (Je tourne légèrement le bassin pour sentir son sexe en érection.) Et si Johnson était gay ? Il aurait peut-être commencé à te faire des avances.

— C'est très impertinent de ta part de parler de ton chef… et de moi en ces termes-là. (Répondant à mon geste, il presse sa verge contre moi.) Je suis de plus en plus convaincu que tu as besoin d'une bonne correction, espèce de petite dévergondée. Qu'est-ce que tu en penses ? N'as-tu pas honte de ta perversion ?

— Non ! Pas une seconde !

Riant à nouveau, il frotte son nez contre mes cheveux et contre ma joue, avant de l'embrasser et de la mordiller du bout des lèvres.

— Tu sais que je t'adore ? Même si tu es la femme la plus provocante, la plus aguicheuse que j'aie jamais connue. Je vais être obligé de te mettre la fessée, tu t'en doutes, n'est-ce pas ?

J'ondule contre lui, avide, craintive. Et terriblement excitée. Je suis même au bord de la jouissance.

— D'accord, soufflé-je, tandis qu'il continue à taquiner l'orifice qui s'ouvre dans mon sillon intime. Tant que tu sais ce que tu fais. Tu as déjà fessé quelqu'un ? J'imagine que ça doit être tout un art.

Il me mord le lobe de l'oreille avec douceur mais autorité.

— Une ou deux petites copines. Je devrais m'en sortir, déclare-t-il en enfonçant légèrement ses ongles dans ma chair.

Prise de vertige, j'étouffe un cri.

— Alors, vas-y, qu'est-ce que tu attends ?

— Je devrais te tanner le cuir, dit-il en me donnant une tape sur la fesse gauche.

Ce n'est rien. Seulement un jeu. Je sens à peine sa main.

— Te battre avec une ceinture, une règle en fer ou autre. Là, tu comprendrais.

Il me frappe plus fort, et cette fois je sens le coup. C'est une douce brûlure, et même si mon postérieur proteste, mon sexe, lui, semble apprécier le traitement. C'est une onde agréable plus que douloureuse qui m'arrache un gémissement.

— Ça te plaît, n'est-ce pas, petite vicieuse ? me demande-t-il gaiement.

Il semble détendu, ses problèmes doivent être bien loin. Une partie de mon cerveau s'en réjouit, pendant que le reste est rendu dingue par la fessée qu'il m'inflige sans répit. Mon esprit ne conçoit pas vraiment ce qui se passe. Il capte la brûlure de la main de Daniel et essaie de l'interpréter comme quelque chose de déplaisant et d'indésirable, mais un pan animal de ma personnalité qui siège dans les régions basses de mon anatomie me dit que c'est fabuleux, palpitant. Un acte sexuel au plus pur sens du terme.

J'ondule sous ses doigts et les miens.

— « Petite » ? Tu plaisantes, articulé-je avec difficulté. Je suis sûre que tu n'es jamais sorti avec une fille à qui ce mot s'applique aussi mal. (Je pousse un cri aigu lorsqu'il m'assène une claque vicieuse à la base de la fesse.) Un homme comme toi n'a qu'à se pencher pour ramasser des mannequins, je parie.

— Ne sois pas idiote, Gwendolynne, réplique-t-il aimablement tout en m'infligeant une raclée qui me fait hurler à la mort. Les mannequins peuvent aller se faire foutre… mais pas par moi. Il n'y a que toi que j'ai envie de baiser. Tu es splendide et sensuelle.

Il me frappe à nouveau avec force, et je suis prise de ce qui ressemble à un mini-orgasme. Mais je peux me tromper, car les signaux que mon cerveau m'envoie sont complètement brouillés.

— Pourquoi tu ne me crois pas quand j'affirme que tu as un corps de rêve ? Pour une femme intelligente, tu peux être sacrément bornée, mon amour !

Je jouis, mon vagin se contractant violemment autour de mon doigt, mais Daniel ne perd pas un instant le rythme de la fessée. L'enfoiré, il a dû corriger plus d'une ou deux petites amies, j'en mettrais ma main à couper. Il est doué. Je jurerais que c'est un expert en la matière.

N'en pouvant plus, je mords l'oreiller, les orteils crispés contre le matelas. Mais Daniel est toujours maître de la situation et continue à me châtier. Je me dis que ma croupe a dû enfler et virer au rouge écrevisse ; l'irritation se propage tel un incendie jusqu'à mon intimité endolorie de plaisir. J'ai soudain envie d'autre chose. De lui. En moi. Je me dégage tant bien que mal et roule sur le dos.

— Je t'en prie, prends-moi. Comble-moi. Je veux te sentir.

Son regard est étrangement chargé d'émotion. Me voit-il ? Je le crois bien. Même si ses yeux lui jouaient des tours à cet instant précis, sa perception de moi n'en serait pas moins limpide grâce à ses autres sens. S'allongeant, il fouille à tâtons dans le tiroir de la table de chevet. Il déchire l'emballage du préservatif, qu'il déroule rapidement, puis m'écarte les jambes et me pénètre d'une seule poussée.

Je m'accroche à ses épaules, son dos, ses reins pour le sentir plus près, toujours plus près de moi. Il me comble, mais mes cellules, mes terminaisons nerveuses et mon âme désirent plus.

Je lève les hanches pour aller à sa rencontre, et il m'imite avec autant de force. Les élancements ténus qui montent de mes fesses endolories décuplent le plaisir.

Dans un tel chaos, il nous est impossible de nous embrasser, mais Daniel colle ses lèvres légèrement entrouvertes contre mon cou ; il me mordille la gorge, presque avec sauvagerie. C'est si primitif que cela me rend dingue, alors je croise les jambes autour de sa taille pour l'entraîner encore plus loin en moi.

Notre joute est farouche et bruyante. Dehors, la foudre pourrait s'abattre que cela ne me surprendrait pas, car la tempête fait déjà rage dans nos corps et dans nos cœurs. Même à supposer que Daniel ne m'aime pas autant que je l'aime, rien ne me fera croire que notre union ne signifie rien pour lui.

Des ébats si tumultueux, si ardents ne sont pas appelés à durer. J'atteins le septième ciel, et Daniel m'y rejoint en poussant un grand cri. Proche de l'évanouissement, je frémis et tâche de reprendre mon souffle ; nous haletons l'un contre l'autre.

Bras et jambes entremêlés, en sueur, nous rassemblons lentement nos esprits. Je décroise les chevilles pour libérer Daniel, et il reste allongé quelques instants entre mes cuisses, comme s'il engrangeait des forces pour bouger. Puis, se détachant de moi dans un glissement de peaux moites, il roule lourdement sur le côté.

Je ne sais pas quoi dire, et manifestement lui non plus. Mais, lorsqu'il entrelace ses doigts avec les miens, j'en suis toute retournée.

Pour la seconde fois cette nuit-là, nous nous endormons.

14

Le monde s'écroule

Lorsque je me réveille, Daniel est à la porte pour réceptionner un plateau de petit déjeuner. Je fais un bond en constatant qu'il est 10 h 30, avant de me rappeler que je me suis arrangée pour ne pas travailler aujourd'hui.

En s'approchant avec notre repas, Daniel mate mon décolleté de l'œil du connaisseur. Vêtu d'un peignoir bleu marine, il a l'air frais et dispos ; ses cheveux bouclés sont mouillés. Je suis un peu irritée qu'il ne m'ait pas réveillée avant de prendre sa douche, mais il a dû estimer que nos ébats m'avaient éreintée. Il est vrai que j'ai l'impression d'avoir couru dix marathons et de ressentir des courbatures à des endroits insoupçonnés. Ou parfaitement prévisibles, si l'on considère la nature sexuelle de nos exploits. Curieusement, mon postérieur ne semble pas avoir particulièrement souffert des fessées.

— Café ? me suggère Daniel en me présentant la carafe sans quitter des yeux les alentours immédiats de ma poitrine.

Ah, les hommes, il n'y a que ça qui les intéresse.

Cela dit, moi aussi je suis obnubilée par le physique. Celui du professeur Daniel Brewster. Il est bien moins dénudé que moi, ce matin. En revanche, je me rappelle le moindre centimètre de peau que j'ai vu hier soir. Je me souviens des images et des sensations. Je ressens le même désir en ce moment, mais je suis trop lasse et trop intimidée pour aller vers lui.

Car la triste vérité, c'est que je suis tombée amoureuse de lui comme une idiote. C'est tout moi, ça, de fondre prématurément pour un homme presque inaccessible. Je ne me fais guère d'illusion ; pour Daniel, je suis une distraction tandis qu'il effectue ses recherches à la bibliothèque.

Pourtant, j'ai vu son expression s'altérer pendant que j'émergeais du sommeil. Son regard est plein d'ombres n'entretenant aucun rapport, me semble-t-il, avec ses problèmes de vue, qui ont tendance à s'aggraver depuis quelque temps. Je retrouve en moi le doute et l'incertitude que je lis en lui. Regrette-t-il, comme moi, l'intimité de la nuit dernière ? Et si oui, est-ce pour les raisons qui commencent à me tourmenter, moi ?

J'ai trop donné. Je suis allée trop loin. Je lui ai offert mon cœur sans retenue, et si je venais à le reprendre je n'en sortirais pas indemne. Daniel ressent-il la même chose ou aurait-il préféré ne pas s'engager dans une relation plus complexe que prévu ?

— Gwendolynne ?

Un pli déforme légèrement sa bouche gracieuse. Quelque chose le trouble, c'est sûr.

— Oui, j'en veux bien, s'il te plaît. (Me contorsionnant pour m'extraire des draps, j'enfile le second peignoir, qu'il a posé à portée de ma main.) Je reviens dans une minute. J'ai besoin de faire un petit tour à la salle de bains.

— OK. Du lait et du sucre ?

— Juste du lait.

Je file me réfugier dans la salle de bains comme si je m'étais brûlée, ce qui est le cas, d'une certaine façon. Je me suis figurativement mais bel et bien brûlé les doigts en voulant toucher une flamme, une trop belle flamme, et j'en paie les conséquences.

Chose étrange, je répugne à quitter mon sanctuaire après avoir fait ce que j'avais à y faire. Je me sens intimidée, même si cela peut sembler ridicule, étant donné le degré d'intimité que nous avons partagé, Daniel et moi. La situation me paraît extrêmement précaire, car je l'aime sans trop savoir si c'est réciproque.

Je finis par retourner dans la chambre, emmitouflée à la fois dans mon peignoir et dans ma méfiance. Daniel est assis sur le lit avec une tasse de café. Il a les yeux rivés au sol. Prenant ma tasse, je me perche à côté de lui sur le matelas et suis son regard. Il a de très beaux pieds, grands mais de proportions harmonieuses, aux ongles parfaitement coupés.

— Je dois repartir. Plus tard dans la journée. Pour être opéré.

Les mots tombent subitement, tel un arbre qu'on abat. Le choc est encore plus retentissant qu'hier soir, si tant est que ce soit possible.

— Oh, je vois…

C'est tout ce qui me vient à l'esprit. Mais, au fond de moi, je hurle. Je me doutais bien qu'il serait obligé de suivre un traitement. Le contraire aurait été absurde. Mais le fait qu'il me l'annonce clairement me force à me confronter à l'immédiateté et à l'horreur de ce qui l'attend.

— Il faut que je règle mon problème, ajoute-t-il. (Il se masse l'arrière de la tête, ébouriffant ses cheveux là où est tapie cette satanée tumeur.) Et le plus tôt sera le mieux, sans quoi je deviendrai aveugle, ou pire.

Il inspire à pleins poumons, luttant contre une vague de frayeur. Qui n'aurait pas peur, à sa place ? Moi, je crève de trouille ! Pour lui.

— Je dois rentrer à Londres pour subir de nouveaux tests à la clinique. Puis, dans deux ou trois jours, je passerai sur le billard.

Un gémissement sourd s'élève, et je me rends compte à ma grande consternation que j'en suis l'auteure.

— Hé, ne t'en fais pas ! Je suis jeune, bien portant et sacrément coriace, pour un intello.

Abandonnant son café, il m'enlace. Je porte le mien à mes lèvres. Il est excellent, mais j'en renverse sur mon peignoir. Heureusement, ma peau n'a rien, et Daniel me prend ma tasse.

Il m'est intolérable d'envisager qu'il devienne aveugle, ou pire. Je me sens broyée au-dedans, à la fois engourdie et fébrile. Et, en mon for intérieur, j'entreprends des négociations avec les puissances supérieures.

Je renoncerai à Daniel et je ne le reverrai plus jamais, pourvu qu'il aille bien.

Réglez-moi mon compte si ça vous chante, mais épargnez-le.

Je me priverai de tous les plaisirs de la chair et ferai don de mes possessions et de mes salaires présents et à venir aux pauvres, à condition qu'il s'en sorte.

— Je peux venir avec toi ? Je prendrai des jours de congé afin de t'aider pour un tas de petites choses. Pas comme le ferait une petite amie officielle. Plutôt comme une... auxiliaire, plus ou moins.

Il se raidit contre moi. Je n'aurais pas dû dire tout ça, je le sais. Mais je veux simplement être en mesure de l'aider, afin d'être la première informée de son rétablissement.

Lorsque je me tourne vers lui, je le découvre inquiet et perplexe. Il pousse un profond soupir.

— C'est quelque chose que je dois faire seul, Gwendolynne, déclare-t-il.

Il secoue imperceptiblement la tête, comme s'il ne savait pas bien ce qu'il disait et qu'il n'arrivait pas à se taire, alors même qu'il avait l'impression de passer pour un imbécile.

— J… je ne veux pas être entouré. Je ne veux pas que les gens me voient faible.

— Oh, mais c'est complètement débile !

Choqué par ma réaction outragée, il tressaille. Je me rends compte que, dans une situation critique, même un brillant universitaire tel que lui peut se montrer aussi obtus qu'un homme préhistorique. Fort heureusement, il garde son bras autour de moi.

— Sans doute, Gwendolynne, mais c'est ce que je souhaite. Ce n'est pas toi qui es en cause, mais moi, mon amour. J'ai besoin d'être seul. Pour me prouver que je suis de taille à réussir. (Il me presse tendrement la main.) Je tiens à toi. Énormément, même, mais… Impossible de l'expliquer. J'en ai besoin, voilà tout.

Effleurant mon visage, il m'oblige à croiser son regard, sombre derrière ses lunettes.

— S'il te plaît. Je veux agir à ma façon.

— Ça n'a pas de sens. Si c'était moi, j'aurais envie de quelqu'un à mes côtés.

Puis, je réfléchis… Serait-ce vraiment le cas ? Pour ne pas avoir peur et pour affronter les moments durs, oui. Mais on lui rasera sans doute le crâne, il aura certainement des tubes et tout un tas de trucs scabreux. Rien de tout cela n'amoindrirait l'affection que je lui porte, jamais de la vie ! En revanche, si j'étais la malade, une partie de moi répugnerait à ce que Daniel me voie ainsi. Or, la vanité et la sottise ne sont pas l'apanage des femmes.

Nous restons accrochés l'un à l'autre, dans l'impasse.

— Tu es sûr que je ne peux pas t'accompagner ? finis-je par lui demander d'une toute petite voix.

J'ai l'impression de passer pour une geignarde, mais c'est dans ma tête. Immobile contre moi, il garde le silence pendant un certain temps.

— Écoute, il n'y aura personne d'autre, si c'est à ça que tu penses, répond-il soudain en me prenant la main. Tu es la seule femme dans ma vie, Gwendolynne, je le jure.

Je l'admets, ça m'a traversé l'esprit. J'ai songé que ce n'était peut-être pas pour rien qu'il m'avait proposé une simple aventure avec lui, et la présence d'une autre femme aurait expliqué également sa réticence à l'idée que je le soutienne dans l'épreuve. Je devrais me réjouir qu'il n'ait que moi mais, têtue comme je suis, je refuse d'en rester là.

— Je te crois… Mais raison de plus pour que je sois auprès de toi.

— Non ! rétorque-t-il d'un air buté, les lèvres pincées en une ligne sévère.

Moi aussi, je me sens passablement obstinée. J'ouvre la bouche pour insister, pour dire n'importe quoi, pourvu qu'il se range à mon avis… Mais je me mords la langue.

L'homme que j'aime vit une situation difficile. Comment une personne pourrait-elle réfléchir de manière sensée et logique en de telles circonstances ? Puisque je l'aime, je dois accepter qu'il affronte sans moi les périls de la chirurgie. Même si j'en souffre atrocement.

— OK. Je comprends, dis-je, vaincue, perdue. Tu veux gérer ça tout seul.

Mais je désire toujours être là pour lui. Privée d'énergie, je m'appuie contre lui, et il me serre dans ses bras.

— Ça va aller, Gwendolynne. Ils vont m'opérer, et je serai sur pied en un rien de temps. (Il me caresse lentement les cheveux.) Sitôt qu'on me donnera le feu vert, on pourrait partir en vacances. Trouver un endroit luxueux où il fait beau et chaud, où on se prélasserait sur la plage. Tu ferais du topless et je te materais tout à loisir, étant donné que j'y verrais clair.

Des vacances idylliques avec l'homme parfait. Cela a toujours été mon rêve. Pourquoi faut-il qu'un terrible passager s'attache à nos pas, au moment précis où il est sur le point de se réaliser ? Avant de nous envoler pour notre escapade idéale, nous devons d'abord traverser la vallée de la mort. Et je ne peux même pas tenir la main de Daniel. Il s'y refuse catégoriquement.

Je sanglote, déplorant que la vie soit si compliquée. J'ai l'impression d'avoir reçu un coup de massue et que c'est moi qui vais subir cette horrible opération. Daniel resserre son étreinte avec une tendresse infinie. Au bout de quelques instants, sa chaleur et sa présence me donnent de la force. Je dois me montrer courageuse pour lui, être son roc au lieu de jouer les pleurnicheuses. Je dois accepter la réalité du problème, et être là pour Daniel si jamais il a besoin de moi. Même si cela implique que je ne sois pas physiquement à ses côtés.

Et il faut que je lui offre le plus flamboyant des au revoir. Cherchant sa bouche, je sens son souffle au parfum de café. Il comprend mon intention. Nos langues, chaudes et agiles, se chamaillent longuement. Je veux ensuite pousser Daniel à s'allonger pour le couvrir d'affection, mais il me résiste.

— Non, c'est moi qui décide, proteste-t-il en me retenant par les épaules.

Partant à son tour à l'assaut, il me force à entrouvrir les lèvres pour y introduire sa langue, ce qui me donne des frissons partout.

Bannissant de mes pensées l'idée qu'il s'agit peut-être du dernier repas du condamné, je m'abandonne simplement à la félicité. Entre ses bras, il m'est facile de faire abstraction des ténèbres.

Il m'embrasse avec tant de fougue que j'ai l'impression que nous sommes déjà unis, alors que nous ne sommes même pas déshabillés. De ses mains fuselées et élégantes, il me caresse sans ménagement à travers mon peignoir, tirant parti de la texture du tissu éponge. Puis il finit par me l'arracher pour dévoiler mes courbes et, dégageant avec impatience la bande d'étoffe sur laquelle je suis allongée, il me lève les bras au-dessus de la tête. Par une série de boucles et de nœuds savants, il m'attache à la rambarde en cuivre du lit, avant de tirer pour s'assurer que mes poignets ne sont pas comprimés.

En moi se mêlent la panique et une délicieuse sensation d'asservissement. Je ne m'attendais pas du tout à cette étrange confusion émotionnelle. Je ne suis pas encore prête pour ça, et en même temps j'en ai envie depuis des lustres. Je commence instinctivement à onduler, et le regard de Daniel s'embrase ; sa bouche avenante s'incurve en un sourire diabolique. Manifestement, il apprécie que je teste la solidité de mes liens, et cela ne fait que m'enfiévrer davantage.

Toujours vêtu de son peignoir, il se penche sur mon corps dénudé, et c'est là que je me rends compte qu'il a enlevé ses lunettes. Il ne semble cependant pas avoir de mal à me voir. Il se fait même un plaisir de mater tout ce qui l'intéresse.

Sans crier gare, il lèche l'un de mes tétons. Sa langue chaude et retorse envoie une onde agréable jusqu'à mon bourgeon de chair. Puis il le mordille, tout en passant son pouce contre mon nombril, et je gémis sans retenue.

— Chut, murmure-t-il contre mon sein avant d'y poser, tout doucement, des dents qui me paraissent extrêmement acérées.

Il décrit de petits cercles, titille la peau tendre, l'étire délicatement. Je me mords la lèvre pour ne pas faire de bruit tandis que mon intimité délaissée proteste contre ce traitement.

Daniel joue longuement avec mes seins, les touchant, lovant ses paumes autour d'eux, excitant mes mamelons jusqu'à ce qu'ils se dressent tels de généreux fruits sombres. Je crois que je vais devenir dingue ; d'ailleurs, je me mets à remuer sur le matelas comme une forcenée. Il aventure ses mains sur d'autres parties de mon corps, puis retourne vers mon nombril qu'il taquine, tâte, tant et si bien que je tremble de plaisir. Parfois, il se contente de laisser glisser ses ongles de mon ventre à mes cuisses, pour suivre le vallon creusé entre elles.

Mais en évitant scrupuleusement de rencontrer mon intimité.

Moi, en revanche, je suis focalisée sur elle. Le désir m'accapare. Il me pétrit, me tend, m'ouvre, me met à l'agonie. Il semble sourdre de mon sexe qui brûle, brûle, brûle d'être touché par Daniel.

Je meurs d'envie qu'il m'accorde l'extase. Grâce à ses doigts. Sa langue. Sa verge. Malgré tout, dans un coin de ma tête où j'ai conservé mon sang-froid, je reconnais que ces préliminaires, aussi fougueux soient-ils, lui appartiennent, lui donnent l'occasion de maîtriser ce qui se passe, de se perdre dans le jeu pour oublier l'épreuve qui l'attend. Mon intense frustration, le tourment de mon excitation momentanément niée..., ce sont de tendres cadeaux que je peux lui offrir pour le distraire.

Ouvrant davantage les jambes, je soulève le bassin pour lui présenter mon intimité avec la plus totale soumission, afin de lui faire savoir que je suis à sa merci.

Il finit par s'écarter de moi, les yeux dans le vague, mais j'ignore si son regard est voilé de désir ou bien à cause de sa détestable tumeur. Il se débarrasse de son peignoir. Sa verge est dressée, vivante, puissante, gorgée de vie. Il se penche à nouveau sur moi, embrassant ma clavicule avant de tracer de petits cercles autour de mes mamelons avec ses pouces tandis que sa virilité soyeuse frôle ma cuisse.

— Si nous avions plus de temps, je te rendrais folle de plaisir, dit-il tout bas sur un ton dur, en sortant un préservatif du tiroir. Je passerais des heures à m'occuper de toi. À te faire jouir, et jouir encore… (Tout en parlant, contenant la colère que lui inspire sa maladie, il déroule le latex.) Au comble de l'excitation, tu oublierais ton nom et tu hurlerais à t'en casser la voix.

Je quitte mon rôle avant d'avoir pu m'en empêcher.

— Ce sera pour un autre jour…

Parfois, je me donnerais bien des claques. Toutefois, après un court silence de mort, Daniel se jette littéralement sur moi en éclatant de rire.

— Ma belle Gwendolynne, tu es impayable. Que ferais-je sans toi ? (M'embrassant brièvement sur la bouche, il se place entre mes jambes pour me pénétrer.) Nous allons beaucoup nous amuser quand tout ce bordel sera terminé. Nous baiserons à n'en plus finir, nous nous livrerons à un tas de jeux tous plus coquins les uns que les autres.

Avec un grognement d'aise, il entre en moi avec assurance.

Daniel venant de me rappeler l'épreuve qui l'attend, mon orgasme tant désiré menace momentanément de m'échapper. Mais son poids, son odeur, son érection, son souffle chaud contre mon cou, bref, sa simple présence a tôt fait de me rendre mes sensations, et la passion revient. Mon sexe palpite autour du sien et, ne pouvant me contenter de le serrer dans mes bras, je croise les jambes derrière son dos, levant les hanches pour aller à sa rencontre.

Daniel suit le rythme de mes mouvements par de vigoureux coups de reins, comme s'il voulait évacuer toute son appréhension, toutes ses incertitudes. Notre joute revisite nos précédents ébats, cet espace animé de plaisir et de désespoir mutuels, de jouissance partagée.

Naturellement, tant d'ardeur ne saurait rester impunie. Je sens l'extase m'envahir et, à l'instant précis où elle me possède toute, Daniel l'atteint à son tour dans un sanglot. Sa semence se répand tandis que son cri puissant exprime la noirceur de ses émotions.

Un peu plus tard, il me libère, et nous nous détachons l'un de l'autre.

Nous sommes tous les deux calmes, perdus dans nos pensées ; nous avons survécu à un ouragan. Et à un cataclysme. J'ai l'impression que Daniel est un étranger – il est vrai que je ne le connais pas encore très bien – et une myriade de réflexions et de sentiments confus, difficiles à qualifier, me trottent dans la tête.

Je me concentre sur le déroulement des événements pour tâcher de leur trouver une logique. Primo : je me lance dans un jeu sulfureux. Secundo : parallèlement à ça, je tombe amoureuse d'un mec brillant, beau et sensuel. Tertio : je commence à me demander si lui et moi avons une chance à long terme. Quarto : j'apprends que sa vie est en péril et que, parce que nous n'avons pas eu l'occasion de nous découvrir mutuellement, je n'ai aucun droit sur lui, aucun moyen de pression pour qu'il se résolve à accepter mon aide.

J'ai envie de hurler et de me rouler par terre comme une gamine, de saccager cette ravissante chambre d'hôtel où nous avons tant partagé. Mais je ne peux pas faire ça. Je dois garder mon calme, ne pas faire une scène à Daniel, me montrer raisonnable afin de le ménager. Car lui non plus n'est sans doute pas dans son assiette. Coupant la poire en deux, je décide d'aller pleurnicher discrètement dans mon coin. Lorsque j'émerge de la salle de bains, débarbouillée, je me sens rafraîchie, même si je n'ai pas de sous-vêtements et qu'il m'a fallu remettre ma tenue d'hier soir. J'adresse toutefois à Daniel ce qui est, en tout cas je l'espère, un sourire posé et pas trop inquisiteur.

Il est toujours en peignoir. En revanche, il a sorti ses valises et a commencé à ranger ses affaires, arborant une expression complexe, à la fois un brin mélancolique et teintée – encore maintenant ! – de désir.

Oh, quel timing merdique ! Qui sait ce que nous aurions pu faire si nous nous étions rencontrés à un autre moment ?

— O… où dois-tu être opéré ? Comment vas-tu te rendre là-bas ? Tu n'as pas le droit de conduire, si ?

Il pousse un soupir mais, contrairement à ce que je redoutais, il ne se ferme pas. Nous nous asseyons, et il m'explique sommairement ce qui va lui arriver. Il refuse de me communiquer le nom de l'hôpital, qui est apparemment une clinique privée, internationalement réputée, dans laquelle il recevra les meilleurs soins possible.

J'éprouve toutes les peines du monde à ne pas le harceler pour qu'il me donne des détails, à ne pas le supplier de me laisser l'accompagner, mais nous avons déjà discuté de ça, et même si les instants que nous passons ensemble devaient être les derniers – perspective ô combien atroce et insoutenable ! –, je refuse que leur souvenir soit entaché par une dispute.

— Tu es quelqu'un de bien, Gwendolynne, déclare-t-il soudain en prenant ma main dans les siennes. Je vois qu'il t'en coûte de ne pas me poser de questions et de ne pas tenter de me soutirer plus d'informations. Tu m'acceptes tel que je suis et, pour ça, je t'adore encore plus.

Il porte ma paume à ses lèvres et l'embrasse avec une infinie tendresse.

— Tu es une personne hors du commun, et, quand tout cela sera terminé, je pense que nous vivrons quelque chose de tout aussi rare et spécial.

Il pose sa joue chaude contre ma main, et son soupçon de barbe me picote délicatement. Sans me regarder, il reprend, son souffle me frôlant :

— Mais nous devons d'abord surmonter cette épreuve, avant de repartir sur des bases neuves. Je ne veux pas t'infliger ce qu'a vécu ma mère. La maladie de mon père lui a gâché la vie, a tué dans l'œuf toute sa créativité. (Il ménage une pause et serre ma main si fort qu'il la comprime presque.) Et je me suis juré de ne jamais faire subir ça à la femme que j'aime, jamais. C'était un patient capricieux et ingrat ; il lui reprochait souvent ses malheurs. (Il dépose un nouveau baiser sur ma peau.) Je ne peux pas te garantir que je ne deviendrai pas comme lui.

J'ai envie de lui dire que je sais au fond de moi que la situation sera complètement différente, mais je me sens tellement mal que je n'arrive pas à m'exprimer. Alors, remarquant que ses yeux brillent de larmes qu'il contient au prix de gros efforts, je me contente de le prendre dans mes bras. Nous échangeons de longs baisers étrangement chastes, si l'on pense aux ébats débridés qui ont eu lieu dans cette pièce.

Mais il est temps. Car le téléphone sonne et, d'après ce que j'entends, il semble qu'une voiture va venir chercher Daniel dans moins d'une heure…, et il faut encore qu'il se rase, s'habille et rassemble ses effets personnels.

Nous nous levons, tous les deux un peu embarrassés.

— Je te raccompagne dans le hall pour t'appeler un taxi, déclare-t-il en attrapant son jean, posé au-dessus de sa valise.

— Non, ça ira.

J'arrive à donner le change, même si j'ai l'impression qu'on m'a percé le cœur avec un pic à glace.

— Finis de ranger et de faire ce que tu as à faire. Il vaut probablement mieux que je m'en aille.

Je me dirige vers l'entrée sans trop savoir combien de temps je réussirai à résister, mais, au lieu d'enfiler son pantalon, Daniel ramasse une chemise.

— Tiens… en guise de veste, dit-il. Mets-la donc par-dessus ta robe.

Là, je manque de craquer. Il est tellement prévenant qu'il a pensé que je me ferais sans doute remarquer, dans cette robe qui serait plus adaptée à un cocktail. Je passe mes bras dans les manches, et l'odeur de Daniel m'enveloppe.

Sur le seuil, nous échangeons un autre baiser passionné, et, tandis que nous sommes enlacés, il me murmure à l'oreille :

— Ce ne sera pas long. Ils pensent qu'il n'y aura pas de complications. Ce sera l'affaire de deux ou trois semaines, guère plus. Je t'appellerai à ce moment-là.

Mon cœur hurle : « Et qu'est-ce que ça signifie si tu ne m'appelles pas ? »

Mais je ne dis rien, savourant ces derniers instants entre ses bras, et après un ultime baiser je m'éloigne le long du couloir sous le regard de Daniel. Je me retourne. Il est si beau, un vrai galopin aux pieds nus dans son peignoir sombre, que j'en ai le cœur brisé. On s'adresse un petit signe de la main, et alors je m'empresse de tourner à l'angle du corridor, me ruant dans l'escalier au lieu de prendre l'ascenseur. Je n'arrête de courir que quand je suis sortie de l'hôtel, et je monte dans un taxi qui est garé dans l'allée gravillonnée. Fort heureusement, le véhicule semble être là pour moi, et au moment où je cesse de refouler mes larmes le chauffeur garde un silence plein de compassion.

15

Les meilleures intentions du monde

Je me sens déboussolée, comme si j'avais moi aussi subi une opération qui m'avait détachée de la réalité, du cours de mon existence.

Idiote que je suis, j'ai pris quelques jours de congé parce que je ne m'estimais pas capable de me concentrer sur le boulot. Je me retrouve donc avec du temps libre à ne plus savoir quoi en faire. J'aurais dû me rendre malgré tout à la bibliothèque afin de m'occuper, mais je suis restée chez moi à traînasser, essayant de recréer par la pensée tout ce que nous avons vécu, Daniel et moi. Si je réussis à me plonger dans les merveilleux souvenirs de notre relation et de nos instants de sublime sensualité, sans doute parviendrai-je à chasser de mon esprit ce qu'il est en train – ou vient – d'endurer.

Je ne peux même pas puiser du réconfort dans le fait que mon cœur meurtri m'empêche de penser à la nourriture et que je vais perdre du poids. Au contraire, je suis sans cesse soumise à la tentation d'ouvrir le réfrigérateur, si bien que je dois me résoudre à sortir pour flâner sans but précis dans les rues. J'observe les passants et les vitrines, mais tout ce que je vois, c'est Daniel. Lui et lui seul.

En définitive, je rentre m'installer devant la rediffusion d'un épisode d'*Urgences* que j'avais pourtant décidé de ne pas regarder… et je craque. Peu importe que Daniel me l'ait interdit. Je dois le voir. Au fond de moi, je suis sûre qu'il désire ma présence. En tout cas, c'est ce dont je me persuade tout en composant le numéro de la *Demeure de Waverley*. Je demande à être mise en relation avec l'unique personne susceptible de me dire dans quelle clinique ou quel hôpital Daniel a été admis.

— Annie Guidetti, répond une voix agréable et chaleureuse qui me rassure immédiatement.

J'en pleurerais de soulagement. Il ne s'agit pas de Daniel, mais au moins elle est de sa famille.

— Oh, euh… bonjour. Vous ne me connaissez pas, mais je suis une amie de votre cousin Daniel Brewster, et je me demandais si vous saviez comment il va.

— Gwendolynne ? C'est vous ? J'allais justement vous appeler. Quelle coïncidence !

Elle sait qui je suis ? Elle allait m'appeler ? Une terreur noire me prend aux tripes. Je m'affale sur ma chaise.

— C'est bien moi. Nous nous voyons depuis quelque temps, Daniel et moi, si je puis dire. J'étais au *Waverley* la semaine dernière. (La panique me guette dangereusement, et je dois produire un effort surhumain pour me maîtriser et ne pas fondre en larmes.) Il doit être opéré d'ici peu, ou il vient de l'être, et il m'a priée de ne pas le contacter, mais voilà : j'ai besoin de savoir comment il va, même s'il n'a pas envie de me tenir au courant.

Je dois lui paraître désespérée, ridicule, proche de l'hystérie. Elle me répond toutefois avec gentillesse.

— Daniel est un professeur brillant, mais là, il se conduit en parfait crétin. Et c'est vraiment cruel de sa part de vous exclure. Je le lui ai dit, mais il est têtu comme une mule, et quand il a décidé d'agir à sa guise il n'en démord pas… (Elle marque une courte pause.) Oh, ma chère, je suis navrée. Quelle pipelette je fais… Oui, il a été opéré avant-hier. Tout s'est merveilleusement bien passé, semble-t-il, sans complications, et le chirurgien a réussi à enlever la totalité de la tumeur. Elle ne devrait donc pas revenir.

Je suis incapable de parler. Les larmes ruissellent sur mon visage. J'ai l'impression de m'envoler en même temps que mon cœur et, malgré mes pleurs, je souris comme une idiote dans le téléphone.

— Est-ce que ça va ? me demande Annie. Vous avez entendu ? Daniel va aller mieux. J'ai discuté avec son infirmière, qui m'a expliqué que les suites de l'opération se déroulaient normalement. Il a des douleurs et il est épuisé, naturellement, mais tout cela est classique, d'après ce que j'ai cru comprendre.

Ses terribles maux de tête ont disparu, et les premiers signes tendent à indiquer que sa vision ne sera pas affectée sur le long terme. Il continuera simplement à porter des lunettes comme il l'a toujours fait.

— Oh, quel soulagement…, parviens-je à articuler.

Puis je fonds à nouveau en larmes, imbécile que je suis.

Annie me laisse pleurer tout mon soûl, ou peu s'en faut, puis ajoute :

— Écoutez, pourquoi ne viendriez-vous pas à Londres avec moi ? À moi aussi, il a demandé de ne pas lui rendre visite, mais j'ai décidé d'aller le voir quand même. Je suis persuadée qu'il sera enchanté de vous voir, une fois qu'il aura surmonté ses stupides réticences de macho portant seul le poids du monde. Oui, venez. Un peu de compagnie sur la route ne serait pas de refus. Valentino, mon mari, m'a trouvé une chambre dans un hôtel tenu par l'un de ses contacts ; il peut parfaitement en réserver une seconde.

Je me remémore le visage grave et déterminé de Daniel. Eh bien, navrée, mon cher ! J'obéis à tes ordres sans sourciller quand il s'agit de nos ébats amoureux – d'ailleurs, j'adore ça –, mais pour cette fois je ferai comme bon me semble, que ça te plaise ou non !

— J'accepte avec joie, merci. Ce serait un plaisir de faire le trajet avec vous. Je dois le voir, peu importe quelle sera sa réaction. Je prends le risque.

Et, quand je serai rentrée chez moi, je risquerai aussi un coup de fil pour informer Johnson que je suis contrainte de m'absenter un jour ou deux, ayant un ami malade.

— À quelle heure partez-vous ? Dois-je vous rejoindre au *Waverley* ?

Non, Annie passera me chercher, et nous nous mettrons en route dans quelques heures.

Lorsque je repose le combiné, je danse dans la pièce en chantant un air décousu. Il est vivant ! Il va bien ! Et il voit !

Je découvre en Annie Guidetti une compagne de voyage épatante. Pour m'éviter de penser à la façon dont Daniel réagira à ma présence, elle m'abreuve d'anecdotes toutes plus croustillantes les unes que les autres au sujet du *Waverley*. J'apprends que l'établissement n'a pas usurpé sa réputation, et qu'il s'y déroule diverses fêtes et activités exotiques. Les chambres « spéciales » prévues pour des besoins « spéciaux » ne sont que la partie émergée d'un iceberg outrageusement débridé.

— J'étais très candide, jusqu'à ce que je rencontre Robert Stone et mon mari, mais aujourd'hui je suis une vieille femme lubrique, et ça me plaît ! me confie-t-elle sur un ton plein d'entrain.

Puis, après m'avoir adressé un clin d'œil, elle reporte son attention sur la route et accélère avec la souplesse d'une conductrice avertie.

Je lui fais remarquer qu'elle n'est pas vieille, puis je me demande quel effet ça fait d'être mariée à quelqu'un comme Valentino, le magnifique étalon débordant de testostérone qui m'a servi à boire au Lawns Bar, voilà une éternité, me semble-t-il.

Quel effet ça ferait d'être mariée à un homme aussi séduisant et débordant de testostérone que Daniel ? s'interroge la voix matoise et pernicieuse qui est en moi. C'est ridicule. C'est à peine si je le connais. Nos relations se résument aux moments où nous nous sommes croisés à la bibliothèque et à nos jeux érotiques délurés. Soyons francs. Je n'ai jamais réussi à lui faire avouer qu'il est Némésis, et je ne parle même pas d'évoquer des sentiments profonds, plus durables. N'empêche que ces quelques minutes avant son départ... Il y a de l'espoir, non ?

— Qu'est-ce que Daniel pense du *Waverley* ? ajouté-je afin de me changer les idées. Ça doit vous faire plutôt bizarre de gérer un hôtel coquin fréquenté par votre propre cousin.

— Eh bien, Daniel n'est pas mon cousin à proprement parler. Il est le fils du cousin de ma mère, issu de germain, ce qui techniquement fait de moi sa tante. Je n'étais même pas au courant que le Daniel qui passe à la télé était celui de ma famille, jusqu'à ce qu'il m'appelle pour me dire qu'il effectuait des recherches dans le coin et me demander si j'avais une chambre libre.

— Oh.

— Il s'est très vite adapté à l'ambiance de l'établissement. Il aime jouer, c'est certain.

D'un regard en coin, elle m'informe de l'ampleur du défi.

— Et, au bout d'à peine quelques jours, il évoquait déjà cette femme splendide rencontrée à la bibliothèque, qu'il désirait séduire et amener au *Waverley*.

Waouh.

— Quand vous dites qu'il est joueur, est-ce que cela pourrait inclure, selon vous, des lettres et des mails explicitement érotiques ? Des défis, par exemple...

— Et comment ! D'après moi, ce serait bien son genre. C'est un séducteur qui sait aussi se montrer subtil et malicieux. Pourquoi, il vous a écrit ?

Censurant soigneusement mes propos, je décris à Annie certains de mes échanges avec Némésis. Elle est ravie.

— Comme c'est exquis ! (Elle rit.) Vous avez vraiment dû vous amuser. Mais quel vilain personnage ! Refuser de se dévoiler... Vous devriez le gronder une fois qu'il ira mieux, vous ne trouvez pas ? Renversez les rôles. Les hommes aiment ça de temps à autre. Même au mâle le plus macho, le plus dominateur, il arrive d'apprécier les femmes à poigne.

Je me demande ce que ça donnerait... Annie allume le lecteur MP3, et un confortable silence s'installe tandis que s'élève un doux air de jazz. Je vais y réfléchir. Sérieusement y réfléchir.

Mais la vue de Daniel me fait passer l'envie de le réprimander.

Lorsque nous arrivons enfin, il fait nuit. La clinique, d'une propreté irréprochable, est un havre de paix dont le luxe n'est pas sans rappeler celui d'un hôtel. Elle n'est pas aussi huppée que le *Waverley*, naturellement, mais tout de même assez chic.

Daniel a si bien supporté l'opération qu'il a déjà retrouvé sa chambre individuelle, même s'il reste soumis à une surveillance attentive. Après avoir, avec Annie, rencontré l'infirmière en chef, qui s'est montrée rassurante, puis m'être désinfecté les mains, je le découvre allongé dans un grand lit blanc. Il a des allures de héros revenu du front. La télévision, dont le volume est réglé bas, diffuse l'une de mes séries policières préférées, mais Daniel est manifestement endormi. S'il est perfusé, je n'aperçois en revanche aucun tube, aucun tuyau susceptible de m'inquiéter.

Sous la lumière tamisée de la pièce et celle, syncopée, du téléviseur, il m'apparaît éthéré, le teint pâle. Il porte une calotte de jersey, sans doute pour maintenir ses bandages en place, et je ressens un coup au cœur à l'idée que ses belles boucles noires ont disparu. Il a les traits tirés et des ombres violacées sous les yeux, ce qui lui donne un air un peu étrange, mais en dehors de ça il reste l'homme séduisant dont je suis tombée amoureuse. La blancheur de sa peau et de sa coiffe accentue la longueur de ses sourcils épais et charbonneux, qui ourlent généreusement ses paupières diaphanes. Il fait bon dans la chambre, et Daniel est torse nu ; le drap ne le couvre que jusqu'à la taille.

Je m'approche sur la pointe des pieds pour éviter de le réveiller.

— Vilaine fille, tu m'as désobéi. Je regrette de ne pas avoir la force de te donner la fessée.

Je tressaille de surprise. J'étais absolument certaine qu'il dormait. Sa voix familière me paraît légèrement plus aiguë que d'ordinaire et un peu éraillée, mais elle déborde d'humour. Je me rends bien compte qu'il est content de me voir, contrairement à ce que ses paroles laissent entendre. Son expression parfaitement lucide et le bonheur que je lis dans ses yeux noisette me le confirment.

— Tu me connais... Je n'en fais toujours qu'à ma tête.

Je n'arrête pas de sourire, car je suis folle de joie de le voir, et j'ai l'intime conviction que tout finira bien pour lui. Je tends timidement la main vers la sienne, mais il a devancé mon geste. Ses doigts sont chauds, et leur vigueur me rassure.

Le sourire qu'il me rend illumine son visage et lui redonne un peu de son aspect habituel, atténue la fatigue qui marque ses traits. Il reste d'une beauté délicieuse, étourdissante, malgré la calotte blanche qui cache son crâne rasé.

— Que penses-tu de mon nouveau couvre-chef ? Sexy, n'est-ce pas ? me dit-il avec un haussement de sourcils suggestif. J'ai décidé de renoncer à ma luxuriante chevelure. Autant ne pas faire les choses à moitié et jouer à fond la carte de la virilité.

— Tu fais macho à souhait. Un vrai dur à cuire, façon espion international. Dans un jour ou deux, tu seras fin prêt à mater des insurgés, à passer quelqu'un à tabac ou quelque chose comme ça, non ?

— Vu mon état actuel, j'aurais déjà du mal à bouger le petit doigt.

— Tu te sentiras bientôt mieux. D'après l'infirmière, tu te portes merveilleusement bien et tu sortiras dans peu de temps.

Je m'abreuve du spectacle qu'il m'offre sans me départir de mon sourire. Je l'aime. J'ignore ce que l'avenir nous réserve, et si Daniel l'envisage avec moi à ses côtés, mais toujours est-il que mon vœu le plus cher s'est réalisé. Il a survécu, il guérira.

La pression de ses doigts sur les miens est ferme ; malgré l'épreuve qu'il a endurée, il est plein de vie.

— Je suis content que tu sois venue, déclare-t-il simplement. Oublie ce que j'ai dit. C'était stupide de ma part que de vouloir affronter ça tout seul pour que tu ne me voies pas vulnérable.

Il porte ma main à ses lèvres et l'y appuie brièvement. Cette fois, son geste est faible, mais il y met du cœur.

— Je me sens complètement patraque, mais je n'ai jamais été aussi heureux de voir quelqu'un.

J'en reste pétrifiée. Les mots me manquent. Ce n'est pas tant les termes qu'il a employés que le ton sur lequel il les a prononcés. Ses sentiments transparaissent dans son regard avec une clarté inédite, même si je pourrais parier qu'il me voit encore un peu trouble.

Je compte pour lui. Vraiment. Peut-être même qu'il m'aime.

Désorientée, je pose ma main libre sur celle que Daniel tient déjà. J'ai envie de le serrer dans mes bras, de le câliner, mais il est fragile et l'attraper à bras-le-corps est exclu.

La situation n'est que temporaire. Lorsqu'il sera rétabli, je me donnerai tout entière à lui, de la façon qui lui plaira.

— Ta cousine est là. Je suis venue en voiture avec elle. Tu souhaites la voir, elle aussi ?

— Oui, je veux la remercier de t'avoir amenée. Et, une fois que je lui aurai parlé, tu rappliques *pronto*, m'ordonne-t-il sur un ton aguicheur.

Manifestement, il reprend du poil de la bête ; son aplomb revient au galop.

— Mais on ne nous a laissé que dix minutes chacune, et on nous a dit que ce serait tout jusqu'à demain matin.

— On les emmerde, décrète-t-il, jovial, tout en passant son pouce contre ma paume en un geste résolument osé, lascif.

Ce n'est généralement pas ce qu'on est en droit d'attendre d'un patient sortant du bloc opératoire.

— Cette chambre me coûte une fortune. Ils peuvent bien céder un peu à mes caprices.

L'idée d'être excitée dans de telles circonstances a beau me répugner, je n'en sens pas moins le désir naître au creux de mon ventre. Daniel a failli mourir, et moi je ne songe qu'à lui sauter dessus, ici même. Oh, misère, je deviens une vraie nymphomane…

Les yeux noisette de Daniel pétillent. Je peux presque lire en lui, tant son regard est limpide, et je suis sûre que, lui, il vient de surprendre mes pensées.

— Ouais, je sais, dit-il en m'adressant un clin d'œil. Moi aussi, j'ai toujours été tenté de faire l'amour dans un lit d'hôpital, mais, hélas, je suis étroitement surveillé, rapport à cette histoire de trépanation. (Haussant les épaules, il me caresse à nouveau la main.) Et puis, même si les soignants n'entraient pas toutes les cinq minutes, je ne suis pas certain d'être d'attaque pour ça. Ce n'est pourtant pas l'envie qui me manque ; certaines parties de mon anatomie sont intéressées.

Les draps me cachent l'essentiel, mais mon imagination m'envoie la délectable image de son pénis alangui qui se dresse progressivement.

— On ne peut pas en dire autant du reste de mon corps. J'ai l'impression d'être passé sous un rouleau compresseur, et pas question de gratifier ma Prêtresse de Littérature d'une performance autre qu'éblouissante.

— J'attendrai. Je peux me maîtriser... Plus ou moins.

Et puis je n'aurai qu'à jouer dans l'intimité de ma chambre d'hôtel, en guettant le jour béni où Daniel sera à nouveau sur pied.

— Je n'en doute pas, madame Price, réplique-t-il avec malice, sans lâcher ma main.

L'opération l'a épuisé, c'est évident, mais son état est beaucoup moins sérieux que je ne l'avais craint ; c'en est presque surnaturel. Tout se passe comme si on lui avait retiré un grand poids oppressant, et que l'avenir s'annonçait radieux.

— Mais ne risquez-vous pas de perdre vos belles résolutions lorsque vous serez à nouveau seule ? Vous êtes une femme délicieusement sensuelle, Gwendolynne. Ce n'est pas l'absence d'un homme qui vous empêcherait d'arriver à vos fins.

Il doit reposer la tête sur l'oreiller, mais il a toujours la force de me gratifier d'un sourire complice.

— Je ne vois pas de quoi vous parlez, professeur Brewster, répliqué-je avec affectation, en lui lançant un regard accusateur. Et puis vous avez bien conscience que c'est Némésis qui m'appelle sa « Prêtresse de Littérature », n'est-ce pas ? À votre avis, que vais-je conclure de votre lapsus ?

Il pousse un petit rire las.

— Ce que vous voudrez, ma chère, dit-il à voix basse. Mais échafauder des hypothèses et en tirer des jugements hâtifs constitue une activité à haut risque. Vous pourriez vous attirer de gros ennuis. Gare à vous, quand je serai à nouveau en pleine forme.

Je ressens une bouffée de désir. Je le vois déjà, redevenu lui-même, me frapper la croupe comme au *Waverley*. Je veux ses doigts, sa force, sa virilité au fond de mon intimité et je sais que, quand il m'a menacée de me donner la fessée, tout à l'heure, ce n'étaient pas des paroles en l'air.

— J'attends cela avec impatience, rétorqué-je.

Une simple suggestion de sa part, une promesse, a suffi à me mettre en émoi. Le jour où nous pourrons reprendre nos ébats, mon excitation sera à son comble.

— Êtes-vous également impatiente de vous retrouver seule ce soir ? (Il me tourne la main, l'examinant sous toutes les coutures avant de jouer avec ma paume.) Seule dans votre chambre d'hôtel… J'ose espérer que vous logez en ville.

L'espace d'une seconde, il me semble un peu perdu, comme blessé à l'idée que je vais partir.

— Oui, le mari d'Annie a tout arrangé. Il a demandé à quelqu'un de sa connaissance de nous fournir à la dernière minute des chambres raffinées à l'extrême.

— Tant mieux, répond Daniel, retrouvant son entrain. Parce que je vais t'imaginer en train de te toucher sur le lit de ta chambre raffinée à l'extrême, nue et splendide, fantasmant sur ce que je te ferai quand le médecin me donnera le feu vert.

C'est fou ce que j'ai envie de lui ! Cela me sidère. Même diminué par l'intervention, il reste l'homme le plus désirable que j'aie jamais rencontré.

Il ferme ses beaux yeux. Malgré son sourire matois, ses suggestions coquines, il a besoin de se reposer.

— Je ne plaisante pas, tu sais, susurre-t-il en passant sa langue sur ses lèvres. Ce soir, tu te donneras du plaisir en mon honneur, j'y compte bien. Et, lorsque tu auras terminé, je pense que tu devrais coucher tout cela par écrit à l'intention de notre ami Némésis. Il aura l'occasion de consulter ses mails à un moment ou à un autre.

J'ai envie de commencer mon petit jeu sur-le-champ. J'ai envie de gestes osés, vulgaires, pour que mon héros blessé retrouve le moral et que sa guérison s'accélère. J'ai envie de céder sans retenue au désir exquis que Daniel m'inspire.

— Mais je n'ai même pas apporté mon ordinateur…

Je fais remonter très progressivement mes doigts le long de ma cuisse, vers mon intimité. Toujours plus près.

— Dans ce cas, tu devras renouer avec les méthodes ancestrales, stylo à plume et papier à lettres. C'est comme ça qu'il a commencé.

Les mots érotiques sur le papier bleu dansent devant mes yeux, et je manque de pousser un gémissement de plaisir. C'est alors qu'on frappe sèchement à la porte, et je fais un bond. Daniel, rouvrant brusquement les yeux, éclate de rire.

L'infirmière passe la tête dans l'entrebâillement.

— C'est l'heure, madame Price, me dit-elle sur un ton guilleret avant de s'adresser à son patient. Je vais faire entrer Mme Guidetti pour quelques minutes, puis ce sera le moment de dormir, jeune homme.

C'est une femme entre deux âges, très dynamique, anglaise jusqu'au bout des ongles. Elle a certainement un cœur gros comme ça, mais je doute qu'elle s'en laisse conter par ses malades, aussi attirants et persuasifs soient-ils.

Daniel dépose un baiser sur mes doigts puis, avec une ardeur étonnante, m'attire contre lui. Ses lèvres sont brûlantes, et sa langue, sensuelle, taquine, cherche à ouvrir les miennes alors même que nous ne sommes pas seuls. Sans doute que, pour des raisons d'hygiène, on ne devrait pas, vraiment pas, s'embrasser comme ça. Mais, l'espace de quelques instants, Daniel me tient sous son emprise.

—Allons, professeur Brewster, ça suffit! le gourmande l'infirmière, outrée.

Ses paroles rompent le charme, et nous nous écartons l'un de l'autre. Avec une extrême réticence.

Aussitôt après, m'apprêtant à partir, je me retourne sur le seuil. Notre fougueux baiser semble avoir vidé Daniel de ses forces, mais ses yeux brillent, limpides comme le cristal. Je me délecte du regard de mâle dominant qu'il me lance.

—À plus tard, petite intello, me dit-il tout bas. Et n'oublie pas la lettre.

—À plus tard, Professeur Glamour.

Il rit doucement tandis que je m'éclipse, le cœur gros, mourant d'envie de rester avec lui.

Pour toujours.

Un peu plus tard, après que j'ai passé un bon bout de temps dans la salle d'attente à réfléchir, à tourner et retourner un tas de questions dans ma tête tandis que l'irritation me gagne peu à peu, on m'autorise à voir à nouveau Daniel. Pour deux minutes au maximum. Aucune dérogation possible, parce que l'équipe soignante doit faire son travail avant qu'il s'endorme.

Cette fois, on ne nous laisse pas seuls, sans doute au cas où Daniel retrouverait son humeur coquine.

Il est encore réveillé, mais il commence certainement à avoir besoin de repos. L'infirmière nous a expliqué que le processus de guérison mobilise toute son énergie, comme s'il faisait du sport. Malgré sa fatigue, il me lance un regard malicieux lorsque j'arrive.

— Je leur ai dit que je refuserais de dormir tant que je ne t'aurais pas revue, murmure-t-il avec affection.

— J'espère bien !

Je lui tapote la main et il me la serre fort.

— N'empêche que je me sens complètement lessivé.

Il ferme les yeux dans un battement de cils. Il me donne effectivement l'impression d'avoir couru un marathon.

Me penchant vers lui, je caresse ce visage qui m'est cher. Je me demande quelle sensation j'aurais en effleurant sa tête, vu qu'il est rasé, mais ce serait irresponsable de ma part de chercher à le savoir. L'infirmière me mettrait probablement dehors *manu militari* si je commençais à tripoter les bandages du patient… Je me console en frôlant de mes doigts sa mâchoire piquée de barbe. Il me marmonne qu'il aurait aussi dû se raser le menton et, rouvrant les paupières, il me sourit.

Il accepte sans sourciller le baiser que je dépose sur sa joue, et je lui chuchote quelques mots à l'oreille.

— Bonne nuit, mon doux prince.

Mon au revoir doit lui sembler nunuche. Quand il aura repris du poil de la bête, sans doute n'appréciera-t-il que moyennement mon côté fleur bleue.

La voix de l'infirmière s'élève derrière moi.

— Il est temps d'y aller, madame Price. Vous pourrez revenir demain.

Mais, au moment où je me lève en posant la main sur son épaule, il me murmure avec conviction :

— Bonne nuit, mon amour. À demain.

Lorsque je me retourne sur le pas de la porte, son regard éloquent ne m'a pas quittée.

16

Billet doux

Dans la chambre extrêmement luxueuse que j'occupe à l'hôtel *Whitford*, je découvre que le papier à lettres fourni à la clientèle est de couleur bleue. Plus précisément bleu ciel, la nuance exacte qu'affectionne Némésis. C'est forcément un signe, un présage ou quelque chose dans le genre.

Après m'être longuement prélassée dans l'eau chaude – j'ai vidé presque tout le flacon de bain moussant – en savourant une mignonnette de rosé du minibar, je m'installe avec mon stylo et mes feuilles sur le lit. Il est grand et moelleux, mais l'absence de Daniel se fait cruellement sentir. Mon immersion prolongée aurait théoriquement dû m'aider à me relaxer, mais en réalité je suis légèrement à cran, un rien fébrile. J'ai l'impression que c'est moi qui ai subi une opération du cerveau, et que j'éprouve des difficultés à analyser tous les événements riches en émotions de la semaine qui vient de s'écouler.

J'aspire à retrouver Daniel, et dans le même temps je culpabilise un peu. Comment puis-je avoir envie de sexe dans un moment comme celui-là ? Je sais que c'est idiot, mais le fait d'entretenir des fantasmes à propos d'un convalescent me paraît bizarre, voire un peu scabreux.

Et ça l'est encore plus de me donner du plaisir en pensant à lui. Mais j'ai reçu des instructions, et qui suis-je pour contester leur bien-fondé ? Pas question de discuter avec Daniel…

Renonçant provisoirement à mon chef-d'œuvre érotique, j'écarte stylo et feuille de papier, et dénoue la ceinture de l'épais peignoir blanc fourni par l'hôtel. En dessous, je suis nue. Il fait chaud dans la chambre, et ma peau, rosie par le bain fumant, est légèrement luisante, car j'ai enduit mon corps d'une lotion vitaminée pour faire semblant de me préparer à retrouver Daniel.

Fermant les yeux, je m'efforce de me le représenter, et, soudain, il m'apparaît dans toute sa beauté, arborant un air complice. Il porte une tenue sombre, et ses cheveux noirs indisciplinés ont repoussé. Et il voit. La magie espiègle de son regard n'est pas troublée par le verre de ses lunettes.

Je m'imprègne de cette magie, j'imagine que je suis étendue, inerte, telle une statue créée à seule fin de le divertir, et qu'il laisse courir le bout de ses doigts sur ma poitrine. Il explore les moindres recoins visibles de ma peau puis m'ôte mon peignoir afin de découvrir le reste de mon corps jusque-là dissimulé. Tout ce qu'il touche lui appartient. Mes mamelons, mon ventre, mes fesses, mes cuisses, mon sexe, tout lui est destiné. Et, tout en déroulant cette scène en mon for intérieur, je songe de quelle façon je pourrais la coucher sur le papier.

Il agace la pointe de mes seins, la pince, l'aguiche, et je me tords de plaisir.

Lorsqu'il passe son index contre mon nombril, c'est comme s'il l'introduisait dans mon intimité.

Il observe mes fesses, mon anus, me tourne pour me voir tout entière, et je brûle autant de honte que de désir.

De sa main joueuse, il caresse mon mont de Vénus, écarte lentement mes plis délicats, frôlant le bourgeon gonflé, dévoilant l'orée de mon sexe.

Et, après cela, il glisse deux doigts en moi.

Dans la réalité, c'est moi qui accomplis ce geste, moi qui me masturbe et cherche maladroitement à remplacer sa virilité. Mais je fais cela pour lui, alors le plaisir me gagne rapidement, et je jouis, son nom sur les lèvres.

— Daniel !

L'orgasme, court et violent, me désoriente. Voilà ma chair satisfaite, mais je me sens déphasée de cœur et d'âme, parce qu'il n'est pas là.

Je reste allongée quelques instants et me contente de respirer pour reprendre mes esprits, tout en me répétant calmement que la situation n'est que temporaire. Bientôt, Daniel sera rétabli. Nous pourrons non seulement nous livrer à une délicieuse partie de jambes en l'air fort concrète – et plus si affinités –, mais aussi discuter et, du moins en ce qui me concerne, poser toutes les cartes sur la table.

Je suis impatiente. Je veux m'engager sur-le-champ. C'est bête, je sais, mais je n'y peux rien.

Alors, je noue mon peignoir, me ressers du vin, m'assois sur le lit avec la pochette en cuir rigide contenant la papeterie du *Whitford* et m'arme de mon stylo.

Je commence à écrire.

« Cher Némésis,

J'ai quelque chose à vous dire. Dans l'ensemble, cela risque de ne pas vous plaire. Mais voilà…

Je me trouve à Londres dans une chambre d'hôtel, et je viens de me donner du plaisir. J'aimerais vous raconter que je pensais à vous en me caressant, mais ce serait mentir. En quelque sorte. Je m'imaginais un autre homme. Celui que j'ai évoqué durant l'un de nos précédents échanges. Vous vous souvenez de celui que j'avais sous la main, et devant qui j'ai dévoilé mon intimité ? Il s'agit de lui.

J'ai appris à le connaître, et je suis tombée amoureuse de lui.

Vous n'êtes pas fâché, j'espère ?

Il est beau, drôle et intelligent. Et, avec lui, j'ai l'impression de posséder moi aussi toutes ces qualités. D'être une déesse. Une déesse en tout point semblable à celle que vous décrivez quand vous parlez de moi, d'ailleurs. À ceci près qu'avec lui il y a le pouvoir des mains, des yeux, de la voix, du rire… et ce corps incroyable, lorsqu'il me caresse et me pénètre.

Pas plus tard qu'il y a quelques minutes, étendue dans ce grand lit, je m'imaginais que c'était lui qui me procurait du plaisir. J'avais ouvert mon peignoir duveteux afin de donner plus de réalisme à la scène ; c'était lui qui détaillait mon anatomie. Son regard coulait sur moi telle de la lave, et le frôlement de mes mains le long de mes courbes s'est confondu avec celui des siennes.

Il m'a obligée à me toucher absolument partout. À caresser mes seins jusqu'à la pointe, mes cuisses et mes fesses, sans oublier leur sillon secret. Le simple fait de penser à lui m'excite énormément, et je rêve que ses mains adroites m'explorent, découvrent le feu qui couve dans mon intimité. Imitant ses gestes au détail près, j'ai joué avec mon bourgeon de chair avant de glisser mes doigts dans la fente.

Et c'est pour lui que j'ai joui, criant son nom.

J'espère que mes propos ne vous tourmentent pas, car je ne peux pas m'exprimer autrement. Je l'aime.

J'aime son corps, j'aime sa façon de me baiser et de jouer avec moi. J'aime son esprit, car c'est un homme intelligent, taquin, hors du commun ; je n'avais encore jamais rencontré quelqu'un comme lui. Je veux partager avec lui et lui faire vivre des expériences qui jusque-là ne me tentaient pas. Des expériences étranges qui aujourd'hui enfin me semblent merveilleuses et naturelles.

Pouvez-vous comprendre cela ? J'ai le sentiment que oui. Je ne crois pas me tromper en disant que vous le connaissez intimement. Bien mieux que nous nous connaissons, vous et moi.

Némésis, j'ai perdu pied. Il est trop tard pour revenir en arrière.

Et, même s'il s'avérait que son amour est moins fort que le mien, je ne renoncerais pour rien au monde. »

Oserai-je poster cette lettre ? Ou la remettre en main propre à son destinataire ? Je ne sais pas bien pourquoi, mais je m'en sens capable. Je n'aurai pas froid aux yeux. Je me montrerai courageuse. Il en vaut la peine.

17

Luxe et volupté

Dans la chambre de la luxueuse villa, je me prépare, le cœur battant à un rythme effréné.

Une feuille de papier bleu couverte d'une écriture familière est posée sur le lit. Sa teneur est aussi explicite que délicieuse, et les mots m'enflamment. Comme si je n'avais pas déjà suffisamment chaud comme ça, au propre comme au figuré…

Me voilà dans un charmant paradis tropical, et je suis la compagne de Daniel, l'homme que j'aime et que je désire. Il s'est parfaitement remis de l'opération et de la menace qui pesait sur lui.

Les instructions de la lettre sont assez détaillées.

« Parfumez-vous de muguet. »

C'est fait.

« Épilez votre intimité de la façon que je préfère. »

C'est fait.

« Mettez un soupçon de rouge à lèvres sur vos tétons et agacez-les jusqu'à ce qu'ils se dressent. »

Ça aussi, c'est fait… C'est le moins qu'on puisse dire.

« Mettez votre joli corset blanc, celui que vous avez déjà porté, avec vos bas bordés de dentelle blanche et vos talons hauts de la même couleur. »

J'ai eu la présence d'esprit d'emporter la tenue en question. Bien m'en a pris, dirait-on. Comment aurais-je pu l'oublier, sachant l'enthousiasme avec lequel elle a été accueillie la dernière fois ?

Le soleil caribéen descend en rayons multicolores, et l'air embaume. Obéissant à mon bien-aimé, je revêts cet ensemble de satin brodé qu'il apprécie passionnément. Il a beau prétendre que je suis parfaite, je remplis mon corset un tout petit peu moins qu'avant. Il m'a dit que j'avais été très vilaine et qu'il me punirait si je continuais à suivre ce régime ridicule, mais, en certaines occasions mémorables, une femme ressent le besoin d'être un peu plus svelte que le commun des mortelles. Cela étant, il lui reste encore largement de quoi se mettre sous la dent, et il ne faut pas oublier que je risque de me remplumer en un temps record, car la cuisine insulaire est copieuse en plus d'être exquise.

Je jette dans le miroir un coup d'œil aussi nécessaire que secrètement plaisant. J'aime me voir parée de lingerie immaculée. Ou, en tout cas, j'aime me regarder. Je détaille mes courbes en imaginant que Daniel y pose révérencieusement les mains, savoure mes contours et me prodigue, de bien des manières, une intense félicité.

Je glousse en apercevant mon reflet. Ma tenue affriolante, si belle soit-elle, a un petit côté « vierge pas du tout effarouchée » digne d'une danseuse sexy, même si dans les clubs les plus huppés les seins des filles ne se balancent sans doute pas en équilibre si précaire dans leur soutien-gorge. Sans compter qu'elles portent probablement un string, alors que la moitié inférieure de mon anatomie se dévoile dans toute sa glorieuse nudité.

J'attrape une brosse pour mettre de l'ordre dans ma chevelure, et oups ! un de mes mamelons fausse compagnie à son bonnet, qui est outrageusement menu, il faut bien l'avouer. Le téton en question est bien du rose requis, et, lorsque je le replace délicatement dans son lit de tissu, un picotement délicieux me parcourt, touchant le cœur de mon intimité. Depuis que nous sommes arrivés ici, j'ai tout le temps envie de faire l'amour, de jour comme de nuit. Une vraie dépravée… J'ignore si le pollen des fleurs tropicales odorantes me fait l'effet d'un aphrodisiaque, ou bien si cela est simplement dû au fait que j'aime tellement Daniel que je veux sans cesse coucher avec lui.

Entre autres.

Je passe mon doigt sur le manche de la brosse à cheveux en bois, aussi classique que coûteuse, qu'il m'a achetée récemment. Ce geste banal me procure un frisson d'excitation.

Sans lâcher l'objet, je finis de m'examiner.

Crinière lustrée cascadant sur mes épaules ? Oui.

Généreux vallons de chair à l'étroit dans ma guêpière ? Oui.

Sexe soigneusement épilé et prêt pour le plaisir ? Oui.

Grands yeux pétillants qui, faussement ingénus, anticipent des jeux délicieux ? Oui.

Roulant des hanches, je traverse lentement la spacieuse villa isolée que nous louons, et à chaque pas mon désir s'accroît. Mes reins s'embrasent. Je sais que cela plaît à Daniel. Il me réprimande parce que, selon lui, je suis une fille aisément séduite, une dévergondée toujours encline à accueillir sa virilité, mais en réalité il adore ça. Et ça lui donne l'excuse rêvée pour m'infliger une punition.

Au-dessus de l'océan, la voûte assombrie du ciel tropical est balayée de traînées roses et turquoise. De chaque côté de la terrasse, des lampes vacillantes attirent les phalènes, et une table en bois rustique, accompagnée de deux chaises coloniales à haut dossier, précède une banquette basse aux dimensions généreuses, couverte d'un plaid en coton aux couleurs pimpantes.

Assis sur l'un des sièges, mon bien-aimé, parfaitement détendu, contemple la mer. Lui aussi est en blanc : il ne porte qu'un pantalon de lin ample, noué par un cordon. Son torse duveteux et ses pieds élégants sont bronzés.

Mais c'est en voyant son visage qu'une bouffée d'excitation m'envahit.

Oh, il a mis le masque… Le masque en cuir que nous avons évoqué dans nos lettres avant de l'inclure dans nos ébats.

Ma passion s'en trouve décuplée, et je meurs d'envie d'être comblée.

Némésis et Daniel se retournent en m'entendant. Ils ne font qu'un. Cela fait belle lurette que mon subconscient l'avait compris.

Derrière le cuir sombre, son regard brille, et sa bouche de velours s'incurve fugacement en un sourire sensuel. Il lui arrive encore de mettre des lunettes, mais ce soir il a opté pour ses lentilles de contact. Ses cheveux ont repoussé, même s'il les porte plus courts qu'avant la maladie, si bien que la brise insulaire agite les boucles noires et lustrées qui le couronnent tel un halo. On dirait un ange de la débauche, un chérubin démoniaque.

Surtout avec le masque.

— Qui t'a demandé d'apporter ça ?

Sa voix est douce, pleine d'humour même s'il essaie de paraître sérieux.

Je me rends compte que je tiens toujours la brosse. Manifestement, j'avais sans le savoir une idée derrière la tête…

— Personne, dis-je. J… j'ai oublié que je l'avais.

J'éprouve un léger vertige, j'ai presque la sensation de flotter à une hauteur incroyable. Ce qui est évidemment le cas. Je suis sur un petit nuage. Je serre la brosse plus fort pour m'ancrer dans la réalité, cesser de rouler des hanches et, surtout, réprimer l'envie de me caresser. Je ferais n'importe quoi pour apaiser la tension intense qui me vrille le bas-ventre. Je suis tentée de me jeter sur la banquette, les jambes écartées, pour qu'il me pénètre sans plus attendre. Mais j'aspire également à me livrer à nos préliminaires aussi bizarres qu'exquis.

Il pousse un soupir de feinte contrariété, comme si j'étais une étudiante butée refusant de retenir ses leçons. Mais il joue un rôle. Au fond de lui, je sais qu'il s'amuse autant que moi, même si, pour les besoins de notre mise en scène, j'affiche une expression de respect solennel. En tout cas pour le moment… J'ai en effet la fâcheuse habitude d'éclater de rire dans les instants critiques.

— Eh bien, pose-la. Là, bonne fille.

Quel ton sentencieux ! À la limite de la sévérité. Et empli d'amour.

Je m'approche en oscillant sur mes talons hauts, tandis que ma poitrine menace de déborder de ma guêpière ourlée de dentelle. Cela ne lui échappe pas. Son regard s'embrase, et, en l'observant à la dérobée, je constate que son sexe enfle sous le tissu blanc.

La vue des autres objets déjà présentés sur la table me met l'eau à la bouche. Ce sont nos jouets, des instruments familiers que nous apprécions tous les deux.

— Maintenant, viens.

Prise d'un léger vertige, j'obéis. Je ne m'habitue pas à cet homme si merveilleux. Si éblouissant. Cette perle rare m'appartient ; je crois que je ne me lasserai jamais de cette idée. Le plus extraordinaire, c'est qu'il semble penser la même chose à mon sujet, et qu'il a le pouvoir de me convaincre que je suis, moi aussi, quelqu'un d'exceptionnel.

Sous le masque, ses lèvres paraissent très rouges, son nez noble et fier. J'ai envie de me prosterner devant lui. De baisser son pantalon pour le prendre dans ma bouche. Ce qui pourrait fort bien arriver au cours de la soirée.

Nous nous dévisageons mutuellement, lui alangui sur sa chaise, et moi debout devant lui, tremblante. Mon désir s'accentue progressivement.

— Montre-moi tes seins, petite intello, dit-il avec délectation. Je veux voir tes jolis tétons tout roses.

Là, il sourit. Sera-t-il le premier de nous deux à craquer, cette fois ?

Je descends timidement les bonnets de ma guêpière. Le poids de ma poitrine sur les baleines intransigeantes souligne d'autant mieux ses courbes avantageuses. Elle s'offre voluptueusement au regard de Daniel, qui passe sa langue sur ses lèvres avec gourmandise.

— Taquine-les, m'ordonne-t-il en changeant légèrement de position pour porter la main à son entrejambe.

Il sait que je sais qu'il bande. Il faudrait être aveugle pour n'avoir rien remarqué. Alors pourquoi veut-il me dissimuler son érection ?

Désormais tremblante d'excitation, je touche la pointe de mes seins. Délicatement. J'en suis à un point où la moindre stimulation me ferait jouir. Des flèches d'argent me transpercent, et mes hanches commencent à bouger de leur propre chef.

— Doucement, me met en garde le professeur Némésis.

Je continue à remuer le bassin sans réussir à m'en empêcher.

— Cesse de te comporter en vilaine fille et maîtrise-toi, reprend-il doctement, la main toujours posée contre sa virilité. Caresse-toi comme il faut et arrête de t'agiter, sans quoi tu auras des ennuis.

Et quels ennuis ! Je meurs d'envie de les découvrir.

La nuit est magique, surnaturelle dans sa beauté et pourtant bien réelle. On ne peut plus réelle. Je me pince les tétons pour m'assurer que je ne rêve pas. Et je pousse un piaillement où le plaisir se mêle à la douleur.

Daniel me lance un regard d'avertissement, et je me sens toute chose. Je ne peux retenir un gémissement langoureux.

— Ça suffit comme ça, débauchée !

Il se lève et m'entraîne de force au bout de la terrasse.

— Reste ici. Ne bouge plus.

J'ai beau savoir que ce n'est qu'un jeu, Daniel s'exprime avec tant de conviction que je manque de laisser l'extase m'envahir. J'éprouve toutes les peines du monde à ne pas me masturber sur-le-champ lorsqu'il s'éloigne d'un pas vif pour se munir d'un foulard en soie, ainsi que du coussin de sa chaise.

Plaçant ce dernier objet à cheval sur la balustrade, il m'oblige à m'y appuyer, tête et bras dans le vide. Ma guêpière descend de plus en plus, et ma nouvelle position enflamme mon clitoris déjà frémissant. L'orgasme me guette au moment où il me bâillonne. J'ai tendance à me montrer très bruyante au cours de nos jeux puis pendant l'amour.

Il m'écarte les chevilles pour dévoiler mon anatomie, et la douce brise frôle agréablement mon intimité. Offerte à son regard, je suis la sensualité faite femme. J'en tressaille de contentement. Pour me récompenser, Daniel pince l'un de mes tétons tout en glissant deux doigts en moi. Je me tends vers lui, mais il se retire.

— Pas encore, murmure-t-il.

Il retourne à la table, et je l'attends, avide de le sentir en moi. Lorsqu'il revient, il me pénètre autoritairement, presque avec rudesse. Mais pas avec son membre.

Non, avec l'un de mes jouets préférés, deux petits globes de verre reliés par un cordon de soie. L'orgasme m'emporte, et mon vagin, en se contractant, se serre sur les boules de geisha. À cause du foulard, mes cris étouffés ressemblent plus à des gargouillis qu'à des gémissements de plaisir.

— Ce n'est pourtant pas faute de t'avoir demandé de te maîtriser…, me susurre-t-il à l'oreille.

Il me pince la fesse tout en massant mon clitoris, et je jouis derechef, faisant bouger les boules de geisha.

Tandis que je continue à geindre derrière le bâillon, je sens qu'il déplace sur ma peau un objet dur et un peu piquant. Daniel a placé la brosse à cheveux dans son pantalon. Mais elle n'y reste pas longtemps. Il commence à me donner la fessée alors que les tressaillements – les spasmes, devrais-je dire – de mon sexe n'ont même pas encore disparu. Je me trémousse dans tous les sens, me tenant à la rambarde d'une main tout en osant me masturber de l'autre. Je ne pense pas que ça le dérange, bien au contraire. Il ne me fait pas mal. Ce n'est qu'une mise en scène, après tout ; la punition nourrit le feu intérieur qui me brûle au fond du ventre.

Soudain, Daniel en a assez de jouer. Marmonnant un « oh, allez ! » amusé, il jette la brosse à cheveux et me retire les boules de geisha sans même me demander mon avis. Je veux me retourner pour le toucher, alors il enlève son pantalon et s'allonge sur moi. Sans attendre, il me pénètre d'une seule poussée audacieuse, et je suis prise d'un nouvel orgasme. C'est désormais sa virilité que j'entoure, et non plus l'accessoire de verre sans vie. En proie à l'extase, j'agrippe la rambarde d'une main et, de l'autre, cherche à tâtons la cuisse musculeuse de Daniel. Lui aussi s'aide de la barre pour pouvoir caresser mon bourgeon de chair.

On a connu mieux en termes d'élégance. Je dirais même que nous offrons un spectacle plutôt incongru sous ce crépuscule tropical, à force de gesticuler, moi avec mes seins qui débordent dangereusement de leur nid de dentelle, et lui, dont les fesses nues se muent au rythme endiablé de ses coups de reins. Au milieu de notre joute, il m'enlève le bandeau, et mes cris de plaisir montent dans le ciel rougeoyant.

L'inévitable survient assez vite, et je ne suis plus la seule à gémir et à dire « je t'aime ». Je ne suis pas la seule à connaître l'extase avec l'être que j'adore.

Plus tard, nous contemplons la nuit bleue piquée d'étoiles, étendus sur la banquette, nus sous le plaid aux couleurs pimpantes. Enfin…, presque nus, car je porte toujours mes bas. La guêpière, en revanche, a atterri quelque part sur les lattes avec mes chaussures, le pantalon de Daniel, la brosse à cheveux et les boules de geisha.

— Demain, nous serons rentrés, dis-je en touchant son visage aimé.

J'ai chaque fois l'impression de redécouvrir la noblesse de ses traits. Les lampes se sont éteintes il y a un bon moment, mais le cadre qui nous entoure est si romantique que nous nous en moquons éperdument.

— Oui, mais nous reviendrons, répond-il, ajoutant ainsi à ma joie.

Il passe le bras autour de ma taille et me serre affectueusement.

Je ne serai pas mécontente de reprendre le cours de notre existence à la fois très banale et si extraordinaire. Moi, je retrouverai la bibliothèque. Daniel travaillera à son documentaire et à son livre, avant d'exercer son nouveau poste.

Il occupera une chaire prestigieuse d'histoire, que l'université locale, enchantée d'accueillir un enseignant si distingué et si réputé, a créée spécialement pour lui. Pour le moment, nous vivons dans mon appartement, ce qui fait que nous nous sentons un peu à l'étroit, mais une fois que tout sera redevenu normal, nous commencerons à chercher une maison.

Il tourne la tête vers moi et, malgré les ombres indigo, je vois que son regard pétille. En repensant à ce qui a failli lui arriver, je dois refouler mes larmes. Je le serre fort contre moi.

— Ça va, ma chérie ? me demande-t-il en déposant un baiser sur mon front, ma joue et mes lèvres.

— Je vais bien, professeur Brewster, parfaitement bien.

À vrai dire, c'est un euphémisme, parce que son membre se durcit à nouveau contre ma hanche. Daniel est toujours prêt à faire l'amour. La terrasse ferait l'affaire, mais, à l'intérieur, nous disposons d'un magnifique lit à baldaquin dont les draps immaculés sont changés par le personnel quotidiennement.

— Pourquoi ne pas rentrer et troquer notre banquette contre, hum… un cadre plus somptueux ? suggéré-je en frôlant son sexe.

Il se presse contre moi avec un murmure sourd, avide, puis repousse le plaid et me relève avec douceur.

— Bonne idée, madame Brewster, comme toujours. Bonne idée.

— D'accord. Juste une minute.

J'enlève mes bas blancs qui font triste mine et les envoie rejoindre ma guêpière nuptiale.

Dans les bras l'un de l'autre, mon mari et moi avançons vers la villa de notre lune de miel… et vers l'avenir.

CPi
AUBIN IMPRIMEUR

IMPRIM'VERT
Votre imprimeur agit pour l'environnement

Achevé d'imprimer en mai 2013
N° d'impression 1303.0369
Dépôt légal, juin 2013
Imprimé en France
81121041-1